光启
LUMINAIRE

U0532527

守望思想 逐光启航

PETE HAMILL

MY MANHATTAN

# DOWNTOWN

[美]皮特·哈米尔 著
傅婧瑛 译

## 纽约下城

上海人民出版社　光启书局

本书献给比尔·菲利普斯
他有着属于自己的乡愁

我也曾生活过,有着无数山峦的布鲁克林曾属于我,
我也曾漫步于曼哈顿岛上的街道,在环绕它的海水中沐浴,
我也曾感受到内心突然出现的疑问……

——沃尔特·惠特曼,《横渡布鲁克林渡口》

少校,我不建议你入侵纽约的某些地方。

——电影《卡萨布兰卡》

# 目 录

第一章　怀旧之都 ................. *1*

第二章　第一个下城 ................. *29*

第三章　三一之国 ................. *63*

第四章　速度 ................. *91*

第五章　历史的音乐 ................. *119*

第六章　公园大道 ................. *155*

第七章　第五大道 ................. *183*

第八章　人在里亚托 ................. *203*

第九章　某些村庄 ................. *229*

第十章　世界的十字路口 ................. *277*

跋 .................. *319*

推荐阅读 .................. *335*
地名及专有名词对照表 .................. *345*
人名对照表 .................. *353*
出版物及作品名对照表 .................. *365*

第一章

怀旧之都

这是一本关于我家乡城市的书。我出生在布鲁克林这片广阔而美丽的区域，但人生大部分时间，我都在曼哈顿这个狭长的小岛上生活并工作。如今，我仍然生活在这里。运气好的话，我还会死在这里。我拥有本地人对这片土地不合逻辑的爱，也经常想起威廉·福克纳对老家密西西比州的评价，想起他"不是因为什么"才爱着那里，而是"尽管有着怎样的不好"却依然爱着那里。纽约是一座每天让人烦躁，偶尔让人恐惧的城市，意志甚至勇气时刻都在接受考验。同时，它也是拥有大量纯粹之美的城市。对本地人而言，家乡是一个融合了记忆、神话、传说和历史的地方，这些元素又以不规则且主观的方式结合在一起。无论对纽约还是密西西比州牛津市的本地人来说，皆是如此。正因这种神秘的组合，所以家乡城市的形象才会如此个人化。过去与现在，就像融合于我的意识一样，融合在了纸张上。可这样的组合中，还有其他东西。一些具有魔力的东西。而某些魔幻时刻，总是在上演。

在我最早的记忆中，五岁的我走在从布鲁克林的桑德斯剧场回家的路上。我和母亲在一起，我们刚刚看完《绿野仙踪》。那是1940年。在剧场让人感到安全的黑暗中，我看到了绿宝石城，看到了一只讲话的狮子，还看到了用金光闪闪的黄色砖块铺成的路。但这些只是很模糊的记忆。

记忆中，母亲拉着我的手，我们两人蹦蹦跳跳地走回了家，一路上都在唱："因为，因为，因为，因为，因为！"

在那个美好的夜晚，母亲的头发还是棕色的。她高兴地大笑着，显然因为和我这个长子一起看电影而开心。我不记得其他，只记得"因为"这个词。后来我才知道，被我唤作"妈妈"的女人，她的名字其实是安·德夫林·哈米尔，一个来自北爱尔兰民风彪悍的黑暗城市贝尔法斯特的移民。她在1929年的某一天抵达纽约，在爱尔兰式的"好运"作用下，她撞上了纽约的股市崩盘。那一年，她十九岁。大萧条这场灾难并没有让她灰心丧气。她立刻开始工作，为一个富裕的曼哈顿家庭做女佣。她为工作而高兴，为再次来到纽约这座城市而开心。在安·德夫林接下来的人生中，纽约这座城市永远是一片乐土。为什么？就是"因为"。

最主要的是，1929年的这段经历，是安·德夫林第二次迁移到这里——这座直到她八十七岁去世前一直将之称为"家"的城市。五岁时，她也曾站在这些街道上。后来我明白，在纽约，那些成为棒球场上中外野手的人，那些最初做着佣人工作的人，他们很多人的故事起点并不在纽约，而在别处。安·德夫林的父亲名叫彼得·德夫林。他年纪轻轻就做了海员，后来成了工程师，最远去过日本横滨和缅甸仰光，以制冷专家的身份在大白舰队工作过多年，参与过与中美洲的香蕉贸易。他是贝尔法斯特的天主教徒，在海上航行时，他终于逃离了爱尔兰从17世纪起就纷争不断、久积成疴的激烈宗教争端。在三十多岁结婚并迅速生育了两个孩子后，彼得·德夫林决定，是时候重回陆地生活了。他去过世界上的很多地方，但最终和妻子选择了纽约。这个年轻的四口之家落脚在布鲁克林的红钩区，这里属于玛丽海洋之星天主教堂教区，临近港口。从此，彼得·德夫林在冠达邮轮公司的船上工作，但和家人一起在陆地上生活。德夫林的孩子们（另一个是我的舅舅莫里斯）从小在一个没人关心他们宗教信仰的城市里长大。他们在美国最伟大的都市中成长，在这里，只要你肯干，一切皆有可能。不管怎么说，他们可以不受欧洲过往历史的影响而自由成长，而这正是创造美国式未来的第一要件。

随后的1916年，参与第一次世界大战的各方在遥远的欧洲激战正酣，灾难降临到了布鲁克林。我的外公从甲板上跌落，被挤在了船体和码头之间。我的母亲当时五岁多，她后来只记得红钩区公寓里的混乱与眼泪，细节则记不清了。但她真切记得纽约逐渐消失在迷雾中，记得横跨广阔的大西洋，返回故土的漫长航行。她的母亲肯定知道德国潜艇正潜行在爱尔兰和英国海域，但还是选择冒险，回到熟悉的人中间。生活中为数不多能慰藉人心的，就是熟悉感，包括其中的瑕疵。

寡妇和她年幼的孩子们平安渡过了大西洋，可那一年的爱尔兰却陷在暴力与宗教仇恨之中。复活节那天，民族主义者在都柏林发起叛乱，反抗英国对爱尔兰的统治，有人死亡，有人被处决。在很多人眼中，爱尔兰民族主义者全是天主教徒（事实并非如此）。在爱尔兰北部，有些人指控所有天主教徒都在英国背后捅刀，可与此同时，大量的北爱尔兰人死在了索姆河。这种论调并不准确（很多天主教徒以英军身份参战），但暴怒是真实的，恐惧也是真实的。然而，人们的愤怒并非无缘无故。最终，太多北爱尔兰的孩子被埋在了法国的墓地中。因此，毫不令人意外的是，第一次世界大战结束后，甚至在爱尔兰内战结束后，这种苦涩的味道和本地的暴力仍在北爱尔兰持续了很长时间。爱尔兰的坟墓里随即埋葬了太多爱尔兰人的尸体。

不知怎的，就在这剧烈的动荡与恐惧中，年轻的安·德夫林做到了那个年代很少有女性，而且几乎没有女性天主教徒做到的事：她读完了高中。同一年，她守寡的母亲死于中风，年仅四十七岁。沦为孤儿的安·德夫林这时决定，是时候回到那座在她的最后一瞥中消隐于迷雾的城市了。而她的兄弟莫里斯则仍留在贝尔法斯特生活了30年。我的母亲卖掉家里的钢琴，买了一张蒸汽船的船票，回到了她最后一次见到自己父亲的地方——那已经是很久以前、她五岁多时发生的事了。

我的父亲比利·哈米尔，也是贝尔法斯特的孩子。二十岁那年他到达纽约埃利斯岛，投靠了已逃离爱尔兰北部苦难生活的两个哥哥。他只读完八年级就去给石匠做了学徒，不过去美国时，他还身怀其他技艺。他很会唱歌，能唱爱尔兰反叛军的歌和英国的流行歌曲，可以哼唱诙谐风趣的小调，也能唱出让人悲伤的曲子。我听着这些歌长大，至今还能记起其中的很多歌词。他还是个很厉害的足球运动员。很多年后，他的朋友们跟我聊起他那神奇的双腿，它们像长了脑子似的，带着他在整个足球场上飞奔。1963年，选择留在爱尔兰北部生活的爱尔兰小说家迈克尔·麦克拉夫蒂对我说："老天啊，他可真会踢球。"

1927年，比利·哈米尔来到美国的第四年，他代表一支爱尔兰球队参加了当时风靡全纽约的移民足球联赛。联赛里有一支犹太裔球队，名叫"大卫之家"，还有德裔球队、英裔球队和西班牙裔球队。在贝比·鲁斯打出60记本垒打的那年冬日的一个星期天，比利·哈米尔参加了一场和德国人的比赛。他被对手凶狠地踢到了左腿（几乎可以肯定是意外），摔倒在冻硬的土地上，造成开放性骨折，断裂的骨头穿透了皮肤。他被送到了金斯郡医院，那是布鲁克林最大的医院。因为是星期天，所以医院里没有足够的医生，显然也没有青霉素。到了第二天早上，坏疽已经出现在了伤口上。他的左腿从膝盖上方处被截肢了。

那场不幸之后的几年一定充满悲苦，但我从未听他说起过。在移民遵守的众多或明示或默示的规矩中，有一条是无比清晰明确的：唯一不可饶恕的罪恶，就是自怨自艾。他肯定感受到了。因为自己糟糕的运气，他肯定也愤怒过。不管怎么说，他再也不能参加自己最爱的那项运动，也无法参加其他活动。他还被剥夺了依靠诚实劳动而获得报酬的"美国机会"，造船厂和建筑工地雇佣了那么多移民，得到工作机会的不一定都是爱尔兰人。可那些工作让在美国的一切成为可能，首当其冲便是组建家庭。

尽管如此，他还是继续着自己的美国生活。禁酒令时期，他在几十个地下酒吧为朋友唱歌。他设计出了一种游泳衣，能够遮掩自己被截掉的左腿，以便在康尼岛的夏日海水中游泳。他也在工作。他的字写得非常漂亮，因此在一家连锁杂货店的总部当起了文员。他甚至还和朋友一起去跳过舞。

1933年，富兰克林·D.罗斯福当选总统，禁酒令时期即将过去，比利·哈米尔在联合车站下的韦伯斯特音乐厅参加了一场舞会。在那里，他遇到了安·德夫林。就像爱尔兰人常说的那样，两个人开始一起生活，最后结了婚。安·德夫林不喝酒，但她一定很爱比利永远唱不完的歌，爱他的坚忍和乐观。比利显然被她棕色头发下的美丽面庞和幽默感吸引，但令他倾倒的是她的智慧。当然，没有孩子知道真正让父母走到一起的原因是什么。他们自然也不知道充斥着贫穷、不可避免的争吵，乃至一方偶尔对现实感到绝望的婚姻，究竟是如何维持下去的。可他们两人一直在一起，直到我父亲八十岁去世的那天。

我是他们的第一个孩子，即这家七个美籍孩子中的老大。身为男孩，我逐渐意识到自己的父亲和我们这个蓝领社区中的其他父亲不一样。比利·哈米尔不能带我们去展望公园玩，不能带我们走过一条长路，穿过那个公园前往神圣的埃贝茨球场。地铁对他来说向来是巨大挑战，他得走长长的楼梯才能抵达地面，而且还得身形灵活，因此他几乎从没去过曼哈顿。他甚至不能参加圣帕特里克节的游行。他的美国，局限在我们小小社区周边的十几个街区。

我母亲的纽约，就没有这样的限制了。她是一个行动迅速、决心走遍全城的人，起点正是我们所在的城区。在她的陪伴下，弟弟汤姆和我明白，了解一个地方的唯一方法，就是行走在它的街道上。我们跟着她一起出门买东西，很快就知道了教堂、警察局和学校的位置。但她总是在拓宽我们的行走边界。她带我们去了可以免费看书的大型公共图书馆，就在大军团广场巨大拱门的另一边。她带我们去了布鲁克林博物馆和植物园。有时，她还会让我们看到一生难忘的景象。

1941年夏天的一个星期六，我一岁的妹妹凯瑟琳和父亲一起留在家里（她的生日和我父亲一样是5月1日，很受父亲喜欢），母亲带着我和汤姆完成了一次我们三人距离最长的散步。我们走到了布鲁克林大桥人行坡道的入口。在那之前，我们从未见过如此壮观的景色。从布鲁克林一侧看过去，这座大桥呈弧形上升，中间的通道和行车道路被两侧高耸入云的吊索包围着。母亲指着远处港口与河流中的船只——站在高高的大桥上，这些船看起来仿佛浴缸里的玩具，我们走到了弧形大桥的最高处。就在那时，我人生中第一次看到了这幅景象：一个个尖顶物直指天空。几十个尖顶，几百个尖顶，上面都被晨光镀上了金色。

"那是什么？"我惊讶地问道（很多年后，我母亲如此描述）。

"皮特，你当然记得，"她说，"你以前看过。"然后她笑着说,"这是奥兹国[1]。"

的确如此。

这本书讲述的,就是我在"奥兹国"里学到的一切,其中也讲述了我生活的地方,还有我自己的故事。让我惊讶的是,我认识曼哈顿的街道和其中很多人已经快70年了。就在前天,我仿佛还身处五岁那年,走过那座美丽的大桥。1943年,我们搬进了一间新公寓,透过厨房窗户能看到港口和城市天际线那让人惊叹的美景,一年四季我都可以在那里注视着纽约的高楼大厦。我的十一岁似乎很长,时间仿佛一直停留在那个没有尽头的慵懒夏日。在那之后,时间开始飞速流逝,我度过了青春期,读完了高中,在布鲁克林海军造船厂找到了一份加工金属板的工作,最后加入了美国海军,退伍后靠着《退伍军人权利法案》在墨西哥逗留了一段时间。我终于算是长大了,开始在"奥兹国"的建筑里生活。也就是说,我生活在了曼哈顿。

事实证明,我在曼哈顿的生活本身也存在地理上的限制,这正是本书的核心。因为这些原因,书中的内容集中在曼哈

---

[1] 奥兹国是《绿野仙踪》中虚构的国家,《绿野仙踪》也被译为《奥兹国历险记》。——译注。如无特殊说明,本书注释皆为译注。

顿那些我真正生活过的地方。属于我的城市，即给我"家"这一感觉的地方，就是被我称为"下城"的那片地方。和传统的旅游指南不同，我心中的下城指的是从炮台公园到时报广场的那片区域。在我内心的下城之外还有一个醇厚与丰饶的纽约城，我也去过其中很多地方。可它们始终不像下城一样，成为我的"私人财产"。所以现在写下的这些记录，也是我的私人财产。这些年来，我为下城的14个地址支付过房租，如今，我住在翠贝卡区一栋建于1872年的公寓里。这栋建筑就在运河街下方，那里有着纽约最让人兴奋的大集市。我认识辛格先生，他卖报纸给我；我认识经营街角杂货店的人，也认识和我住在同一栋楼的人。每天，我和在这条街上工作的十几个人互致问候。当挂着新泽西牌照的汽车路过，司机把喇叭按得太响时，我会冲他们大喊："别按了！这儿住着人呢！"

我还能在这里的日常生活中找到其他熟悉的感觉。我的下城，也是纽约这座城市的诞生之地。今天纽约市特有的个性，就是在这个地方，经过漫长而动荡的19世纪逐渐形成的。观察其他人和他们生活的地方，看他们做事、说话，也能帮助我了解自己。化身为地理研究者的我，就像最早一批探索新大陆的人一样，有着属于自己的风格。我心里的地图是参差不齐且极具个人特点的，很多时候颇有索尔·斯坦伯格给《纽约客》画的那个著名封面的风采——纽约的第九大道比整个加州还要大。[1]我的下城包含卡内基熟食店和卡内基音乐厅,绝大多数地图会把这两个地方归于曼哈顿中城。对我来说,位于第四十八街和第五十一街、第五大道和第六大道之间的洛克菲勒中心属于标准的中城,可位于第五十五街与第三大道上的P. J. 克拉克酒吧,却是下城的宝藏。个中区别当然与时间留下的印迹有关,即时间给砖块、岩板、铜器、石头和木头染上的颜色。在熟悉的环境中找到一些新的、陌生的或不同寻常的东西,总能让我感到快乐。可最让我高兴的,还是身处那些在我之前已经有好几代人生活过的地方。

最初被我当作奥兹国的那些尖顶物,其实从布鲁克林或者新泽西才能看得更清楚。走得太近,它们反而会跑出你的视线。当然,下城里有些摩天大楼拥有独特美感,但我更喜欢老城区的部分,那些更低、一眼就能望到头的地方,那些更水平而非更垂直的区域,那些能让我们吸收城市天光,容纳城市中的行走者和马匹的地方,才是我珍爱着的下城。我已经看着纽约度过了几十年,而这个地方仍像我二十一岁看

---

[1] 此处指索尔·斯坦伯格的作品《从第九大道看世界》(*View of the World from 9th Avenve*)。

到时一样令人感到新鲜。在这里的街道上，我永远是个年轻人。

有个老生常谈的笑话：纽约人是全美国地方观念最强的人。这话有点道理。我一生中去过远离家乡的地方，在墨西哥城、罗马、巴塞罗那、都柏林和圣胡安生活过，也曾客居新奥尔良、基韦斯特、洛杉矶和圣达菲。但我意识到，自己始终以纽约人的身份住在那些地方。我凝视着它们的荣光，试着了解它们的历史，找出让它们与众不同的元素，但我总是拿它们与我自己的城市对比。它们都以意想不到的方式让我了解了纽约，让我知道了纽约的优点和可怕的缺点，纽约的痛点与成功，就像学习另一种语言能让你更了解自己的语言。尽管有着那么多诱惑，但我知道，自己终究还是会回家。

某种程度上，即便身为本地人，我在纽约的经历也很独特。1960年夏天过后，我成了报社记者，可以拿着报酬，带着笔和本子走街串巷。没有比这更能让人感到谦卑的经历了。你自以为了解自己出生的城市，可做记者的每一天都在告诉你，你几乎一无所知。我会去凶杀案现场，记录枪伤伤口的数量、子弹的口径，以及横在眼前的死者姓甚名谁。我会跟警察、亲属、邻居以及距离最近的酒保交谈，倾听被害人亲属的痛苦与悲伤。想从凶杀案数据中寻找人性真相的我，总会得到懂得街头智慧的摄影师的指点，归根结底，他们的工作就是"看·见·"。[1]

"看看这家伙的袜·子·，"某天早上，名叫路易斯·利奥塔的摄影师在一个凶案现场对我说，"一只棕色袜子和一只蓝色袜子，这说明什么？"我不知道这说明什么。利奥塔解释道："这家伙在黑·暗·中·穿的袜子。"他停顿了一下，"或者有人在黑暗中给他穿上了袜子，而且是在家里，否则不会有两只不一样的袜子。"

当我和一名警探谈起这双袜子时，他说："听着，这双袜子告诉你，他大概是在家穿上的，或者他的尸体是在家里被穿上了袜子。"

可随着我越来越擅长看见并描述曼哈顿街头发生在我眼前的一切，我的内心却开始形成一种让人苦恼的不满足感。我已经获得了足够的技巧，去了解事实并写出一篇故事，在报纸出版时让无法到场的读者了解我看到、听到的一切。但我总在怀疑，因为我知道自己只是停留在故事的表面，总是没有发掘出更大的真相。社区中的一个人被杀，社区中的其他人究竟都是些什么人？他们如何生活？他们去哪里上学？做什么工作？怎么来到这里？这究竟是一个怎样的社区？这

---

[1] 本书中出现着重号的文字皆为原书在行文中以斜体显示的内容。——编注

个社区是怎么出现的？还有一个纽约多年以来的未解之谜：布朗克斯区为什么叫布朗克斯？哈莱姆区的名字是怎么来的？谁是迪根少校？[1] 从报纸上一篇文章的细节，我了解到自己对自己的城市知之甚少。

有时我会在图书馆的报纸堆里寻找这些谜题的答案，利用空闲时光一页页地翻看剪报。我也会问老记者和编辑。有时会被告知："迪根少校是坦慕尼协会[2]的人，参加过第一次世界大战，活到了20世纪30年代。"后来，我在剪报上证实了这个说法。布朗克斯区的名字取自一个名叫雅各布·布朗克的人，他是一个富有的荷兰人，布朗克斯区的大部分土地曾是其私人农场。哈莱姆区和布鲁克林区因同样的原因得名：荷兰人最先抵达，分别按照他们离开的故土哈勒姆和布勒克伦给这两个地方命名。

简而言之，我不仅以记者的身份，而且也以纽约人的身份开始自学。当然，我读到的很多内容没有直接出现在我写的报纸文章中。原因之一在于，当时我还很年轻，和自己爱的人过得非常快乐。另一个原因在于，最初的故事已经被淹

---

[1] 此处指美国存在一条名为"迪根少校高速公路"（Major Deegan Expressway）的公路。

[2] 坦慕尼协会（Tammany Hall）：最初是美国一个全国性慈善团体，后来成为纽约当地的政治机构和民主党的政治机器。

没在了报纸中，我的发现已无关紧要。我们都认为自己在报纸上书写的是当下的历史，可最初几天过去后，即便最惊世骇俗的故事带来的冲击力也会让位于更有新鲜度的新闻。尽管如此，我还是明确地意识到，了解这座城市（或者其他任何城市）的唯一方法就是用脚丈量。直到三十六岁，我才学会了开车。有两条好腿，还有在车辆下方运行的地铁，谁还需要汽车呢？

即便在今天，我仍会像年轻人那样行走于这座城市。总有什么事能给我带来惊喜，还有其他事会让我好奇。一栋曾经路过一千次的建筑，也会突然令我从一种全新角度去观察。天气好时，我喜欢站着观看来来往往的行人车辆，在门口漫无目的地游荡。我看到一个魁梧的黑人帮助一位失明的女士穿过街道。后来我和他聊天，发现他来自多哥共和国——"在非洲深处"——正在华尔街的一家布料批发公司工作。他告诉了我来到纽约的原因。"为了我的孩子，"他说，"我希望他们自由，你知道的，希望他们健康。多哥有很多绿色而美丽的东西，但距离我们最近的医生在17公里外，老兄。"我看到一个警察在和一个漂亮的姑娘调情，她是来自意大利的游客。他说："嘿，想让我陪你过马路吗？"女孩露出了灿烂的笑容，自己走了过去。他发现我在看他，会意地笑着说："这种场景让人想永远活下去。"

纽约人学会了满足于匆匆一瞥。这里的人太多，你不可能认识所有人，不可能了解他们的所有秘密。在这样一个广大又多元的地方，没有人能吸收一切。你认识自己爱的人，认识一起工作的人，剩余都是匆匆一瞥。而在某些日子里，是的，你想永远活下去。

尽管如此，从很多角度来看，这座城市的人还是会表达出一些共同的情绪。每一代人、每一个群体表达出来的形式和内容各有不同，但某些特定情绪还是在几个世纪中不断重复出现。其中之一当然是贪婪，那种难以控制的、想以任何可能的方式获得更多金钱的欲望，那种从股票经纪人到抢劫犯都有的欲望。另一种则是突然的怒气，这是太多人住在这个相对狭小的空间导致的结果。还有一种，是面对权力机关的无政府主义反抗情绪。但所有纽约人心中最强烈的，无疑还是"怀旧"这种情绪。

以一种奇怪的方式，这座城市成了怀旧之都。这样的情绪主要有两个来源。其一，是不断变化这一简单的事实所带来的持久失去感。在这座城市的5个行政区中，曼哈顿尤其拒绝保持原来的模样。曼哈顿是动态的，而非静止不变。二十岁时似乎永恒不变的东西，大多在你三十岁时就变成了鬼魂。和其他地方每日上演的事情一样，父母会去世，朋友会渐行渐远，生意会破产，餐馆也会永久关门。可在这里，改变仍比绝大多数美国城市更为常见。最为巨大的改变的背后动力，是这片狭小的土地本身。稀缺性可以让人们对可能的巨大财富产生神圣的信念，这也正是房地产"信仰"总会周期性地执行"诫命"的原因——周围街区被清理，建筑物被拆除，新大厦拔地而起，留下的只有回忆。

这本书中满是时间、贪婪，以及所谓"进步"这种含糊的社会现实所造成的牺牲。这里只举一个例子：我是在曼哈顿上高中时知道的第三大道高架线。有时我会坐这趟地铁兜风，而不是只把它作为从一个地方到另一个地方的交通工具。我喜欢车上咯噔咯噔的噪音，喜欢与1933年的电影《金刚》有关的景象，喜欢沿途光线照过横梁与钢架投下的粗犷阴影，也喜欢透过车窗看到的一排排廉租公寓和爱尔兰酒吧。我对第二大道高架线、第六大道高架线或第九大道高架线没有任何记忆，这些地铁线都已不存。可某种程度上，第三大道高架线似乎和自由女神像一样永恒，而且对我来说，这条线路提供的不只是空间，还能带着我在时间中飞驰。1955年，他们开始拆除这条线路。等1957年我从墨西哥回来时，第三大道高架线也没了。

消失的东西还有很多，包括大量报纸。建筑物拔地而起，如果活得足够长，说不定你还能看到它们被拆掉，被更新、更大胆、更傲慢的结构取代。第三大道高架线消失后，当纽约市历史上最糟糕的一些建筑开始出现在第三大道时，我开始接受这个事实。我觉得，总是因为改变而哀叹惋惜没什么意义。这里是纽约，失去就是生活的一部分。第三大道高架线消失的同时，布鲁克林道奇队和纽约巨人队也消失了。第三大道高架线的消亡就像一个标志，象征着超过了预期寿命的东西到了终点。但对很多人来说，这些棒球队的离开是让人不能接受的损失。有些人久久难以释怀。经过很长一段时间，我终于可以在道奇队的问题上安抚自己说，好吧，至少我曾经拥有过，他们永远存在于我的记忆中。至今，我的心里还有这样的怀旧情绪。每次看到杰基·罗宾逊奔向本垒的黑白新闻短片时，这种情绪就会涌上心头。可没完没了地谈论道奇队的离开，生活也会非常无趣。纽约会让你学着对几乎一切释怀。

随着世贸中心被暴力性地摧毁，我们的损失也达到了顶点。对很多纽约人，包括现在的年轻人（他们跟着双子塔一起长大）来说，即便伤亡如此惨重的悲剧也能激发他们的怀旧情绪。2001年9月11日那个惨绝人寰的早上过去几个月后，我不断听到纽约人用一种遗憾的语气谈论这些建筑物的失去，即便那些不曾把它们当作建筑而关心的人也是如此。对我来说，双子塔位于下城，但从来不属于下城。也就是说，它们与我的家乡情怀是分离的。可绝大多数纽约人还是怀念它们在城市天际线中的位置,想念它们带来的那种支配感,也渴望它们存在的那段短暂岁月曾有的相对单纯。

"我讨厌承认这一点,"一个要好的朋友说,"可看到世贸中心的老照片,有时我确实会因为怀旧而哽咽。"

怀旧。就像批评家、教育家内森·西尔弗在他出色的著作《失去纽约》中写到的,这个词本身就是一个无法完美描述那种情绪的词汇。

"英语中的这个词寡淡无味得令人绝望。"他在2000年修订1967年的初版时写道,"那似乎表达的是绝望与催泪之间的某种东西,有点儿伤感、遗憾的感觉。如今,大多数城市居民都认可,城市的历史能够激发出一种与现在的连贯感。但称这种感觉为'怀旧'时所激发出的反应,与提及传家宝或刺绣时得到的反应差不多。"

纽约式怀旧,并不仅仅是怀念消失的建筑,也不是指它们仅留存于曾和它们共同生活的一代人的年轻岁月中。纽约式怀旧,是对"失去"这一永久性存在的宿命般的接受。没有什么会一直保持不变。星期二变成星期三,一些有价值的东西会永远变成历史。"现在是"变成了"过去是"。不论失去了什么,你不会重新获得:不管是你深爱的兄长,棒球队、漂亮的酒吧,还是你带着那个日后成为婚姻伴侣的人跳舞的地方。不可逆转的改变在纽约发生的频率太高了，这种经历本身也会影响城市的个性。通过流露更真实的怀旧情绪，纽约用这种方式让生活在这里的人们不再那么多愁善感。多愁善感的对象总是谎言，而怀旧的对象却是消失的真实。没有人会真的为谎言而感伤。

正是因为这样，纽约人在2001年9月12日以无数种细微方式表现得那么得体。几百万人为前一天的恐怖事件哭泣，许多人哀悼自己身边的逝者和更大教区里的死难者。更多人感怀在9月10日存在的世界，他们知道那已经彻底成为历史。至少有一段时间，所有人都感受到了不同程度的愤怒。但没有人逃离。我们知道，至少我们在被极端分子彻底改变前的世界生活过。不管其中有着怎样的缺憾、恐惧、失望和残忍，每个白天以及大多数夜晚，我们仍会想起那个失去的世界。现在，我们会在早上起床然后上班，唯一的慰藉便是怀旧。

这种紧固的怀旧情绪能够更好地诠释纽约这座城市，它已经深深融入我们的行为准则，就像DNA一样。除了"改变总在持续"这个解释外，我们最深层次的情感中总是存在另一个共同主题。我相信这也源自创造了这座现代城市的另一个了不起的群体：移民。

每一段纽约历史都会突出强调移民的角色，因为没有移民就讲不出这座城市的故事。从19世纪初开始，这座城市吸收了数百万欧洲移民，很多人成批抵达：爱尔兰人是为了逃离19世纪40年代的大饥荒；德国人和其他欧洲人是为了躲避1848年之后的政治纷争；1880年到1920年间的意大利人、东欧犹太人和其他人组成的移民大潮则是为了摆脱赤贫和充满暴力杀戮的生活环境。我们听说过很多他们的故事，但又对他们知之甚少。很多人是文盲，没写过回忆录或书信，回忆录是他们的孩子才会尝试的东西。但我们知道，他们中的大多数人很年轻，也很穷，因为上年纪的人和有钱人通常不会移居到陌生国家。我们知道，这些移民心怀一些共同的希望：他们想让孩子在一个健康、可受教育的地方长大，他们渴望在不问宗教信仰和出身的地方诚实劳动，他们希望在一个任何人无需向君主屈膝的国家获得属于个人的自由。

但很多人却为自己的决定付出了情感代价，而这种共通的破碎感为纽约带来了怀旧的第二波浪潮。在剩余的人生中，这些19世纪的第一代移民背负着自己的美籍孩子无法完全理解的包袱，也就是那些被他们抛在身后的事物。这些事物可能是物品，也可能是人或情感，正是它们组成了移民口中的"故国"。那些他们孩童时代生活的地方，那些夏日清晨他们和朋友一起奔跑的地方，那些所有人说着同一种语言的地方，那些拥有传统与确定性——包括最终变得无法容忍的残酷的确定性——的地方。在大航海时代的很长一段时间里，大多数人知道他们这一去将永远离开故国。在爱尔兰，如果又有一个儿子或女儿准备动身前往美国，他们的家人通常会进行"赴美守灵"。他们恸哭，就像为死去的人那样哀悼。

很多德国人、犹太人、意大利人和波兰人启程前也会进行类似的仪式，他们穿过欧洲大陆抵达港口，乘船航行在凶险的大西洋上，最终抵达遥远的纽约港。父母们确信再也见不到自己的孩子，孩子们对父母也有同样的感觉。与刚刚过去的历史之间产生的撕裂感在他们身上留下了印迹，这些印迹也不会随着年轻的移民变老而消失。硬要说的话，怀旧情绪往往会随着年龄增长而越来越强烈。苦痛通常会慢慢褪去，但失去的感觉不会消失。有人在纽约炎热的夏夜惊醒，恍惚间以为自己身在西西里岛、梅奥或者明斯克；有人以为自己的母亲正在隔壁房间的壁炉边准备着饭菜，那些老式的饭菜，那些属于故国的吃食。

很多怀旧之情用音乐的形式表达了出来。上百首各种语言的19世纪歌曲，都在描述亲爱的河流、金色的草地等消失的景色，或在讲述女孩或男孩离开时那记忆中的山坡。这些歌曲大多为工业化产物，带着专为迎合移民而作的愤世嫉俗的腔调，但它们却能激发出真挚的感情。依靠劳动，唱着这些歌的移民在纽约买下了属于自己的小小一隅。大多数人看到自己的孩子健康地长高长大，看到他们接受了教育。可以肯定的是，也有些移民很少唱歌或回忆，他们沉沦在酒精、毒品或者犯罪之中。有人被纽约及冷酷的现实打垮，羞愧地回到故国。有人对失败的耻辱难以启齿，搬去了西部，走进那片空旷的土地，消失在了美国。

可尽管如此……尽管如此，不管是那些成功的还是没成功的，对他们来说，音乐永远在那里。人们在廉租公寓的厨房里、在舞厅里唱起这些移民歌曲，也在婚礼和葬礼上唱响。从移民潮的初期，他们就在这么做，失去的一切和记忆被编织进纽约的个性中。每一位移民都知道非洲人在奴隶制时代学到了什么：曾经有一个亲密无间的世界，现在消失了。那个世界已经成为历史，不可恢复。在最深层次的内心，你是像非洲人一样被剥夺了过去，还是自己决定抛弃过去，并不重要。在夜晚的某个瞬间，本已消失的过去会栩栩如生地出现。

那种双重意识——即无可挽回的过去埋藏在由现在的世界构成的浅浅坟墓中——被传递给了移民的子女，效力逐渐减弱，又传递给了更多的孙辈。所有人都意识到了时间和与之相伴的怀旧之情。更广大世界中发生的事件，通常也能给人施加时间感。我认识的一些老纽约人，至今还把时间分成三个纪元：战争前、战争期间、战争后。他们指的是第二次世界大战。这三个被战争划分的阶段各有专属于自己的怀旧，有属于各自时代的音乐，也有特有的希望、痛苦或失去感。身在纽约大后方的人的战争经历，和身在加州、密西西比州或佛罗里达州的人显然不同。还有些纽约人把1957年布鲁克林道奇队和纽约巨人队的离开看作个人时间意识的重大转折点。很多对话仍以"道奇队离开前……"为开头。其他人则用1963年约翰·F. 肯尼迪被刺作为时间标记，而这个事件才是所谓20世纪60年代的真正开端。

可老移民们早已经历过巨大而具有决定性意义的撕裂，也就是故国和新国家之间的撕裂。这种让人悲痛的破裂并不只发生在其他人身上；这种伤痛不是历史强加给他们的，移民们在这样的伤痛中生活，使之成为自己的历史。他们的经历也在他们参与建造的城市中刻下了永久的精神模板。远走他乡的孩子们现在可以回到故国的老家，带着自己的美籍孩子，参加节日庆祝和婚礼，或者哀悼他们逝去的父母。如果买得起机票，他们可以向孩子展示自己年轻时生活过的地方。他们还可以在故国炫耀自己的纽约街道、纽约学校、纽约公寓、纽约毕业典礼、纽约球赛和纽约野餐的照片，说，这就是他们的美国。可那种剧烈的撕裂感，将过去抛在身后的感觉，却一直留在他们心里，因此也留在了我们心里。他们的怀旧给人熟悉的感觉，生活在纽约廉价公寓中的每一个人在至暗时刻都曾感受过这样的怀旧。

如今，和我们一起生活在纽约的有多米尼加人、俄罗斯人、印度人、巴基斯坦人、墨西哥人、中国人和韩国人，还有其他在殖民时代到访纽约时会被称为"所有位于天堂之下的国家"的人，甚至还有来自多哥的人。有些人搬进了下城，也就是为在他们之前到来的犹太人、爱尔兰人、意大利人和德国人提供不完美成长环境的地方。有些人在布鲁克林安家，还有些住进了皇后区和布朗克斯区经过改造而焕然一新的地方，乘坐地铁前往下城工作。他们总让我感到振奋；他们就是一座不断变化的城市中仍存在连贯性的证明。

若是运气好，新移民可以像很久以前的许多人那样去了解纽约。他们会发现，了解这个地方的最简单方法就是从头开始。也就是说，步行前往下城。他们会走上街道，会看到废墟和纪念碑。他们会吸入过去的灰烬。他们会为生活在这个地方而庆祝，这里住满了表面上跟他们不一样的人。他们会带着孩子走过布鲁克林大桥，将奥兹国里洒满晨光的尖顶尽收眼底。

这样的体验不应仅限于城市的初来乍到者。悲哀的是，太多欧洲老移民的第三代和第四代孩子不了解这座让他们的生活成为可能的城市。丹佛如此，纽约亦如此。大部分公立学校不会强调这些故事。电视文化则进一步深化了被动性，阻止人们主动去了解这些故事。但真正的学生，在单纯的好奇心驱动下，仍能找到自己的祖父母或者曾祖父母曾为后代努力拼搏的地方，那时的他们甚至还不知道自己是否会有后代。在纽约，任何年纪的学生都可以走进留存下来的老街，凝望几座廉价公寓，拜访下东城廉租公寓博物馆，来了解这座城市的故事。在纽约，绝大多数老故事发生在下城。

更新一些的故事也是如此。如今在下城，我们几乎从早到晚都能看到新移民。他们在旧建筑的改造工地上工作，在暴风雪中送着中餐、泰国菜或意大利菜外卖。他们在韩国料理熟食店准备着三明治，在餐馆里当厨师。他们送自己年幼的美籍孩子去美国学校读书。到了夏天的周六夜晚，当很多人打开窗户，让凉风吹进家时，在外漫步的人可以听到用不熟悉的语言唱出的熟悉曲调，那些讲述着失去与遗憾的伤心歌谣。

第二章

# 第一个下城

下城出现前，这里就是一个港口。它是纽约市存在的原因，也仍是这座城市流动的心脏。

"港口"这个词本身就能给人安全和被欢迎的感觉，鲍勃·迪伦曾经称之为"风暴中的避难所"，在被水包围的港口中，我也总有这样的感觉。细雨蒙蒙的日子里，或者在10月耀眼的阳光中，我经常溜达到炮台公园，来到这个让眼前的一切拔地而起的地方，而那距今并非永远。那些时候，我觉得自己加入了某种国际嘉年华。不同世代的美国人与来自法国、德国、日本和世界其他国家的游客混杂在一起，他们认为纽约也是属于他们的宝藏之一。

"吉米，快看！"一个来自明尼苏达州的女人对一个男孩说，"就在那儿？你看到那个刚刚从自由女神像身旁掠过的岛了吗？那就是埃利斯岛，吉米。那就是你曾祖父从德国到达这里时下船的地方。"

几米外，一对法国夫妇隔水望向自由女神像，男的拿着双筒望远镜，女的拿着照相机。我听到了巴托尔迪的名字，也就是设计自由女神像的法国雕刻家。我听到了阿尔萨斯-洛林，也就是弗雷德里克·奥古斯特·巴托尔迪1834年出生的地方。完整的对话已经随风飘散。

我在漫步时无意间听到的对话，总是包含同样的名词：埃利斯岛、自由女神像和纽约。我信步在那青草丛生的23英亩[1]的"巴别塔"之地，不管听到的是什么语言，他们的语调总是充满敬畏与包容。到处都是小商贩，他们拿着自由女神烟灰缸、金属和塑料制成的廉价自由女神像、背景为世贸双子塔的自由女神像照片，还有印着自由女神像的T恤、外套和宣传册。但"自由照耀世界"（自由女神像的全名）似乎永远与低级趣味绝缘。

"你觉得怎么样？"我听到一个三十多岁、留着胡子、穿着讲究的人问道。后来我了解到，他是来自博洛尼亚的建筑师。

他露出了微笑，用一口流利的英语说道："从任何现代角度去评价的话，我们都该嘲笑这个雕像。但我们没有，因为它很漂亮。不管怎么样，它很美丽。因为情感是美丽的。"

我们眼前就是上湾，一个5英里[2]长、3英里宽，很多地

---

[1]　1英亩约4046.8564平方米。

[2]　1英里约1.6093千米。

方深度达50英尺[1]的海湾区域。这是世界上最好的天然港口之一，尽管它属于开放海域的一部分，却没有开放海域恶劣的自然环境。海水散发出咸味，一条汹涌的河流每天从北边冲刷着上湾，一些水势较小的河流从泽西海岸汇入海洋，大海永不停息地翻滚着潮汐。海水沿着哈德逊河向内陆流动了好几英里。

我去炮台公园不是为了冒险，而是为了寻找熟悉感。与很多纽约人一样，我是个按习惯做事的人。通常我会径直走向乔治·杜威海军上将人行步道——没有一个纽约人会使用这个名字——的围栏边，然后面向大海。几乎每次，我都身处陌生人中间。纽约有很多地方，令我喜欢在那里独处：比如任何一间博物馆，布鲁克林大桥的人行坡道，还有这里——我的城市诞生之处。有时，风从西边吹来，我会沉迷于点数海浪，听波浪拍碎在花岗岩防波堤上的呼呼咆哮声。我抬头看到成群的海鸟，它们带着属于城市的狡猾气质，不断侦查周围环境，飞起，俯冲，永远在寻找。偶尔我还能看到隼，刚刚从摩天大楼的巢穴中飞出来，在多年来因为化学物质而大量死亡后，它们又一次在纽约的上空复生。依次排列的旗杆上，旗帜随风啪啪地飘动。宽广的草地上，小孩们

---

[1] 1英尺约0.3048米。

吃着冰淇淋，情侣们手牵着手，孤独的老人坐在长椅上，读着报纸，或者看着眼神忧郁的年轻人。每年我大概会试着吃一次热狗，希望能找回失去的童年快乐。那些热狗总是很难吃，但我确信原因在我自己，而不是热狗。接下来，我会回到被动观察的状态。斯塔腾岛那敦实的橙色渡轮像吃了兴奋剂的轻快帆船一般，以出人意料的优雅姿态进入系泊区。有些日子，我会从沿街叫卖的小贩身边走过，其中很多人来自尼日利亚或塞内加尔，我会想到1626年乘第二艘荷兰货船，被拴着锁链来到这里的第一代非洲人。

  炮台公园的一部分区域意外变成了墓地。在这里，我们可以停下来回忆在历次战争及其他灾难中死去的人们，也可以漠不关心、急匆匆地走过。最大的纪念碑当属东岸纪念碑，用于纪念第二次世界大战期间为了保卫包括纽约港等许多地区而牺牲在大西洋海域的4601名军人。游客站在八块巨大的花岗岩石板前，端详着按不同军种区分后刻在上面的名字。"我有个叔叔加入了海军陆战队，死在了太平洋，"某天下午，一位中年女性说道，"我从不认识他，但近些年我看过他的照片。我想他不在这里。太平洋，那是他阵亡的地方，不是大西洋。"然后她摇了摇头，"这太他妈让人难过了。"她看了一眼所有死去的美国青年的名字，然后走开了。一块标牌上写明，纪念碑由约翰·F. 肯尼迪总统于1963年5月23日宣布落成。6个月后，他也死了。

炮台公园里还有其他纪念碑。其中有一块是专门向牺牲在工作岗位上的无线电报务员致敬，包括一名随泰坦尼克号沉没的报务员。还有一块是挪威水手和商船船员送给美国人的礼物，当他们的祖国被纳粹占领时，纽约是他们的根据地。展望花园中有很多玫瑰花丛，那是为了纪念感染HIV病毒或死于它的人。距离渡轮码头不远的是1947年设立的美国海岸警卫队纪念碑，展示的是两个年轻人正在帮助另一个受重伤的人。纪念朝鲜战争则配上了一块黑色的方尖碑，又在光滑的花岗岩上挖出了士兵的剪影并包裹上了不锈钢，这块纪念碑没有具体的人形，看不到面部，象征着朝鲜战争是一场"被遗忘的战争"。炮台公园里甚至还有一块致敬救世军[1]的纪念碑。

最具原创性的一块纪念碑位于A码头以南30英尺的水中。这是玛丽索·埃斯科巴尔1991年设计的美国商船海员纪念碑，我在其他地方都没见过这样的东西。这个纪念碑由铜和不锈钢制成，展现了一艘倾斜的救生筏上的海员。一名海员跪在甲板上，第二名海员正大声呼喊求救，第三名趴在救生筏上伸手去拉落水的人。营救人员的手距离落水者只差不到

---

[1] 救世军（Salvation Army）：基督教慈善机构。

1英寸。当港口处于漫潮时，落水者就会消失在水下。这个简单的创意考虑到了每天的潮起潮落，使得雕像在生命的希望和死亡的确定间不断切换。埃斯科巴尔说，有时候结局就是不美好。

某种程度上，最有震撼力、最出乎意料的纪念碑，就是在世贸中心的广场上屹立了近30年，由德国雕刻家弗里茨·柯尼希制作的巨大球体。这个球体在2001年9月11日被撞击、扭曲、撕裂，但没有被摧毁。断裂的部分被重新组装在一起，展露着所有的伤痕，它前面的一片土地上有一簇燃烧不息的火焰。数百名游客每天驻足于这个纽约象征最可怕灾难的物体前，而这个纪念碑本身就是由过去和现在的多种金属制作而成的合金作品。

大多数时候，炮台公园里满是漠不关心纪念碑的人。他们忙着过年轻人的生活，为他人炫目的滑板动作惊呼。为了打动女孩，他们倒立行走。他们抽烟，相互拥抱，互相抚摸，讲讲历史可达千年的谎言。有时，他们甚至会一起趴在围栏上，眺望水面。

走在炮台公园，我知道自己脚下几乎都是垃圾填埋物。从17世纪的荷兰人开始，整整23英亩的炮台公园都是人类填出来的。在修剪整齐的草坪下，是公园的石质根基，其中有巨大的石块，有石堆，还有小块的礁石。这么多年来，垃圾填埋物甚至填满了与如今被称为克林顿城堡的红色砂岩城堡之间的空隙。这座位于离岸100码[1]的小型人工岛上的城堡建于1811年，大海起到了护城河的作用。当时殖民地与英国的关系日趋紧张，战争一触即发，克林顿城堡属于保卫纽约港的防卫体系的一环。但1812年的战争从未抵达纽约。不管是战争前后还是战争期间，炮台公园始终保持着安宁状态。

不知怎的，当一天接近尾声时，这片区域也会充斥着悲伤。这里缺少一块纪念碑，缺少本该纪念所有来这里应对不幸的无名女性的纪念碑。在大航海时代，妻子们和爱人们经常来到这岸边，祈祷出海的男人们能平安归来，但其中很多人再也没有回来。她们在这里等待奔赴战场的男人。有时我能感受到她们的忧郁，仿佛能看到这些堕入风尘之人的悲伤的鬼魂。当丈夫离开或死去后，她们被迫进入冷酷的世界，做她们认为为了抚养孩子而不得不做的事情。那时慈善机构还不发达，更不存在国家福利这个概念，市面上也几乎没有开放给女性的工作机会。所以她们接受了污名与耻辱，相信上帝比伪善的世人更宽容，无论什么天气，她们都会出现在炮台公园的树林中。在英国殖民统治的117年里，她们在这里

---

[1] 码：长度单位，1码为0.9144米。

服务着军官、士兵和各式各样戴着假发的大人物。美国独立战争胜利很多年后，她们仍然在这里。她们也应当被人铭记。

如今，不管什么季节，游客都会聚集在这个简单而古老的圆形堡垒周围，拿起地图和宣传册，或者购买游览门票。充满好奇心的游客会了解到，在埃利斯岛投入使用前的1855年到1890年间，这个古老的堡垒曾被用作移民入境中心；或者还会了解到，马戏大王P. T. 巴纳姆1850年引介被誉为"瑞典夜莺"的珍妮·林德，在当时还被称为"城堡花园"的克林顿城堡内进行了一场表演，轰动一时。我第一次看到这个建筑是在1941年，那是它作为纽约水族馆的最后一年，鱿鱼、鲨鱼和其他凶猛的深海生物曾经充塞于此。那一天，我的母亲同样牵着我的手。

站在人行步道的某些位置，你可以看到韦拉扎诺海峡大桥。这是纽约最后建成的一座大吊桥（1964年11月开放），如今被当作人工边界标志，告诉那些抵达的船只它们已经进入纽约港，同时让离开的船只知道它们正在远离奥兹国的母港。我坐过两个方向的跨大西洋轮船，站在顶层甲板上，从桥下穿过时，会有一种对它触手可及的感觉。这座大桥横跨1英里宽的纽约湾海峡，将长岛的布鲁克林部分与斯塔腾岛连接在一起。小时候在战争期间，我被告知这条航道的水下装有钢丝网，以防卑鄙的德国潜艇对我们的港口造成重大破坏。轮船可以通过，但水下的潜艇无法通过。这个消息让我兴奋异常，布鲁克林的汉密尔顿堡和斯塔腾岛的沃兹沃斯堡有对准大西洋的高射炮，还有其他高射炮可以通过轨道推进到展望花园草地上方的山里，这些消息都让我很激动。有一件事我们很确定：如果希特勒和戈林胆敢攻击我们的港口及其服务的伟大城市，我们一定不会让他们逃脱惩罚。没有人能逃脱惩罚。这是个港口，所有港口都很安全。至少我们是这么认为的。

过了纽约湾海峡和海峡大桥后就是下湾，这又是一片大约100平方英里的水域，连接着开放海域和港口。上湾和下湾属于一个系统，而下湾与桑迪胡克湾相连，后者位于纽约湾海峡以南17英里处，是一个弯曲的5英里长的沙嘴。几百年来，靠近纽约的水手看到桑迪胡克后，都会沿着它那弯曲的形状随船入港。即便在今天的喷气机时代，和城市中的街道相比，一些从事远洋航海的人反而更熟悉进出水道。而且港口本身也以一种全新的方式繁忙了起来。我们所在的是一个拥有近30条轮渡航线的岛屿，使用的都是比已经消失的19世纪的轮船动力更强劲的新船。游艇在航道上一会儿出现，一会儿消失。站在炮台公园，我看不见遥远的下湾，但有时，从遥远的大西洋天空中闪烁的微光中，我却能感受到下湾的存在。

在炮台公园，我随时都能看到带着旧漆或满是灰尘的货船驶入港口。它们穿过上湾的水面，左转进入新泽西州的码头，或者继续向前，经过曼哈顿的尖角后进入北河，驶向奥尔巴尼或特洛伊。

我属于最后一代用"北河"这个旧称称呼哈德逊河下游的纽约人。一个住在布鲁克林我们街对面的男人曾经在北河的一号码头干过活。当我认识他时，一号码头早就没了，他和其他邻居当年每天清晨都会前往各个码头乘坐班轮。那段时间，这座岛上共有75个码头，一直延伸到第五十九街。如今，只有13个码头保留下来。小时候，当我第一次听到用布鲁克林口音说出的"北河"时，以为他们说的是"零河"（Nought River），还好奇这条河怎么会有这样的名字。时至今日，随着码头一个接一个地消失，"零河"这个名字终于显得恰如其分了。至于北河，它穿过了整个曼哈顿，直到流过北部的塔潘齐大桥，才成为老纽约人口中的"哈德逊河"。

后来我才知道，"北河"这个名字将我们与这座城市的最初岁月连接在了一起。荷兰人赋予了这条河名字，不是因为它向北可以抵达传说中（并不存在）那个通向亚洲的西北通道，而是因为早期的荷兰殖民者集中开发两条主要河流。一条是特拉华河，他们称之为"南河"；另一条就是气派的哈德逊河，这条河对他们在北部的新尼德兰殖民地至关重要。

按照大河的标准，北边的河并不长：从发源地阿迪朗达克山脉算起，这条河的长度只有350英里。尽管如此，这仍是一条了不起的河。地质学家告诉我们，哈德逊河与北河肯定在史前的冰天雪地里被一个冰川切断过。冰川显然具有巨大的粉碎力量。当河流流经曼哈顿时，冰川在泽西海岸一侧的帕利塞兹将陆地切割出了巨大断崖，其深度接近60英尺。这条古河积蓄力量，流过纽约湾海峡，又流淌了大约60英里，最后汇入大西洋。一些地质学家因此认为，在全球海平面比现在低得多的年代，这条河可能更长、更深。

这里还有很多历史，可都不像这条河一样古老。有些历史无意间揭示出了这座城市后来所具有的精神气质。当乔瓦尼·达·韦拉扎诺[1]经过50多天的海上航行，于1524年4月抵达纽约湾海峡时，他感觉到了水下河流的能量和激流，以为港口会是个巨大的湖泊。韦拉扎诺是佛罗伦萨人，从法国的迪耶普港出发那年，他三十八岁。作为三桅帆船"王妃号"的船长，他受雇于法国国王弗朗索瓦一世，而弗朗索瓦一世对佛罗伦萨人有着极高的敬意，还为晚年的艺术家、工程师列奥纳多·达·芬奇提供了工作机会和庇护（达·芬奇

---

[1] 大部分历史中，韦拉扎诺的名字里有两个"z"。但致敬他的大桥名字中却只有一个"z"。读者们自己想想看，这是为什么。——原注

于1519年去世）。王妃号航行的目的本来是寻找那条虚无缥缈的、通向亚洲丝绸与香料之地的"西北通道"，同时为法国夺取所有无人占领的土地。这两项任务韦拉扎诺都没有完成，但他却成为第一个发现大港口的欧洲人。7月8日，他向弗朗索瓦一世写了一份报告，描述自己看到的一切：

> 我们在一个优良锚位停锚，不了解入海口的情况，我们不会继续驾驶帆船前进。因此，我们使用小船进入河流，发现河岸土地上住着很多人，当地人……用不同颜色的鸟羽毛装饰自己。他们喜形于色地接近我们，大声发出欣赏的呼喊。

我们几乎可以肯定，韦拉扎诺文中提及的印第安人是莱纳佩人。几年后，另一个来自地平线外的访客穿过了纽约湾海峡。这个人是埃斯特万·戈麦斯，他是一名来自葡萄牙的黑人船长，在所谓的西北通道寻找金银财宝。面对印第安人的热情好客，他的回应却是将57人抓走，在里斯本的奴隶市场兜售。接下来的很长一段时间里，再也没有陌生人拜访这里的记录。一些遇到海难的水手可能到达过莱纳佩人的土地，也许偶尔有皮毛交易商出现，可能也有向北或向南航行但搞不清方向的旅行者。但总的来说，戈麦斯之后的80多年里，这片土地再没出现其他新闻。到了1609年9月12日，一个名叫亨利·哈德逊的英国水手驾驶名为"半月号"的荷兰船进入了港口。当地的印第安人又一次表现出理所当然的友好态度。但哈德逊却将其中两人绑架，准备带回阿姆斯特丹展览。当他抵达奥尔巴尼，发现河流变窄时，意识到根本不存在什么西北通道，于是掉头返程。一名印第安人质死亡，另一人逃脱，消息开始在曼阿哈塔岛上传开——不能信任白人。愤怒的印第安人射出大量箭，哈德逊迅速离开了这片土地。

17世纪初的印第安人一定为自己那时的单纯感到后悔。这些曼哈顿的第一代居民张开双臂欢迎陌生人，却为自己的天真付出了代价。当他们的原始冲动被来自大洋对面的人重新激活时，已经是几百年后的事了。

今天，靠在炮台公园的围栏上，我能看到我们居住的布鲁克林区的连片屋脊。1944年，就在盟军登上法国奥马哈海滩后，在这里的左侧，我从屋顶看到一栋栋高楼大厦组成的天际线亮起了灯。灯火管制结束了！下一个要结束的就是战争！"那帮纳粹杂种要完蛋了！"我父亲如是说。如果在我们住的地方安家，你就会知道，那些天际线属于我们，夜复一夜，永远属于我们。

靠在围栏上,我的思绪总是将这部分炮台公园和布鲁克林的那部分连在一起。这两个地方被水隔开,成千上万件小事将两个时代分隔。有那么一瞬间——有的时候时间更长——我的脑海里全是1945年我们赢得欧洲战场胜利后那个夏天的记忆。那个夏天是所谓"战后"时代的开端,尽管这个时代直到8月中旬日本投降后才正式开始。而我最生动的记忆,则是旧"玛丽皇后号"游轮驶进港口那天,雾笛的声音、轮船的汽笛声,还有不断响起的教堂钟声。玛丽皇后号接回了14526名打败了"纳粹杂种"的男人和女人。横渡大西洋时,他们睡在船舱的地板上,睡在露天甲板上,或者睡在轮机房中。可谁在乎呢,你活着打完了突出部之役、安齐奥战役或巴斯托涅战役,没有什么比回家更重要的事了。

英国作家简·莫里斯在《曼哈顿45》中出色地再现了那一天,让我想起了在自家房顶上看到的海军飞艇。它飘在巨大的游轮上方,经过纽约湾海峡和阻挡纳粹潜艇的水下铁丝网,进入了上湾。玛丽皇后号跟在后面,周围是由拖船、渔船和小型货船组成的船队。它们经过了自由女神像,想必天堂都能听到纽约爆发出的吼叫。无数回家的士兵,他们一定是很久以前远渡重洋,决心成为美国人的那些勇敢者的子孙。我总觉得,有些士兵也在为那些老移民欢呼。港口充满欢乐、庆祝和胜利的那天,距离我的十岁生日还差4天。和玛丽皇后号上的人一样,我也觉得所有的战争都结束了。很少有人想到,未来这里还会竖起新的、面向同一个港口的纪念碑;很少有人能想到,年轻的美国人还会带着枪和国旗前往那么多地方。

随着荷兰贸易站变为荷兰人定居点,小村庄里很快按照定居者对阿姆斯特丹的记忆,建起了带有三角斜顶的独特黄砖房。有些房子里住着工匠和他们的学徒,有些住着有非洲奴隶服侍的有钱人。那里有许多吵闹的酒馆,很多人用陶制烟斗吸着烟草,到处都有捣蛋鬼。街道上满是泥巴,猪可以自由漫步。那里甚至还有几个风车。

大多数人都知道,为了抵挡不友善的原住民,荷兰人在他们小小定居点的最高处建了一堵墙。当威胁过去、墙被拆掉后,那个地方就成了"墙街"(Wall Street)——华尔街。我们知道,热爱运河的荷兰人沿着百老街挖出了一条通向大海的运河,后来被占领这里的英国人填平。我们知道,在寒冷的冬天,荷兰人会在今天钱伯斯街所在位置的蓄水池上滑冰,后来也在开阔的郊野滑冰。比起维米尔或伦勃朗,这个消失的村庄更值得让荷兰黄金时代的画家弗兰斯·哈尔斯画一幅画。新阿姆斯特丹的荷兰人始终没能让画家把他们充满欢声笑语和叛逆乐观精神的村庄记录下来。

那些荷兰定居者以及被他们说服一起前来的人，一定拥有超乎寻常的孤独感，就像雷·布拉德伯里在他的《火星编年史》中描述的那种孤独感。不管怎么说，从荷兰前往新阿姆斯特丹，平均需要4个半月时间。除了建造的房子，没有什么给人熟悉感。他们在一片完全未知的陌生大陆的一个边缘小岛上住了下来。无怪乎最初的几个冬天，他们会躲在教堂和酒馆里抱团取暖。

可除了很久以前便设计好的街道，他们存在的其他物理证据早已消失。火是消除痕迹最便捷的清洁剂。美国独立战争之初的那场大火，烧毁了493间房屋（包括最初的三一教堂）。大部分是英国人的房子，也有很多是荷兰人的。1835年的大火又烧毁了700多间房屋，毁掉了剩余的一切。大火留下的遗迹就在如今摩天大楼的下方。即便是主要靠奴隶建成的阿姆斯特丹堡，也就是彼得·施托伊弗桑特[1]彰显权威、表达愤怒的地方，也早已变成了碎石，所在地的一部分如今已经被大理石建成的巨大海关大楼占据。

荷兰小镇被抹平的过程中，唯一留下的例外是鲍灵格林这个小型的三角形公园。尽管荷兰人和英国人都在这里打过

---

[1] 彼得·施托伊弗桑特（Peter Stuyvesant）：新阿姆斯特丹最后一任荷兰总督。

保龄球，如今已不再有人进行这项活动，但它仍是象征着纽约诞生的一块绿色标志，就在百老汇大道的起点。那里的草地被铁栅栏保护着，而铁栅栏本身已经和这个小公园一起，发生过太多的改变。这块三角地的面积曾经很大，被早期定居者用作商品市场和牲口集市，也被用作新兵的训练场。

偶尔也会有印第安人来到市集上参与交易。后来成为百老汇大道的街道，由一条人流量很大的印第安小路改建而成。直到欧洲人抵达美洲大陆后的20年，当地印第安原住民依然保持着夏天要从岛屿高处或从长岛的居住地前往"曼阿哈塔"的习惯。当然，他们没有留下任何书面记录，但都是人类学范畴内的莱纳佩人记录。其中一些是来自长岛的卡纳西人，还有大本营位于如今韦斯切斯特的韦克奎斯基克人，另有一些来自河西岸的马希坎人。几个世纪以来，他们一直享受着港口的馈赠：牡蛎与蛤蜊，龙虾与水龟，还有各种各样的鱼。有一份研究估计，海湾和北河中覆盖着350平方英里的牡蛎苗床。海港中偶尔能看到海豚，极少情况下，也能看到在桑迪胡克湾选错了方向而误入的鲸鱼。在岛尖的东海岸靠垃圾填埋物扩展前，河畔能看到大量牡蛎壳，有些是被入海口的水流冲刷到岸上，有些则是被度夏的莱纳佩人留在了岸边。早期定居者后来将这些牡蛎壳夷平铺成了街道，又被一个不知姓名的荷兰人讽刺性地命名为"珍珠街"。这个街名沿用至今,基德船长[1]在这条街上生活过,美国小说家赫尔曼·梅尔维尔也在这里出生。

我们很难在早期荷兰人统治纽约的时代遗迹中找到珍珠。那时主要的贸易商品是在北河上游的森林里收集的河狸皮毛,但数量不够,无法创造利润。荷兰人没能如愿在可抵御欧洲寒冬的皮毛贸易上匹敌俄罗斯,但在他们在北美定居点进行的某些活动却成了未来纽约人基本生活的一部分。新阿姆斯特丹的基本任务,就是为西印度公司及其董事和股东赚钱。这家公司(而非国王)指派董事,称他们为"总督",而新阿姆斯特丹早期的一些总督还怀揣私人目的。他们不是为了宣讲基督教教义,也不是为了在他们眼里的野蛮人中创造现代文明,他们就是为了发财。几乎从一开始,腐败就在公司里滋生蔓延。

如今站在鲍灵格林公园的铁栅栏边,我有时会想象心心念念做生意的威廉·弗赫斯特向聚集在这里的朋友和熟人点头的样子。他是以西印度公司名义管理这个贸易市场的第一任董事,或者说总督。弗赫斯特的住所位于他下令修建的堡垒中,他没有画像流传下来,但一想到哈尔斯和伦勃朗的画

---

[1] 基德船长(Captain Kidd):17世纪的一名苏格兰船长,后因海盗罪被处死。死后成为传奇人物,西方一直流传着关于他宝藏的传说。

风，他在我的脑海中就变成了一个脖子粗壮、暴躁、把手中权力用作武器的人。根据现存记载，他就是个恶棍兼酒鬼。可更重要的是，在纽约的传说中，他还是一个极其狡猾的人。他创造了纽约历史上已知的第一组"两套账"，一本是公司的账，一本是自己的账。他在自己小小的，但不断变大的统治区内，不断给自己行各种方便（主要是在房地产领域）。西印度公司终于回过神来，将他召回后，用时年四十岁、生于德国、住在比利时瓦隆地区、讲法语的彼得·米努伊特取代，后者用价值24美元的念珠和小装饰品"买下了"曼阿哈塔，搞定了西印度公司对曼哈顿岛的所有权。我们几乎可以确定这是一起双重诈骗，因为到访的卡纳西印第安人卖出了一个不归他们所有的岛屿。米努伊特担任总督的时间只有13个月，但他的名字却因为购买岛屿的行为而永远流传，这个成名原因和纽约极为相配，不管怎么说，日后推动这座城市不断发展的，就是那些地产大鳄。

在米努伊特之后管理这片土地的人，要么奸诈狡猾，要么愚不可及，可谁都比不了浮夸的英国总督康伯里勋爵（1661—1723）。1702年后，他喜欢穿着女性服装在堡垒中游荡，还让人把自己画成安妮女王的模样。1647年，集人性优劣于一身的彼得·施托伊弗桑特抵达了纽约：他是勇敢的士兵，也是强硬的指挥官，他的假腿外镀着一层银，他意志坚定、铁石心肠，也相当固执偏狭。他似乎永远皱着眉头，他因为人性弱点而暴怒的故事颇有传奇性。三十七岁的施托伊弗桑特抵达新阿姆斯特丹时，原本预计在这里停留3年，但最终生活了15年。即便英国人在1664年夺取了这座城市，即便他自己的儿子和大多数市民一起敦促他不要抵抗英军，施托伊弗桑特还是没有放弃。他撤退到了自己位于岛屿东部的大农场，最后被埋葬在了农场圣马可教堂，这个教堂的一部分被用作农场的小礼拜堂。农场圣马可教堂位于第二大道和东城第十街，多少年来，穷孩子们总想洗劫墓地，偷走施托伊弗桑特的银腿，但都没能成功。（其中一个孩子还是20世纪40年代的中量级拳王洛基·格拉齐亚诺。）施托伊弗桑特显然会把这样的探险视为人类罪恶的额外证据。但1672年死后，施托伊弗桑特却成了永远的纽约人，他的遗骨永远留在了曼哈顿岛。某种程度上说，他对这座岛满是狂躁之爱，甚至比生养了自己的祖国还要深。

今天，施托伊弗桑特死后300多年，他的名字和形象彻底融入了曼哈顿。人们用他的名字为曼哈顿最好的公立高中命名，东城一片建于1943年、占地18个街区的公房区，也用了他的名字。这个名字出现在公寓楼上，至少还有一个公共广场、一家花店和一家燃油器公司也使用了他的名字。

我们找不到与施托伊弗桑特那些腐败的前任有关的公共

记录，他们也没有回忆录。他们理应拥有这些记录，因为他们的经历一定程度上也属于纽约历史的一部分。

现在的鲍灵格林是一个安静的秘密花园。我们很难想象，荷兰人曾经在这里聊天、吸烟、打保龄球。栅栏外，在容纳了这个小公园的行人安全岛的北端，矗立着一座愤怒公牛的雕像，弯曲的牛角向北，对着看不见的华尔街。3.5吨重的公牛是雕塑家阿尔图罗·迪莫迪卡的作品，由多梅尼科·拉涅里浇铸而成。1989年时，没有任何机构或个人委托，这座16英尺长的雕塑就这样出现在了纽约证交所门前的一棵圣诞树下。市政公园管理部门后来将雕像移到了现在的位置，它似乎将永远留存在资本主义之都的心脏位置。原因很简单：纽约人和游客都喜欢。不管下着大雨还是艳阳高照，每天都有成群结队抱着牛头、让朋友拍照的游客。在雕像的尾部，总有十来岁的女孩站在公牛巨大的睾丸边合影，这对睾丸如今已经被成千上万双热情的手摸得油光锃亮。起初，合影的女孩们总是发出咯咯的笑声。后来，她们的笑声变得更加顽皮。有时还会爆发出大笑。一天下午，我看到4个法国修女就像十来岁的女孩那样摆着姿势，第五名修女用数码相机记录下了她们的身影。显然，在曼哈顿，没有哪个雕像能像公牛那样给陌生人带去如此多的快乐。

迪莫迪卡创作的公牛背朝鲍灵格林秘密花园。栅栏内摆着表面光滑的桌子和板条椅，也有长椅供独自一人的游客坐着看书，还可以看到大批游客跟在拿着黄色球拍或美国国旗的导游身后。很久以前的一个夏天，我看到3个流浪汉围着一个棋盘吵了起来，他们的嘴里时不时喷出脏话。一个穿着西装的男人独自享受地吃着甜筒冰淇淋，还有一个人静静地站在汩汩流水的喷泉边，一直盯着水面。

一个名叫理查德·休伊特的老人说："我来这里，是因为我待在这里时什么事也不会发生。这就是我来这儿的原因。"

栅栏上的一个标牌解释道，这片绿地1733年根据英国法律被租用为官方草地保龄球场（租金为一年一颗胡椒粒），栅栏设立于1771年。最初，栅栏的每一个尖角上都装了一个复刻的英国王冠。但在1776年7月9日这天，当"自由之子"社和其他年轻美国人在如今的市政厅公园听到《独立宣言》的宣讲后（这份宣言5天前在费城签署），一群人来到了公园，搞了一些破坏。他们爱国热情的主要发泄目标，是一座矗立了7年的乔治三世镀金骑马雕像，也就是"英国疯王"的雕像。它的设计灵感来源于罗马著名的马可·奥勒留雕像。那伙人不在乎任何伟大的祖先。他们把乔治三世的金属像从大理石底座上掀了下来，用木棍和斧头敲打，砍下了雕像的头。目击者表示，现场没有胜利的呼喊，也没有人唱革命歌曲，捣毁雕像全靠人力。历史学家罗德曼·吉尔伯特表示，有些爱国者用小车把雕像碎片运到了远处藏匿（几乎可以确定是在康涅狄格州），把4000磅重的雕像融化成42088颗子弹。在吉尔伯特1963年出版的《炮台》中，他并没有说明是谁计算出了这个数字。但我们知道，被砸扁的雕像头出现在了名叫"金斯布里奇"的小酒馆，没过多久，这个小酒馆就被英国士兵占领了。安全起见，这个头像曾被临时埋在地下，随后被挖出来送回英国，作为美国人暴行的证据向英国人进行展示。雕像上的马尾和其他三块碎片于1871年在康涅狄格州的一个农场被发现，如今陈列在纽约历史协会博物馆中展览。

那伙人也掰下了鲍灵格林栅栏尖顶上的所有王冠。栅栏倒是幸存了下来，可经过两个多世纪，也没人找到那些遗失的王冠。

从这个小公园的入口处，游客向南可以看到港口和大海，几百英尺外还有一栋非常漂亮的建筑，它的正式名称是亚历山大·汉密尔顿美国海关大楼。从上世纪90年代开始，这里变成了美国印第安人国家博物馆乔治·古斯塔夫·海伊中心，其中保存了大量珍贵藏品，还有一个很漂亮的书店。绝大多数纽约人都简称它为"海关大楼"。

设计这栋建筑的是卡斯·吉尔伯特，出身于中西部地区的他是纽约最优秀的建筑师之一（他最优秀的作品就是1913年建成的伍尔沃斯大厦）。在周边尽是高楼大厦的街区中，海关大楼只有7层，但吉尔伯特富于法国学院派艺术风格的设计却让这个建筑拥有了恒久的力量感。吉尔伯特被称为"现代传统主义者"，他在建筑外观上采用了传统欧洲建筑风格，内部却使用了大量先进技术，包括使用钢制框架，后来也用上了电梯。与20世纪中叶纽约主流的、受包豪斯风格影响的简约主义不同，这是一栋值得欣赏、研究甚至阅读的建筑。吉尔伯特想要取悦客户、自己，以及在夏日午后散步的纽约人。他成功做到了。

这栋建筑的外部石材是暗灰色的缅因花岗岩，整栋建筑配有44个科林斯式圆形石柱。建筑前方摆放着4个由丹尼尔·切斯特·弗伦奇打造的石灰岩雕塑，分别代表亚洲、美洲、欧洲和非洲，与颜色更暗的建筑形成了鲜明对比。正门入口上方较小的雕像，则是向20世纪早期人们心目中全球最伟大的贸易国家致敬：希腊、罗马、腓尼基、热那亚、威尼斯、西班牙、荷兰、葡萄牙、丹麦、德国、英国和法国。显然，这个建筑被设计为实用建筑（吉尔伯特的任务之一，就是为越来越多的行政文件打造储存空间），但也被看作具有纪念贸易功能的历史建筑。也就是说，这就是一座纪念碑，用来展现纽约港口蓬勃发展的胜利精神。

如今，游客可以走上这栋建筑于1907年开放时就存在的宽大楼梯，呼吸港口带有咸味的空气，或者向北远望百老汇。楼内有一个椭圆形大厅，长135英尺，穹顶距离地面约85英尺。大理石的石柱和马赛克地板给楼内的房间增添了感官上的奢华和愉悦，以及近乎幽灵般的回声。墙上用湿壁画技法创作的壁画，是雷金纳德·马什1937年的作品。上世纪20年代初，马什是小报《纽约每日新闻》的插画艺术家，但他放弃了新闻工作，开始为纽约的地铁、舞厅和娱乐秀场绘制壁画。面对高大且未加装饰的墙壁——8个水平空间、8个垂直空间——他肯定明白大多数纽约人的共识：港口就是一切。艺术史学家劳埃德·古德里奇这样描述马什的做法：

> 对于大空间所要展现的主题，他选择呈现一艘远洋班轮抵达纽约的8个连续阶段：班轮经过安布罗斯号灯塔船；接引航员上船；遇到海岸警卫队巡逻艇；行政人员登船；路过自由女神像；甲板上，媒体正在迎接一个女明星（大概是葛丽泰·嘉宝）；拖船将班轮拖至船埠；最后，在码头卸货。这就是一部现代史诗，既真实又传奇，故事展开得非常清晰，且合乎逻辑，又非常适合这座建筑的气质。

马什将当年的场景"凝结"在了1937年的这些壁画中，这正是它们今天具有如此强大怀旧感的原因。在纽约，"现在"变成"过去"的速度比世界上任何城市都要快。带着某种情绪看这些壁画，你仿佛能听到鲁迪·瓦利唱歌，看到弗雷德·阿斯泰尔为那些在大萧条时代中受伤的人们优雅起舞，看到拉瓜迪亚市长把老虎机丢到河里。你仿佛看到人们走过步桥，伸手去拿当天的《纽约时报》或《每日新闻》，或者听到浪漫的年轻人F. 斯科特·菲茨杰拉德在自传散文《我失落的城市》中的一段回忆，那是他在欧洲度过3年时光后第一次乘坐远洋班轮穿过纽约湾海峡时的情形："当船驶入河中，傍晚的城市突然出现在我们身边——纽约下城的白色冰河给人的压力，仿佛一座桥上的拉索般跌宕而下，视野接着再次升高，进入了纽约的上城区，仿佛悬挂在星星上的朦胧灯光奇迹。"差不多10年后，他像马什壁画中的乘客一样，在股市崩盘后又一次抵达了纽约："我们经过了那些礼貌到有些古怪的报关经纪人，后来又低着头、手里攥着帽子，满怀敬畏地穿过激荡着回声的墓地。一片废墟中，几个幼稚的鬼魂还在玩耍，企图伪装成他们还活着的样子，可他们焦躁的声音、潮红的脸颊却泄露出化装舞会式的空洞。"

马什1937年壁画上的有钱人，可能也像菲茨杰拉德一样，遭受了现实的打击。但马什赋予他们戴上面具的权利。他们可以假装更关心球赛比分和股市，不在乎希特勒、西班牙内战或者大萧条时代带来的永不消失的伤痕。对大多数乘客而言，他们似乎已经做出了调整。他们已经度过了1929年股灾后的艰难时光，那时有不少股票经纪人在地下小酒馆的卫生间开枪自杀。有些人还训练自己不要流露出怜悯之情。可在壁画中，当回到纽约这座拥有3支职棒大联盟球队和9份报纸的城市，连他们都带有某种纯洁无辜的气息。

用巨型远洋班轮象征整个世界似乎是个永不过时的比喻，尽管其中带着特权阶层固有的那种傲慢。马什画这些壁画的时候，他可以走出海关大楼的大门，看到主流航运公司那些坚不可摧的大楼。这些大楼集中在下百老汇的几个街区里，那里从19世纪中期开始就被人称作"汽船路"。如今，那些建筑尚在，但汽船早已消失。

马什一定曾路过如今出售柠檬水、咖啡和零食的一个小摊，他一定站在那里注视过百老汇1号。就在这个地方，在美国独立战争初期的危险岁月里，乔治·华盛顿曾经短暂地将司令部设在阿奇博尔德·肯尼迪的家里。历史学家托马斯·杰弗逊·沃滕贝克如此描述："那经典的大门入口，帕拉迪奥式窗户，华丽的飞檐，宽敞的房间，巨大的楼梯，精巧装饰的墙壁和屋顶，还有出色的宴会厅，展示出了良好的品位和富裕的生活。"

华盛顿没有在这个舒服的房子里停留太久。几个月后，在英国海军压倒性的优势下，他和大部分由平民组成的军队从纽约撤退，在其他地方继续抗争。独立战争结束后，这个地方从私人房产变为小酒馆，又变成小酒店，最终在1848年变成了规模更大的华盛顿酒店。在接下来超过30年的时间里，这个地方始终作为酒店，为越来越多途经纽约这个不断发展的港口的国际旅客，以及从美国其他州来到纽约、准备启程前往欧洲或世界其他地区的人们提供服务。

到了1881年，因为成功铺设横跨大西洋海底电缆而闻名的塞勒斯·W. 菲尔德，决定把这个地方变成办公楼。原计划的大楼高10层，后来扩建到12层，还配有一个塔楼和双重斜坡屋顶。这座百老汇大道上高258英尺的建筑，能让坐在其中办公的人们看到极其壮观的景色。但在照片里，这座有着暗红色墙砖的恢弘建筑却看起来给人以阴郁的感觉，甚至阴沉恐怖。房地产商们最终达成了共识。1921年，他们对建筑外观进行了大调整，将最初的大部分装饰移除，用白色的石灰石薄板覆盖了建筑表面。1969年之前，这里一直被美国航运公司骄傲地用作公司总部。但在1969年那一年，那面"美国国旗"从客运航线上消失了。[1]

如今，这个建筑仍然带有曾经存在过、现在已经消失了的世界留下的印记。百老汇大道的建筑立面，醒目地印刻着象征资本主义帝国扩张前哨的城市印记：开普敦、纽约、墨尔本、昆斯敦、伦敦、普利茅斯。它们提醒我们，全球化根本不是新鲜事。靠近炮台广场一侧的角落还刻有海贝与海豚，以及标记着"二等舱"和"一等舱"的门。如今，那些门不再为人们提供前往远方的通道，而是通向一排花旗银行的ATM机。在炎热的夏日，整座城市萎靡不振时，每个人看起来都像二等舱的乘客。

百老汇25号上是另一栋来自失落世界的建筑。一块标牌告诉我们，从1977年开始，这里一直是美国邮政局的鲍灵格林邮政所，但在很长一段时间里，百老汇25号却是冠达邮轮纽约总部的所在地。这曾经是世界上最大、最豪华、最重要的客运航线，自1840年起就开设了纽约航线。105年后，当"玛丽皇后号"载着返家的士兵抵达纽约时，一定有人激动得落泪。我祖父是冠达邮轮一位受尊敬的员工，1916年去世前，他肯定来过这个地方。当人们走进建筑内部，就像雷金纳德·马什在海关大楼工作时那样，一定会感到震撼。

---

[1] 此处指1969年，船身以美国国旗装饰的"合众国号"轮船终止服务。

打开铜制大门,就能看到一间高拱顶前厅,还有一间纽约作家杰拉德·R.伍尔夫口中"肯定是世界上最漂亮的室内装饰之一"的大厅。我对此完全赞同。前厅的装饰由著名壁画家以斯拉·温特负责,这里相当于大厅的序曲。游客在此稍作停留,随后进入大厅,那里就是乘客过去购买船票的地方。房间呈八角形,长185英尺,宽74英尺,穹顶距离地面65英尺。这会迫使你抬头。在穹棱上,拱形的屋顶有着丰富多彩的图形与设计,而所有图形都旋转着形成了海浪状的蔓藤花纹。上面有美人鱼和海豚,海星和海马,海浪和风,还有挂着很多旗子的船。湿壁画、浅浮雕、画出的地图、无法辨认的标志、模糊的符号,还有出现在海面上的海神、汽笛,甚至信天翁——所有事物都在这幅人造的海洋图画中争夺空间。画上还有哥伦布的舰队,有传说中第一个抵达北美的欧洲人莱弗·艾瑞克森,还有威尼斯探险家塞巴斯蒂安·卡伯特。即便对小学生来说,这些名字代表的历史也太过遥远,就像"飞翔的荷兰人号"[1]传说一样。有点奇怪的是,这个巴洛克式屋顶如今甚至会让人感受到一种愤怒的情绪,仿佛海神们因为被下方排队购买邮票的人们抛弃而心生

---

[1] 飞翔的荷兰人号(Flying Dutchman):传说这是一艘鬼船,永远不会入港,只能不断在海上航行。

厌恶一样。

对比之下，隔壁街区由雷金纳德·马什创作的壁画就显得庄重多了，甚至能让人感到愉快。在冠达大厦的艺术作品中，你能感知到溺水的水手和沉船，他们遭到风、星星和运气的背叛。画作告诉我们，海浪可以变得很凶残，潮水可以很无情，所有航行都充斥着未知的风险。冠达壁画讲述的是冒险与远航的浪漫，而海关大楼里马什的壁画则总让我想起1945年的那些士兵，他们即将抵达家乡。对马什来说，他的家永远是纽约。

# 第三章

# 三一之国

那是在夏末,一个明亮的周六下午,凉爽的微风从港口吹到了百老汇大道。在西侧的路边人行道上,我俯视着华尔街的斜坡,入口处设置了难看的混凝土路障,用来防止恐怖分子袭击。我能看到暗色的东河在远处。和我一起站在人行道上的,是一个推着小车叫卖热狗和烤坚果的中东人,车上带着遮阳伞。10英尺外,另一个人在兜售印有纽约标志的运动衫。两个人用阿拉伯语聊天时,刚刚参观完世贸中心遗址的游客从他们身边走过。向下城走上几码,在面朝雷克特街、背对地铁入口的地方,一个非洲人卖着手提包和手表。

我的大脑里浮现出了曾经走过这条路的人:那些姿态矫揉造作的贵族,比如约翰·亚当斯和伊迪斯·华顿这样的社会名流;19世纪初那些消失了的富商,比如亚历山大·汉密尔顿和他的死敌阿伦·伯尔;还有技工和他们的学徒,奴隶和自由人。我试着想象了一番消失的荷兰小镇。除了一些遗迹外,那个时代还留下了一些词,比如老板(boss)和门廊(stoop)。前面提过,早年间荷兰的那些老板们确立了纽约历史悠久的腐败传统。其中最有名的老板彼得·施托伊弗桑特偏执地向人性弱点发起了一场战争，最后自然以失败告终，但这也确立了纽约的另一项传统。不过，荷兰人还是留下一个连施托伊弗桑特也无法摧毁的不朽遗产，那便是宽容精神。

"宽容"这份遗产并非由不切实际的荷兰空想家们创造。出于荷兰人的实用主义精神，17世纪的尼德兰是欧洲对宗教最宽容的国家。天堂可以等等再说，重要的是今天、这一周或者今年有钱赚。反过来，这又意味着，每个人都在国家事业中分有一杯羹。当施托伊弗桑特想把犹太难民驱逐出新阿姆斯特丹时，荷兰大本营里真正的老板，也就是荷兰西印度公司的董事告诉他：别想了，我们的董事会里有犹太人。宽容不只是理想主义，也是门好生意。

绝大多数荷兰人曾驻扎于此的物理证据，都在1778年和1835年的大火中消失殆尽。时间也改变了其他事物。在英国统治的117年里，老一代荷兰家庭慢慢与英国征服者融合，形成了纽约第一代"融合后裔"，1809年，华盛顿·欧文给这些人起了个名字：灯笼裤佬（knickerbocker）。从整体上看，盎格鲁—荷兰人既傲慢又自负，社交生活局限又矫揉，他们总是小心谨慎地在公众场合展现自己的贵族价值。欧文在《一段纽约历史：从世界的开始到荷兰王朝的终结》这本书中用这个词取笑他们，但它却被保留了下来，连被取笑的对象都接纳了这种说法。每当想到像帕特里克·尤因、拉特里尔·斯普雷维尔和斯蒂芬·马布里如今也被称为灯笼裤佬，我就会感到振奋。[1]

老灯笼裤佬也有属于他们的怀旧情感：乘坐由奴隶驾驶的豪华马车，坐在闪烁着烛光的乔治亚风格的宴会厅里，或在周日早上的礼拜场所调情。可没有什么能永远持续。鲍灵格林越来越小，变得更像公园，而不是能打保龄球的地方。对面漂亮的乔治亚—联邦风格的房屋变成了做生意的门面房，业务几乎都与港口的生意有关。华尔街面朝东河方向的斜坡上，精美的私人房屋变成了会计事务所、证券经纪公司和保险公司，后来又变成了摩天大楼。位于河边的华尔街尽头，则是一个奴隶市场。这也属于港口业务，绝大多数显赫的灯笼裤佬家族都曾毫无羞耻地参与过这项活动。很多人说服自己，上帝允许他们这么做。而大多数人则根本不在乎。这就是纽约，一个由金钱统治的地方。

今天沿着百老汇大道向北散步时，我和往常一样，在三一教堂停了下来。这天不是截稿日，我也没有约人见面，

---

[1] 这三人都是NBA的黑人球员。

可以让自己稍微沉浸在这个人类奇迹中一段时间。我不是一个有着虔诚宗教信仰的人，但总会被三一教堂，被这片耸立着如此哥特式奇观的土地打动。很难想象没有三一教堂的纽约会是什么样。连它的位置都在表明这座城市的根源：三一教堂面对华尔街，象征性地创造出了上帝与财富交汇的十字路口。

我走进大门，走进围墙内，从左侧进入教堂的庭院。我径直走向了亚历山大·汉密尔顿墓地的纪念碑前。上世纪60年代初的几年里，每当午夜走出地铁站，沿着雷克特街走去西街工作时，我总会路过这个纪念碑，心里总会想起这个人。我几乎肯定会投票反对汉密尔顿和他那个"美国需要贵族统治"的观点，但我仍然珍视他这个人。1801年，他和几个政治同盟一起创办了《纽约邮报》。1960年，我成了这份报纸的记者，从而开启了自己的成年生活。和大多数年轻人一样，我对历史极其无知，包括那些和我的生活存在关联的历史。但我至少知道感谢汉密尔顿创办了这份报纸，至今仍在心存谢意。

汉密尔顿纪念碑呈金字塔状，金字塔的底座附有4个石灯，表面刻着文字和日期，聊表1765年出生于西印度群岛的汉密尔顿复杂的一生。纪念碑下埋葬着汉密尔顿的妻子伊丽莎白，作为菲利普·斯凯勒的女儿，伊丽莎白当然属于纽约上流社会。对比两个坟墓的日期我们就会发现，1804年，当汉密尔顿因为在北河对岸的新泽西州威霍肯愚蠢地选择与阿伦·伯尔决斗，并受枪伤死亡后，伊丽莎白还活了近50年。曾经的伊丽莎白·斯凯勒肯定听说过自己那英俊丈夫的出轨传闻，不管这些是真事还是谣言，她最终还是安葬在三一教堂墓园中丈夫的旁边。

右手边是罗伯特·富尔顿的坟墓，去世于1815年的他没能看到自己开发的北河汽船，即后来的克莱蒙特汽船为纽约带来的巨大改变。作为首个成功投入商用的蒸汽动力船舶，这艘汽船1807年从科兰特街的尽头出发，用时32小时抵达奥尔巴尼，创下纪录。纽约当时的大部分水上贸易集中在东河的南街。因为港口带来的潮水和盐分，所以河水（或河口）基本不会结冰，船长们也想避开沿着北河吹来的强劲北风或西风。富尔顿的客运汽船改变了水上贸易全局，逐渐赢得认可，最终在19世纪后半的几十年里取得巨大成功。小小的汽船为北河打开了贸易和发展的大门。发明汽船前，作为来自基尔肯尼的爱尔兰移民之子，富尔顿更为人熟知的身份是才华横溢的画家，他在巴黎成为美国侨民本杰明·委斯特的学生，后者则是世纪之交最重要的画家之一。富尔顿的纪念碑上是一个以他的自画像为参照雕刻的浅浮雕。但富尔顿的遗骨没有埋在纪念碑下方，而是存放在利文斯顿家族的地下墓室里。他的妻子哈莉特是利文斯顿家族成员，"克莱蒙特"则是家族在哈德逊河谷房产登记的名字。

如今，这些墓碑、纪念碑和三一教堂一样，已经成为历史的见证。最早的墓园位于教堂北边，1697年被授予教区。第二个墓园，也就是汉密尔顿和富尔顿纪念碑的所在地，于1705年并入教堂。北边庭院的大部分空间被一块1852年竖立的褐砂石哥特式纪念碑占据，这是为了纪念美国独立战争期间，在三一教堂北部两条街外的糖厂——现在被称为自由街[1]的地方——死去的数百名被英军俘虏的美国人。北边和南边的庭院中据说一共有1907座坟墓，教堂里还有私人地下墓穴。和所有墓园一样，我们能够从中读出死亡和消失，也能看到纽约城的历史和变迁。

因为时间和天气，墓碑上的很多名字和去世日期已经变得模糊不清，还有一些墓碑在1776年摧毁第一个三一教堂的大火中被烧得焦黑。有些"永久居民"在世时声名显赫，因为留存于人们的记忆而被熟知。北院中埋有威廉·布雷德福的遗骨，他从1693年开始在汉诺威广场做印刷工，并在1752年创办了纽约的第一份报纸——《纽约公报》。布雷德福活到九十二岁。同样埋葬在这里的还有弗朗西斯·刘易斯，他

---

[1] 独立战争期间被称为皇冠街（Crown Street）。——原注

也是唯一一个葬于曼哈顿的《独立宣言》签署人。他在独立战争中几乎失去了一切，如今因为皇后区以他名字命名的大道而被人知晓。曾两次担任财政部长的艾伯特·加勒廷也安息在这里，他在托马斯·杰斐逊担任总统期间稳固了美国的财政制度，并协助制定了终结1812年战争的协定。加勒廷还是纽约大学的创始人。某种程度上说，他们都是纽约这个大熔炉的样本。布雷德福从英国移民到纽约，刘易斯出生在威尔士，加勒廷则从瑞士移民至此。

可除了汉密尔顿和富尔顿这两个例外，即便有墓碑上的名字依然清晰可见，它们的主人也和那些名字已经被抹去的人一样被遗忘了。其中很多是孩子，他们在一座那时还供水不足、完全没有下水道系统的城市里，在一座野狗和自由奔跑的猪争抢垃圾的城市里，夭亡于霍乱、天花、黄热病。那些有钱在三一教堂租用私人长椅的社会名流则想尽办法，让自己和孩子免受上述危险。但有些墓碑告诉我们，没有人是真正安全的。

三一教堂本身也蕴含着丰富的纽约历史，它就像这座城市一样不屈不挠。我算不上有宗教信仰的人，可这些年来，随着越来越多地了解历史，我也越来越珍视这个地方。第一间三一教堂在1697年得到英王威廉三世的许可，成为英格兰教会的一部分。有意思的是,威廉三世是从荷兰"进口"的英国国王。为了把权力攥在手里,英国人坚持政教合一。第二年,这片土地上建起了第一间略呈方形的小教堂,建造教堂的过程得到了威廉·基德船长的帮助,借出了滑轮组的他于1701年因海盗罪在伦敦被绞死。基德可不是最后一个友人坚称其是被陷害的纽约人。

三一教堂的未来在1705年得到了真正的保障,安妮女王在那一年拨赠了一片土地作为"教堂农场"。这片土地从百老汇大道一直延伸到北河,范围在后来的富尔顿街与现在位于西边的格林威治村的克里斯托弗街之间。在那个年代,如此大面积的土地赠予并不少见。荷兰人向人脉宽广的资助人授予了大片土地,而精明的英国占领者认可了这些安排。英国人明白,新阿姆斯特丹是一家公司的前哨,而不是一个国家,因此不受国家义务的束缚。他们让荷兰定居者融入了重新命名为"纽约"(新约克)的殖民地生活。

身在伦敦的英国国王也明白,遥远的殖民地需要能将其与母国永远联系在一起的机构。三一教堂被选中,成了这样的机构之一。授予许可的目标,显然是为了确保英格兰教会的统治地位,尽管远在1705年的伦敦,所谓授予许可不过是地图上的投机游戏,就像现在分发火星的土地一样。

可那片土地,也就是三一教堂的世俗财产,它的作用就是确保三一教堂在纽约这座独立战争后教堂不断出现又消失，通常变成一堆碎石，为银行和证券公司让路的城市里能够存活下来。连教堂的墓园都是由财富铺就的。随着城市以华尔街下方的小村庄为起点开始扩张，教堂的土地变得越来越值钱（如今价值可达几十亿美元）。这给三一教堂带去了安全感，使之从未被卷入新教徒与后来抵达美国的爱尔兰及德国天主教徒之间的狂热宗教纷争中。这些纷争有时甚至致命。三一教堂善良的牧师们从动乱与灾难中学会了耐心的美德。当三一教堂在1776年的大火中被烧成灰烬时，牧师们毫不怀疑，只要独立战争结束，他们就能尽快重建教堂。在剧烈动荡的独立战争期间，三一教堂始终对英国国王保持忠诚。作为英格兰教会的一部分，它别无选择。但三一教堂的会众间却不存在统一观点。有些盎格鲁人不再出现在租用的教堂长椅上，而是加入了独立军。其他人则留了下来，坚信反叛者一定会被击溃，生活将恢复正常。可在一场革命中，没有什么是正常的。1783年，三一教堂的很多保守派教徒，包括牧师，纷纷离开纽约回到英格兰，或者前往加拿大的新斯科舍省。

被毁掉的教堂得到了重建。建设期间，大部分教徒前往圣保罗教堂礼拜，这间开设于1766年的教堂属于三一教堂的分堂，位于百老汇大道三一教堂以北5个街区的地方。当乔治·华盛顿在1789年举行就职典礼成为总统时，他从联邦大厅走到了圣保罗教堂，那里有一个专门致敬他的长椅。这个长椅现在可能还留在那里。华盛顿在历史性的那天选择圣保罗教堂的原因很简单：新的三一教堂直到第二年才建成。不过圣保罗教堂简单的装饰，却很适合代表着共和价值观的总统。圣保罗教堂如今仍是曼哈顿连续使用时间最长的最古老的建筑。2001年9月11日后，这座教堂带着巨大的荣誉感为整个城市提供服务，他们为数百名搜救人员和工人提供食品饮料和休息空间，教堂的栅栏上还装饰着数千条告示，那些是来到下城寻找下落不明的亲人、朋友、爱人的人留下的，但也有人只是为了哀悼。圣保罗教堂比三一教堂见证了更久的历史。

我们可以在旧版画里看到1790年的三一教堂，它那200英尺高的尖顶比视野中的任何建筑都要高。然而，第二座三一教堂的结构则存在瑕疵。1839年，教堂的屋顶因为一场大雪而严重受损。牧师及其顾问仔细研究了问题后决定，更合理的选择是拆掉教堂重建，而不是修补。这一次，他们聘请了年轻的设计师理查德·厄普约翰，他小时候从英国移居到美国，曾经做过细木工。他完美完工。

今天如果面对三一教堂站立，这个由理查德·厄普约翰设计的褐砂石教堂会带给你一种沉静的高贵感。教堂的塔楼高284英尺,自1846年1月的祝圣仪式后,这座塔楼想必将一种当时还没能得到普遍认可的建筑模式强行塞进了纽约的想象中。这座教堂日复一日、年复一年地表明,伟大的建筑定能改变天空的景色。

教堂的基石放置于1841年。接下来的5年里,厄普约翰亲自监督整个工程,教堂举办祝圣仪式时他也在场。建造教堂的花费为9万美元,相当于今天的190万美元。厄普约翰使用的是采自新泽西的褐砂石,但这些石头却没有呈现出纽约现存的很多褐砂石建筑那样的巧克力色。三一教堂的外立面若隐若现着一层玫瑰色,在清晨阳光照耀华尔街时最为明亮。即便教堂如今在周围摩天大楼的衬托下显得矮小了许多,但它仍给人一种凤凰涅槃般的胜利和新生,能让人获得恒久的信念。

我和一群人一起等着进入教堂,用手摸着三一教堂的铜制大门。那天很暖和,但门却是凉的。三一教堂的大门模仿的是吉贝尔蒂为佛罗伦萨圣若望洗礼堂设计、后来被大量效法的著名大门。三一教堂的这些门是1896年新增的,设计师是理查·莫里斯·亨特,他颇受上城区那些喜欢纽波特和第五大道大别墅的暴发户青睐。亨特选择了圣经中的常用场景,并把制造任务分别交给负责大门的雕刻师卡尔·比特、负责右门的J. 马西·兰德和负责左门的查尔斯·H. 尼豪斯。比特是奥地利移民，也负责雕刻大军团广场上正对广场酒店的普利策喷泉的雕像。那天晚上，比特为普利策喷泉的铜像做完黏土模型，离开大都会歌剧院时，被一辆出租车撞上而身亡。在纽约，艺术家已经学会不要期待掌声。

花钱订制这些门的是威廉·华尔道夫·阿斯特（1848—1919），用来纪念自己的父亲约翰·雅各布·阿斯特三世，后者直到1890年去世时都被阿斯特家族称为"小阿斯特"。第一代约翰·雅各布·阿斯特是来自德国的移民，他并非三一教堂的常客，尽管信仰路德宗，但也不算传统意义上的教徒。不过他在掌管教堂及其资产的人中却异常有名。

自1784年二十岁那年移民美国后，阿斯特开始了相当特别的一生：他卖过乐器，还曾是冷酷的皮毛商人，靠战争发过财，也在和中国的贸易中贩过鸦片。但一桩涉及三一教堂的生意，却让他找到了真正适合自己的职业，而这又牵涉到一个围绕墓园阴魂不散的人——阿伦·伯尔。和伯尔有关的故事就没那么简单了。1767年，英军驻北美的总司令亚伯拉罕·莫蒂尔和三一教堂达成一份协议，租借北河沿岸465英亩的土地，其中包括今天格林威治村的一部分。对莫蒂尔来说，那是一份完美的协议：土地租金为每年269美元，为期99年。以世俗权力的立场与教会打交道是一件美妙的事。在那片面对北河的土地上，莫蒂尔在今天的国王街、瓦里克街、查尔顿街和麦克道格街之间的地方，建起了名为里士满希尔的豪宅。独立战争爆发后，莫蒂尔离开了纽约。1790年，伯尔买下了这份租约。他用一种奢华的总统式风格管理着里士满希尔（尽管他竞选总统始终没有成功），来到这里的客人形形色色，既有詹姆斯·麦迪逊和托马斯·杰斐逊，也有最终被他送到三一教堂墓园里的死对头亚历山大·汉密尔顿。没有记录表明约翰·雅各布·阿斯特参加过那些宴会活动，但伯尔和阿斯特在面积虽小却不断扩张的纽约城中彼此认识。在那个年代，纽约还是一座用脚就能丈量的城市。

1802年，伯尔在托马斯·杰斐逊任职总统期间担任副总统，那时的他极度缺钱。伯尔和阿斯特达成协议，以62500美元的价格卖出了莫蒂尔的租约。这份租约的到期时间为1866年5月1日，阿斯特将土地拆分为至少241块区域，还给那些从他手里分租土地的人设置了特别条款。租客可以按照自己的意愿使用土地21年，在那之后，他们必须重新签订租约，否则阿斯特就会收回土地。如果租客不幸破产，阿斯特就会拿走一切。

阿斯特那时知道，城市肯定会向北扩张，而且有了"莫蒂尔—伯尔"租约后，他开始在城市边界外购买土地。阿斯特眼光独到，还极有耐心。除了1830年在市政厅公园对面的街上建了一栋极其难看的阿斯特酒店外，他几乎没有自行建造过任何东西。在其他全部产业中，阿斯特都只是持有土地并让对方支付租金。纽约城市命运的每次重大变化都在帮他的忙：1824年城市街道第一次用上煤气灯（等于延长了纽约的白天）；1825年伊利运河开通（使得城市贸易量和人口仅仅几年时间就实现了翻倍）；19世纪30年代初市下城发生霍乱疫情，还有1835年那场毁灭性的大火。污秽而拥挤的下城区让人无法忍受，人们开始向北移居至格林威治村乃至更远的地方。19世纪30年代马拉公车的发明，使得一些住在北边的纽约人可以前往位于下城的办公室工作。

就这样，纽约人第一次经历了生活区域和工作区域不在同一个地点的情况。华尔街住的大多是男性。私人酒吧大量出现，餐馆（restaurant）——这一叫法源自法国——也开始出现在街头，为饥肠辘辘的股票经纪人、会计和保险公司员工提供服务。新的人行通道上也开始出现某种版本的快餐，食材都来自港口，比如搭配各种调味汁的牡蛎、蛤蜊、鱼和（来自长岛的）玉米，有的只配黄油和盐，有的则加入红辣椒调味料。烹饪这些快餐的，大部分是非洲裔女性。

1834年时，阿斯特已经放弃了大多数其他产业，把精力集中在曼哈顿的房地产上，很快就成为美国最富有的公民。他是美国第一个收入百万的人，也是第一个身家超过百万的人。他晚年曾说:"如果我能重新活一次,如果知道现在所知的一切,还有钱去投资,我会买下曼哈顿岛上的每一寸土地。"多亏了绝望的阿伦·伯尔,阿斯特发现了纽约的真正信仰,那就是房地产。

从这个角度说,约翰·雅各布·阿斯特才是纽约真正的创建人。而掌管三一教堂的人,想必都会带着世俗的愤怒与嫉妒看待他。

走进三一教堂,我就沉浸在了宁静、美丽且有庇护感的氛围中。这座建筑高挑的房顶,配上缄默的维梅尔式的灯光,还有古典音乐那种离散式的声响,都给人一种时空停滞的感觉。尽管纽约崇尚时间就是金钱,时钟却在此停摆。在这里,那种匆匆忙忙、横冲直撞、马力全开的华尔街气息被抛诸脑后。这座教堂仿佛有一种经由建筑师的远见塑造出的封闭的智慧,将游客带入其中,把世界留在外面。

事实上,这座教堂给人一种中世纪的感觉,让人想起宗教改革和反宗教改革前,欧洲出现宗教裁判所和宗教屠杀前的那段日子。在中世纪的欧洲,教会统合并引导着整个社会,权威超过任何个人、商人或国王。至少教会是这么认为的。我猜,这就是三一教堂让我感受到天主教氛围的原因,简约与奢华并存。游客不管有着怎样的宗教信仰,即便是无神论者，也能从三一教堂获得一种独特的、轻声细语般的亲近感。

就在大门里面，也就是靠墙成排摆放宣传册和书的地方，有一本供游客签名的留言簿。我签了名。我前面的三个名字分别来自西雅图、俄亥俄州米德尔斯堡和墨西哥的雷诺萨。大约20名游客坐在靠近祭坛的长椅上，他们都遵守禁令，未使用手机。每一条精心打磨过的长椅边都有赞美诗集，天鹅绒垫子可以让陌生人轻松地独坐一旁。柱子上的标识表明，下一次礼拜仪式使用的赞美诗分别是第423、567和493首。祭坛左边的小讲台挂着一面写有"1696"的横幅，也就是第一座三一教堂建立的年份。尽管人类存在的时间非常短暂，但横幅上的那个日期也在提醒我们，时间自身的漫长。

彩绘玻璃窗更能让人感受到天主教那种巨大的空间感及强烈的延续感。为最大限度突出威严感，祭坛被放在了高处，上面装饰着被钉在十字架上的耶稣和使徒的雕像。我们在数不清的教堂里见过这样的场景，而它们有着很明确的暗示意义：都是让人熟悉的天主教信仰的象征。它们表达的是一个不存在教派分裂的世界。欧洲的很多教堂，包括梵蒂冈的教堂中是否存在更大、更深刻或者更吓人的相同场景，这并不重要。三一教堂里的很多画像给人早期文艺复兴的感觉，也就是巴洛克风格成为主流前的风格。那些窗户、绘画和雕像算不上高雅艺术，可19世纪40年代的设计者追求的却不是高雅艺术，而是表达永恒的信仰。

这里有头戴主教冠的老年男性雕像，看起来非常像教皇；许愿蜡烛燃起的烟雾在空中袅袅散开；教堂里还有一尊圣母马利亚的木雕像，地板上是留有明显使用痕迹的石灰石。不信教的人也能怀着赞叹之情欣赏眼前的一切，心里默默为工匠的手艺喝彩的同时，并不会产生皈依宗教的迫切想法。

有时我会独自一人坐在教堂里，幻想自己在其他人人生中的模样。我和艾伯特·加勒廷坐在一起，他几分钟后就会起身离开，拜访朋友约翰·雅各布·阿斯特，严正拒绝了对方送出的钱。说法语的瑞士人加勒廷用英语和德国移民阿斯特聊着天，英语是所有纽约移民的通用语。我想象坐在后排的伯尔计算到场人数的样子，想象自己看到了利文斯顿家族、范·伦斯勒家族和布雷沃特家族的人。一次又一次，我看到了乔治·坦普顿·斯特朗。

斯特朗是最伟大的纽约人之一，但这并非表示他是一个完美的人。斯特朗生于1820年，1838年毕业于哥伦比亚大学，一生都在做执业律师。他能演奏，也热爱音乐。后来他成为三一教堂的教区委员。美国内战期间，他加入美国环境卫生委员会，协助挽救了几千名军人和平民的生命。斯特朗去世于1875年，被埋葬在三一教堂的墓园中。

以上简单描述，无法反映斯特朗留给后世的恒久价值。从青少年时代开始，斯特朗就有写日记的习惯，最终字数超过了200万。从他的日记，以及由菲利普·霍恩保留下的短篇日记中，至少在一定程度上能触摸到我们心目中的那个19世纪曼哈顿。斯特朗的日记大部分仍未出版（很可悲），但在1952年由历史学家阿伦·内文斯整理的四卷删节本首次出版后，人们立刻就明白了斯特朗是一个多么了不起的人。他的文字清晰易懂，充满智慧，对政治大环境和人们言谈举止中的小细节都有着极为深入的观察。斯特朗的声音，就是老派新教徒精英阶层最真实的声音。他是为自己写作，为了表达自己对移民潮改变了纽约面貌的担忧。他对天主教充满恶意与偏见，尤其是对爱尔兰天主教徒。他是一个"很有礼貌"的种族主义者，会肆无忌惮地使用"黑鬼"这个词，对废止奴隶制持保留意见且态度悲观，他不确定非洲奴隶的美籍孩子能否拥有足够的智商，以令他们得以成为和白人平等的公民。在那些不经意间流露出的狭隘偏见中，他几乎确定地表达出了对自身时代和阶层的信念。他甚至给自己的妻子画了一幅自以为是的画像，把她放置在童话般纯洁的女性刻板印象中。在女性的问题上（那时女性甚至不被允许成为执业律师），他是一个冷酷而暴躁的大男子主义者。显然，他不是唯一这样的人。

尽管如此，我们在他的工作中仍能持续不断地看到体面，即一种个人化的正直、正派。这使得他给人一种詹姆斯风格小说[1]主人公的感觉，仿佛暧昧与矛盾反而让人物变得更有人性了似的。现实生活中的斯特朗是一个英俊而忧郁的人，他把怒火发泄在了日记里，而那些文字也都真实反映了他对纽约这座城市的看法。他不是为后世评判而书写文字的政客，也不是在大众出版物上发表个人观点的记者。他不期待掌声和谴责，只是想记下自己眼中的生活和时代的真相。有些时候，没有什么真相比忧郁的人爆发出的愤怒更有力量。

不出意料，斯特朗的日记中充满太多纽约人身上那种让人伤痛的怀旧感。最重要的是，他在哀悼自己年轻时的那座城市、那个老纽约的消逝。他为这座城市那些固定风格和地点的变化而感到伤心。1848年时，因为不得不离开从小长大的格林威治街，搬到葛莱美西公园，斯特朗既愤怒又遗憾。葛莱美西公园这片新开发的区域是他岳父的杰作，后来成为"布朗斯通共和国"的首都。斯特朗搬到新街区——大概位于现在的第十八街和第二十三街、第三大道和帕克大道南路

---

[1] 此处指亨利·詹姆斯（Henry James, 1843—1916）小说风格，他的代表作包括《仕女图》《华盛顿广场》。詹姆斯出身于上层阶级，家族中拥有多位知识分子。一般认为他代表着一种伟大而怀旧的早期美国。

之间——的主要原因在于，老街区逐渐退化，那里的房屋逐渐转为商用，吵吵闹闹的移民工薪阶层酒吧越来越多，街头生活越来越活跃，隐私越来越少，秩序也越来越差。他变成了自己土地上的陌生人。斯特朗是一个名副其实的保守派，但又不是简单的保守派。纽约的保守派说，这个地方曾经很美好，现在却成了废墟。斯特朗去世后，每一代纽约人都曾以各种各样的方式重复着他的痛惜。

但斯特朗从不是一个脱离现实的人，不会只空谈所谓正统观念。下面这段文字，就是斯特朗在1851年7月17日对纽约底层越来越贫穷的状况做出的反思：

> 可我们还有五点区，即我们的移民生活区。大量缝纫女工每天无聊乏味单一又繁重地劳动，却只能勉强维持生计。她们过的是没有希望和快乐的生活，码头上有成群结队的小偷，还有独自生活在街头的孩子们。任何走在百老汇大道上的人都会看到成群衣衫褴褛的女孩，最小的才十二岁。因为过早承受恶行，她们的人生已经被摧残得难以救赎；她们穿的是将捡来的破布缝在一起的脏衣服，说着污言秽语，童真早已从她们脸上消失，取而代之的是尖刻的笑声和死记硬背下的脏话，可她们年纪太小，还不懂那些话的意思；她们狡诈的眼睛里写

着"小偷",堕落的脸庞上写着"妓女",尽管每一个表情和姿势都如此不自然、肮脏且让人厌恶,但后一个职业又似乎完全超出了她们的意愿。下雨时,我们也能看到十几个这样的人。她们追赶着每一个路过的人,在太阳出来、泥土再次变干后又会一齐消失。而我认为,这群人就是一座伟大城市的社会疾病所能产生的最让人作呕的东西。她们身旁站着一群恶棍无赖⋯⋯

为了逃避这让人沮丧又惹人怜悯的场景,很多三一教堂的信众放弃了下城,搬到了更靠北的邦德街、华盛顿广场的柱廊式连排住宅。有些人甚至搬到了曼哈顿岛更远的地方,搬到了斯特朗所在的葛莱美西公园。很多教堂成员还在继续付钱租用教堂长椅(三一教堂直到1919年还在收取这种费用),但空荡荡的教堂本身,就在迫使人们质疑它存在的合理性。很多人的感受肯定和斯特朗一样,他在同一天的日记中这样写道:

> 我在想,我到底在做什么?我不是学者,不是慈善家,也不是神职人员,更不是人们的向导或统治者。可以肯定的是,我坐在那里的样子,会留下一道带有歉意的影子。可如果天堂允许我进入,我会在死前做些好

事——如果一个人在离开这个世界时,能帮助一个脏兮兮的流浪儿离开那瘟疫横行的地方,自然不是件让人遗憾的事……

带有歉意的阴影笼罩着三一教堂关于其未来使命的讨论。教区委员们最终决定,该认真对待自己的信仰了。他们靠房地产赚得盆满钵满,其中有些收入正是来自那些贫民窟,就是它们产出了百老汇大道上的流浪儿。作为基督徒,他们必须利用财富去拯救那些孤苦伶仃的可怜孩子,还要尽可能多地拯救。或者像斯特朗说的那样,哪怕只拯救一个流浪儿。三一教堂那些善良的圣公会教徒们开始走入穷人中,时至今日,三一教堂仍在履行这个职责。

这项工作开始时并不容易。五点区那些难缠的爱尔兰人拒绝他们、辱骂他们,伤了很多善良人的心。在那些为了逃避饥荒而离开爱尔兰的难民及其子女中,很少有人忘记盎格鲁人在爱尔兰土地上扮演的角色,正是他们在那里组成了征服者的官方教堂。很少有人忘记一个世纪前的刑法,这部法律不允许天主教爱尔兰人拥有财产以及上学和投票的权利,以这种方式摧毁了他们的人生。纽约的爱尔兰人拥有太多的记忆,又难以拥有宽恕。东河的克里尔岬的那些可怜妓女(有人说她们就是"hooker"这个指代妓女的词的来源),对上流社会的怜悯或一天30美分的工作毫无兴趣。差不多在那段时间里，"改革者"这个词在纽约人口中变成了一种讽刺。尽管如此，在富有爱心的三一教堂的推动下，还是有数百甚至数千条年轻的生命得到了拯救，过上了体面的生活。他们有了文化，在职业学校学会了做生意。他们想办法进入了新闻行业这种只认才华，而非迷信各种证书或者光鲜家学渊源的行业。他们成为警察和消防员。他们组建了工会。他们成为规模迅速壮大的坦慕尼协会成员，让自己的投票起到作用。慢慢地，他们搬出了贫民窟，见证自己的孩子从真正的学校毕业。简而言之，那些被排斥在外的人，那些可怜的爱尔兰移民，终于成了纽约大熔炉的永久组成部分。

当然，无论是乔治·坦普顿·斯特朗还是早期移民，尽管都曾经出力奠定了城市的基础，但肯定会认不出纽约这座现代城市。有时从鲍灵格林走到百老汇大道，路过咖啡店、餐馆、熟食店和送货员时，我总是想以19世纪的角度去看待这些地方。寿司是什么？塔可是什么？贝果是什么？看在上帝的份上，披萨又是什么？今天纽约最常见的食物，在19世纪根本不存在。从手机到摩天大楼，这些如今司空见惯的东西在19世纪同样不存在。然而，失落之城本身却被保留了下来。食物本身便是长久以来宽容的证据。

在灯笼裤佬统治的年代，因为人口爆炸式增长，宽容的理念受到了严峻考验。绝大多数灯笼裤佬认为，第十四街以北的地方要么是农田，要么是荒野。随后，移民开始出现，其中也包括约翰·雅各布·阿斯特。人生没那么成功的移民基本不在乎盎格鲁精英阶层信奉的教条，三一教堂和其他新教教堂对他们来说也毫无意义。他们要么是天主教徒，要么根本就是为了躲避宗教纷争而来。他们来到美国，显然不是为了继续向他人卑躬屈膝。1825年伊利运河开通后，街道上开始出现越来越多来自美国内陆及欧洲贫穷地区的人，他们都是为了从"美国愿景"中分一杯羹。坦慕尼协会欢迎他们，投机破烂房屋的纽约第一代贫民窟房东也欢迎他们。上流阶层看不到他们的需求，看不到他们的野心、智慧和希望，只看到了暴民崛起的阴影。

世界在改变，灯笼裤佬也陷入了怀旧情绪之中。他们心中渴望的是舒舒服服建在华尔街南边的那个让人顿生亲密感的小镇。他们想起在那些街道上和朋友见面，想起在那些街道上如何冷落敌人。如今，他们每天会路过几百个以后可能再也见不到的人。他们想起了盛大的派对，想起了深受喜爱的宠物狗和某些马匹的名字，还有穿着制服的侍者与奴隶。他们想起了在云杉街举办的第一届坦慕尼协会大会，以及后来在纳苏街和法兰克福街举办的会议，想起了朋友们如何嘲笑那些身着粗劣服装的粗鲁人。有些人还记得在纽约成为新生美国临时首都的那一年,在圣保罗教堂看到乔治·华盛顿做礼拜。他们记得汉密尔顿曾经在华尔街住过一段时间,记得让人讨厌的伯尔先是住在仕女巷,后来搬到了面朝鲍灵格林的百老汇4号。他们见过这些人。他们想起自己懒洋洋地躺在鲍灵格林,看着成群的鸟飞过港口。他们想起一个小镇,它制造了一定程度的恐惧,但毫无疑问,人们注定得如此生活。再然后,他们离开了那个舞台。

他们没有离开这座城市。当灯笼裤佬们承认了那些不够上流的地方也是城市的一部分,接纳了自己从血统上就不是城市真正的统治者的现实后,他们做了很多好事。他们创造了中央公园、纽约公共图书馆和哥伦比亚大学。他们将智慧和一些道德准则融入纽约。但他们仍会忧郁地怀念自己年轻时的那座城市。乔治·坦普顿·斯特林在日记中记录了自己的一些伤感,从1826年开始写日记的前纽约市长菲利普·霍恩也是如此。尽管有着各种各样的缺点,但他们仍是曼哈顿最优秀的市民。可他们也搬到了北边,离开了心中的下城,那里作为古老家族的地盘也在慢慢消失。在剩余的人生中,斯特朗一直住在东城第二十一街74号。1875年,他在那里去世。霍恩早年间住在市政厅公园对面的百老汇大道,他在1836年离开了百老汇,余生一直住在琼斯大街,大概位于今天东村的位置。斯特朗的最后一个住址,就是三一教堂的墓园。

# 第四章

# 速度

几百年来，我们一直知道，很多发现实际上源于意外。科学家总能做出这样的发现。那些试图寻找古代中国的人，最终找到了斯塔腾岛。1954年从海军退役后，我在多雷穆斯广告公司的艺术部门做起了送信人。我本想在任意一个地方找份工作，但能在老下城的核心地带找到，多亏了一个意外：那是我在《纽约时报》分类广告的"艺术"一栏看到的第一条信息。让我震惊和愉悦的是，他们录用了我。至于我发现了什么，那就是后来的事了。

多雷穆斯尤其擅长为股票和债券推出证券发行广告。在我的记忆中，我们的办公室位于百老汇大道120号一栋大楼的高层，这栋大楼更为人熟知的名字是"公正大厦"。后来我才了解到，这栋巨大的建筑在纽约建筑史上占有特殊地位。根据历史学家基思·D. 雷维尔的说法，公正大厦建于1914年，尽管遭到了被挡住阳光的邻居反对，但它还是建到了63层，巨大的建筑主体投在地面的阴影可达7.5英亩。底部的建筑填满了整个街区，正对着百老汇大道，并且延伸到了雪松街、纳苏街和松树街。建筑中可租用的空间能容纳1.5万名工人，这让公正大厦成为纽约市里最大、人口最密集的办公建筑。公众为这栋建筑傲慢地偷走午饭时街道上的天空、阳光和空间而愤怒，这最终促成了一个有意义的结果：1916年，纽约通过了城市历史上第一部规划法。这部法律要求未来所有摩天大楼的较高楼层都需要做出一定让步，至少保证一些阳光可以照射到地面的人群身上。1916年对百老汇120号附近的街道来说太晚了，但新法律令后来曼哈顿的大楼纷纷采用了尖顶设计，其中最漂亮的自然是克莱斯勒大厦。

在多雷穆斯广告公司工作期间，我对此一无所知。周围的街区遍布着我从布鲁克林看到的那些高楼，但地面却覆盖着一层层的历史，我也逐渐受到了影响。最能生动展现过去的莫过于三一教堂，每天早上和午饭时间我都能看到这个建筑。看着三一教堂的哥特式建筑，我开始想象它诞生时那些被遗忘的岁月。多雷穆斯广告公司里没有人能回答我关于三一教堂、百老汇或那些高楼大厦的问题。"我们正在为明天的《华尔街日报》准备广告，"一个脾气不好的文案撰稿人表示，"别操心那玩意了。"我确实不担心，只是对周围的世界感到好奇而已。我花了几十年时间，才找到那些问题的答案。

我慢慢明白一件事：19世纪，当三一教堂成为建筑领域的焦点时，纽约这座城市本身也换上了新的个性。归根结底，评价生活的标准是速度。运动的速度，改变的速度，成长的速度。从1825年到1850年，纽约的人口从13.3万增长到了超过50万。速度变得更快，人们更有动力，生活节奏变得越发紧张。马拉公车的出现导致下百老汇地区的交通变得更加拥堵，人们急匆匆地上班、下班，俗称"送信人"的小伙子手里拿着紧急信件躲避着路上的行人。煤气灯在19世纪20年代出现在街头，街上亮起灯光便意味着纽约夜幕降临，这夜晚再也不是一片漆黑（最后一盏煤气灯大约在1914年退出历史舞台）。南街和东河边，被煤气灯点亮的账房里，人们会工作到很晚。新的码头仿佛巨大的手指一样出现在北河上，码头附近陆续出现仓库，用以存储蒸汽船运来的货物。改变的速度让人震惊。19世纪40年代初，电报加快了世界的沟通速度。最初问题频发但日后不断完善的大西洋海底电缆，让欧洲市场更加贴近正在高速发展的纽约。到1840年时，东河上一共有63个码头，哈德逊河上有50个。所有帆船中最优雅、最高，也是最后出现的快速帆船，诞生于1843年，这种帆船大大缩短了美国到欧洲的航行时间。可它们已注定成为纽约怀旧之情的一道风景。

速度渗透进一切，包括人们的想法、对未来的展望以及街头生活的日常点滴。冒失的纽约人穿行于下城区的街道，这让他们获得了永远甩不掉的粗鲁名声。纽约口音变得越来越普遍：这种口音清脆短促，直接又生硬，像是很重的拳头。越来越多的纽约人聚集在人满为患的简陋餐馆里狼吞虎咽地吃午饭，同时翻看写满了新闻的下午版报纸。时间就是金钱，信息也是金钱。天气好时，很多人会在中午聚到街上，吃着街边小摊上的牡蛎、蛤蜊和玉米，样子和一个世纪后我在路边吃热狗时一样。灯笼裤佬的精美老屋变成了散发恶臭、不懂规矩的年轻人寄宿处，这些年轻人很快就得到了"单身汉"的称号，而房子原本那些骄傲的主人们则搬到了其他街区，沉浸在属于自己的怀旧之中。

　　灯笼裤佬搬迁的目的地之一，是圣约翰公园。在所有人的回忆中，这片高档的社区都是一片美好的城市绿洲，它在1803年时以伦敦西区为蓝本设计，拥有小型、优雅的家庭生活氛围，其中树木遍布、阳光充足。中心地带有一个带围栏的小公园（只有居民有钥匙），周围排列着漂亮的联邦式及希腊复兴式建筑，给人一种早期葛莱美西公园的感觉。圣约翰公园的位置在莱特街、瓦里克街、埃里克森街和哈德逊街之间，距离我现在住的地方（也就是房地产从业者口中的翠贝卡区）只有几个街区。圣约翰公园的名字源于广场东边的圣约翰教堂，这座乔治亚—联邦风格的建筑由小约翰·麦库姆设计，身为苏格兰人，他与法国建筑师约瑟夫·曼金一起设计出了极其漂亮的新市政厅。夜幕降临后，广场上的煤气灯发出温暖又让人感到亲密的光芒，一个孤零零的守夜人会巡视广场。白天，不管是什么季节，孩子们都会在公园玩耍，家庭女教师则在一旁看着，仆人们为了大型家庭聚餐采购食材。春夏时节，前后花园里开满了各种颜色的花朵。最常听见的声音，就是钉了马蹄铁的马掌敲击鹅卵石地面的声音。

改变随之到来。在19世纪30年代重塑北河的蒸汽船，在19世纪40年代不断提速。圣约翰公园的女士们和先生们之中，有很多是那些满是雄心壮志的上流人士的后代。19世纪二三十年代，他们在政治上彻底输给了安德鲁·杰克逊，开始离开圣约翰公园。最初他们离开的速度很慢，随后大大加快。漂亮的房子变成了群租房，有钱的房主心满意足地坐在安全的新家里（有些位于河对面的布鲁克林高地上）收着房租。绿地上开始长出野草，环境因为破烂、肮脏而变得越发无序，仓库挡住了通向河流的道路。1869年，来自斯塔腾岛的"海军准将"科尼利厄斯·范德比尔特买下了整片区域，准备改建成火车站。教堂被拆除，墓园被清空，乔治亚—联邦风格的房子也被一一移平。纽约中央车站里没日没夜地响起钢铁车轮与钢铁轨道摩擦产生的刺耳声音，还有装货卸货时车钩互相撞击发出的连续哐当声。最终，连铁路都向北移动了。如今,我们在这里再也找不到古老广场的优雅痕迹,这片区域在20世纪20年代因建设荷兰隧道而被拆除。如今仍然在世的人,没人记得范德比尔特的火车站究竟是什么样子。

圣约翰公园的辉煌时期,整个纽约市都在迅速变化。"到处都在拆,都在建,"商人、日记作者,还做过纽约市长的菲利普·霍恩抱怨道,"整个纽约差不多10年就要重建一次。"

有些事物的改变,则需要更长时间,其中之一就是贫穷。五点区变得越来越脏乱,越来越危险,连投机商都在其他区域建起新的廉租房,以便赚取数量越来越多的移民口袋里的钱。经由码头新近抵达纽约的人,身上也自带属于他们的速度。大多数人都是为了逃避爱尔兰的饥荒和1848年欧洲失败的社会革命而来到美国。爱尔兰人和德国人(还有一些法国人)当然会发现,这里的街道并非用金子铺成。他们想要逆转命运,脱离似曾相识的困境,自己却在纽约陷入了似曾相识的境地。陈词滥调之所以反复出现,就因为它是真实的。当时,女性一周的工作收入只有2美元,而租一间带家具的房子却需要4美元,妓女的数量越来越多也就不足为奇了。很多人是兼职,她们在戏院的阳台上或百老汇大道的煤气灯下招揽顾客。不管是独自作案还是拉帮结伙,总之越来越多的人变成了犯罪分子，他们宁可靠抢劫快速敛财，也不愿意遵循传统——长时间做没有收入的学徒。赶紧做出选择，现在就得动手，时间就是金钱。19世纪50年代，被逮捕的人中有55%是爱尔兰人，这个数字后来还会继续升高。对很多年轻人来说，帮派给人齐心协力的感觉以及安全感，甚至还能带来少量收入，成为"死兔帮"或"高礼帽帮"成员总比做报酬过低的工薪族强。其他贫困潦倒的移民则选择了酒精和鸦片这些能立刻让人醉生梦死的东西。100年后，一位名叫威拉德·莫特利的作家在他描绘纽约的小说《敲响任何一扇门》里写出了可以用来描述19世纪青年男女的那句口号："放纵生活，英年早逝，拥有一具漂亮尸体。"在布鲁克林那片我长大的区域，在街头出现过去五点区式帮派的时期，很多小混混真的不带任何讽刺地说着这句话。他们在小说改编的电影中听到了这句台词。如今城市里很多顽固的年轻人仍可以使用这句话。

在19世纪中期的富人和穷人中，心理速度的存在感也越来越强。美国内战爆发前夕，成千上万的纽约人心怀一夜暴富的梦想。他们都觉得，只要能把冷酷、大胆和运气结合在一起，自己就能成为新一代的阿斯特。阿斯特的例子和三一教堂一样鲜活生动。就这样，他们精心设计了土地投机计划，要么在股市赌博，或者在商业快艇的航行中购买股票，要么梦想做出能够改变世界的发明。1846年到1848年的美墨战争就是这一冲动的暗喻：那是一场以欺骗性的承诺为基础的快速入侵，以不到2000名美军阵亡的代价获得了接近一半的墨西哥领土，其中包括现在的加利福尼亚州，从而让美国拥有了西海岸。作为一场战争，美国相当于中了乐透大奖。而土地还不是唯一重要的奖励。1848年，有人在加州的萨特克里克发现了黄金，签订和平条约前，美国人一直对墨西哥的谈判专员隐瞒这个发现。当发现黄金的消息传到纽约，很多年轻人冲向西部，加入成千上万"其他美国人"之列，成为"49人"[1]。半个世纪后，马克·吐温说，淘金热极大改变了美国的个性，终结了耐心接受学徒训练、逐步成长、逐渐积累才能拥有金钱的传统。黄金创造出了自那之后便一直伴随着我们的"赚快钱"心态，最近的例子就是上世纪90年代末的互联网泡沫。

在距离格兰德河很远的纽约，人们也在分享胜利的奖励。来自加州的黄金涌入纽约，下城区那些精明又强硬的人开始策划横贯北美大陆的铁路，他们也愿意贿赂美国国会，让铁路成为现实。在满眼黄金的城市和国家，道德停留于讨论，只是某种形式的空谈。如果上帝不想让美国领土延伸到整个

---

[1] 49人（Forty-Niner）：特指1849年涌向加州淘金的人。

大陆，他老人家一定会出手阻止。至少一些穿行在华尔街和百老汇的道德君子是这么说的。这些讨论没有持续太久。在速度文化的熏陶下，纽约人说话速度快，走路速度也快，至今仍是如此。

在急速加快的纽约生活背后，其实存在一份规划。1811年，尽管当时的大多数人对重新设计这座城市富有野心的未来面貌不以为然，但纽约的内陆地理环境即将彻底改变。那一年，曼哈顿的总体规划方案向公众公开，并且得到了州立法机构的批准。立法机构1807年在当时的纽约市长及州长德·威特·克林顿的敦促下委任他人制订了这个规划。克林顿是一个执着的威权型政客，也是策划修筑伊利运河的人。这份规划花了4年时间终于完成，而制订这份规划的人——古弗尼尔·莫里斯、西米恩·德维特、约翰·鲁斯福德和年轻的测量员小约翰·兰德尔构思出了一个极其简单、让我们至今仍生活在其中的曼哈顿。

这份规划的官方正式名称是"委员会规划"（Commissioners' Plan），其核心理念是网格状设计。设计者规划对荒野实施严格的管理，以纽约历史学家埃德温·G. 布罗斯和迈克·华莱士所说的"技术高于地形"的概念为核心。网格状设计给城市经济、纽约人口大融合、艺术、思想、建筑，甚至城市心理学都带来了决定性影响。等我第一次探索曼哈顿时，我自己已经是网格状设计塑造的结果。

按照设计者的预想，未来的纽约市按照简单的网格状街道逐渐成型。从南到北有12条大道（avenue），每条大道间隔100英尺，东西向则从今天的休斯顿街延伸到曼哈顿岛的最远端（即设计者标注的第一百五十五街）。街道（street）则由东向西排列，从一条河流到另一条河流，每条街道相距约200英尺。每条街道的宽度约为60英尺，其中有15条街例外，宽度为100英尺，这些街道分别是第十四、第二十三、第三十四、第四十二、第五十七、第七十二、第七十九、第八十六、第九十六、第一百零六、第一百一十六、第一百二十五、第一百三十五、第一百四十五和第一百五十五街。制订规划时，纽约的大部分土地还是独立战争期间没有遭到损坏的农田、小山、湍急的河流、独栋别墅和成片树林。有些街道在接下来的年月里遭到了改变或破坏，或者被后来出现的中央公园阻断。但这些街道至今仍是纽约市主要的跨市区街道。

按照那份规划，所有自然地形都需要遵守网格状设计理念进行修整。小山将被推平，池塘和湿地将被填埋或抽干，溪流通过管道导流到河流。城市中不再有减慢城市交通速度的欧洲式星形、椭圆形或环形路线。网格才是硬道理。每条街道和大道只以数字命名,因为使用人名会被斥为虚荣。1811年的委员会规划声称,网格状设计"将美感、秩序和便利结合在了一起"。当然,那是灯笼裤佬眼中的未来,僵硬的规定中几乎能看到加尔文派的影子。

对此,并非每个人都感到高兴。有些人抗议道,州政府怎么有权傲慢地决定土地所有者该怎么处理自己的土地。克莱门特·克拉克·摩尔在如今的切尔西区拥有大量房产(摩尔后来写出了《圣尼古拉斯的来访》这首圣诞诗,不过这首诗更为人熟知的名字是"圣诞前夜"),他曾非常愤怒地抱怨过:"这些规划最重要的原则,就是把土地表面改造为绝对平面……这些人……连罗马的七座山丘都敢削平。"也有一些人在自然之美遭到毁灭的问题上和摩尔持有同样的想法。但在那时,绝大多数纽约人对城市的设计构想,或者对这个建成时他们中的大多数已经死亡的未来城市,要么漠不关心,要么不屑一顾。差不多100年后,身为灯笼裤佬后代的亨利·詹姆斯将网格状城市称为"原始地貌的诅咒,难以置信的老旧布尔乔亚式排布,毫无想象力的错误智力劳动……"。

网格状设计的众多缺陷之一,就是让城市难以为民众提供公共休闲空间,比如公园、水路、露出岩石且长满树木的小山等。又过了40年,人们才第一次制订中央公园的规划。1811年的规划者们耸了耸肩,指着河流说:"那些环绕着曼哈顿岛的巨大海洋支流……"他们坚称:"考虑到健康与快乐,以及商业的便利性,改变河流(以及港口)的形态是非常合适的做法。"

在很长一段时间里,河流确实以一种神秘、原始且近乎宗教的方式,将纽约人吸引到岸边。在《白鲸》(1851)的开篇,纽约人赫尔曼·梅尔维尔(网格状方案推出8年后出生)回忆起了他年轻时那神秘的吸引力:

喏,这儿就是你的曼哈托斯岛城,四周环列着许多码头,犹如珊瑚礁之环绕那些西印度小岛——商业以它的浪涛围绕着它。左右两面的街道都把你引向水边去。最远的商业区就是炮台,风吹浪打着那儿宏伟的防波堤,几个钟头以前那儿还看不到陆地。你瞧那边一群群欣赏海景的人。

不妨在一个如梦的安息日下午,往城里兜一转去。先从柯利亚斯·胡克走到柯恩梯斯·斯立甫,再从那边经过怀特豪尔朝北走去。你看到些什么呀?——那市镇的四周就像布着一匝沉默的哨兵似的,成千上万的人都站在那儿盯着海洋出神。有的倚着桩子;有的坐在码头边上;有的在瞭望着从中国驶来的船只的舷墙;有的高高地爬在索具上,仿佛要尽量把海景看个痛快似的。但是，这些都是陆地人，他们平日都给幽闭在木架泥糊的小屋里——拴在柜台上，钉在板凳上，伏在写字台上。那么，这是怎么回事呀？翠绿的田野都消失了吗？他们到这里来干什么？

可是瞧哪！又有一群群的人来喽，他们直向海边走去，像是要跳水似的。怪事！只有陆地的尽头才称得了他们的心；在仓库那边的背荫里闲逛一番，都还不够味儿。不够。他们只要不掉进海里，是一定要尽可能走近海洋的。他们就站在那里——一连几英里，一连十几英里都是。他们都是来自大街小巷——来自东西南北的内地人。然而他们都汇合到这里来了。[1]

这幅两条河流环绕东西城的永恒景象并没有继续下去。在纽约，很少有什么能永远留存。

当梅尔维尔不能出海的后辈唱起"东边，西边，城市的所有地方……"时，曼哈顿已经彻底改变了。1894年，詹姆斯·W. 布雷克和查尔斯·B. 劳勒写出了《纽约人行道》，这首

---

[1] 本段译文参考赫尔曼·梅尔维尔著，《白鲸》，曹庸译，上海译文出版社，2013年。

著名的合唱歌曲又一次反映出纽约持久不变的怀旧情结。越来越少的纽约人横贯东西的视角去看待这座城市。作为生活或玩乐的地方，上城已经将下城甩在身后。海滨风景因为商业贸易的发展而不再能被人欣赏。中央公园已经出现，但位置却远在上城区，在第五十九街还要往北的地方。一大片房地产在梅尔维尔时代还被看作处于边缘地区，如今却被视为处于下城。

然而最大的改变，却由房地产商人及其工程师、建筑师以及掌控世俗权力的精英阶层带来。本来只有下城区一座小城，最终扩张至覆盖整个岛屿。对房地产投机商而言，曼哈顿岛就是新的乐土。每个街区被拆分成很多地块，通常为25英尺宽、100英尺长，这不仅能吸引大型开发商投资，对个人也很有吸引力。由约翰·雅各布·阿斯特确立的纽约世俗信仰的信徒们，仿佛看到了从天而降的馅饼。就像委员会规划的设计者们在1811年说的那样，"直线直角房屋建造起来最廉价，也最方便居住"，这是不言自明的事实。

确实如此。格林威治村以北（当初那里一片混乱，设计者们仁慈地放过了这片区域）的曼哈顿，如今就是一个满是直角的小岛，这和布鲁克林、布朗克斯和皇后区有着明显区别。其他行政区的小镇里也有街道，但小镇本身也在不断变化。可曼哈顿没有变化，至少格林威治村一带没有变化。这给居民带来了影响,包括那些住在别处,但每天要在仍被很多人称为"城里"的地方工作8小时或更长时间的人。1964年,英国作家V. S. 普利切特写道:"纽约人日常生活的物理轨迹就是直角。他们会条件反射般地进入自动流程,焦虑地沿直线行走,随后不可避免地转弯,走成直角。"

顺理成章,曼哈顿向"上"走了。先是上城区,接着是天空。

在老纽约,"skyscraper"这个词其实是指帆船上最高的桅杆。直到19世纪的最后几十年,这个词还一直保持着上述意思。可随着曼哈顿被占据的地面越来越多,房地产商也开始越来越关注天空。他们的视线超越了三一教堂那迷人的哥特式塔尖,看向了拥挤城市那空荡荡的天空。他们满怀渴望地看着那片空旷。

美国内战结束后,房地产商开始建造新型建筑,这些建筑完全为办公所用。起初,它们是为了更高效地替代南街那些逐渐破败且不敷使用的老账房。资本主义的迅速发展导致用纸量大增:收据、记录、来往信件,以及行政机构的通知等。但新的办公楼受到了一些因素的限制,比如市下城房地产的成本越来越高,人们普遍只能接受最高为5层或6层的楼房,还要面对非常棘手的技术难题。真正的高楼,即高于6

层的建筑，必须想办法把员工从街上弄进办公室，并且为他们提供照明、通风和下水道系统。

随着托马斯·阿尔瓦·爱迪生等人对电力的开发，解决上述难题的主要方法在19世纪80年代出现了。利用机械将货物运送至高楼层的设想开始于荷兰人还占据纽约的时代。可那些机械由绳子和滑轮组成，靠人力驱动，而且当时很少有4层以上的房子（小时候住的廉租公寓留有一个手动升降机，我还记得自己用手拉动升降机的情形）。1830年建成的阿斯特酒店使用了一个原始的蒸汽动力电梯运送行李（和一些勇敢的乘客），但酒店总共只有5层，而且电梯总有坠落的风险。20年后，一个在扬克斯工作着、梦想着的人——伊莱沙·格雷夫斯·奥的斯，发明出了弹簧锁，可以在绳索断裂时阻止电梯坠落，他在1854年的水晶宫博览会上进行了展示。一次一小步，世界就是这样发展的。

3年后，第一部奥的斯电梯被装配于新建于百老汇大道和布隆街交汇处的铸铁大厦——E. V. 豪沃特大厦。这部电梯使用蒸汽动力。这座5层建筑至今仍然存在，简直堪称奇迹，占据一层的是一间巨大的史泰博办公用品店。豪沃特大厦的设计很简单，但很优雅。每周我都会路过几次，总会想起建造了这栋建筑的工人。我想知道他们是否意识到，他们实际上迈出了创造我们如今生活的这座现代城市的第一步。我们的现在，就是他们的未来。在属于他们的纽约，大多数市民并不在意高度，纽约仍是一座水平的城市。但他们的电梯，却让更高的楼层变为可能。第一部电梯的成功，让其他人变得敢于梦想。

当1811年出生的奥的斯继续工作、指挥员工时，纽约的其他工程师也开始设计不同形式的电梯，特别是适合北河沿岸那些新建仓库的电梯。动力是最大的限制因素，而且直到1861年奥的斯去世时也没有解决。奥的斯去世后，他的小公司继续制造更新、更安全、更好用的电梯。他们的对手查尔斯·普拉特也在进行各种尝试。他们试过螺旋、蒸汽和液压装置，效果都不甚理想。美国伟大的第一代机械工程师们在解决高楼的其他问题上也很努力。尽管电梯可以上升到更高的楼层，但底部的传统实心砌体承重墙变得越来越厚，导致低楼层的办公空间受到了极大限制，建在曼哈顿下城备受青睐的小型区域的建筑尤其如此。有些工程师了解钢制承重框架和轻质幕墙的概念，但在很长一段时间里，这些概念只停留于理论。

一切都在等待电力。整个19世纪80年代，电力正在缓慢地、一步一步地得到开发。电的故事主要是爱迪生的故事，他的职业生涯以报务员助手为开端，最终成为大亨。他在纽约生活了很长时间，后来把公司搬到了新泽西，但他不懈的创造性思维对纽约的城市历史，乃至对全世界的城市均有着至关重要的意义。这个过程中当然也出现了其他富有创造力的工程师和发明者，但电气时代的代表人物，依旧是爱迪生。

1889年，奥的斯公司终于在第五大道和第三十三街交汇处的德马雷斯特运输公司大楼安装了第一部电动电梯。在向天空发展的过程中，一个重点问题终于得到了解决。同一年，百老汇大道50号，即交易广场附近建起了纽约第一座真正意义上的摩天大楼。那就是由布拉德福·李·吉尔伯特设计的塔楼，这栋11层高的建筑所在的地皮只有22英尺宽，比纽约平均的住宅土地还要小。这栋建筑配有钢铁框架和薄薄的外墙，灵感来自芝加哥在1884年由威廉·勒巴隆·詹尼设计并成功建起的家庭保险大楼，这样的建筑证明钢制框架技术不再只停留于理论。钢制框架可以承受所有楼层的重量。

尽管如此，很多纽约人还是害怕塔楼会被大风吹倒。就在大楼竣工前，一场风速为每小时80英里的飓风袭击了纽约。吉尔伯特赶到建筑现场和开发商见面，后者是位名叫约翰·L.斯蒂恩斯的丝绸商人。很多人站在安全距离外围观，街对面的一些建筑已经被清空。我已经去世的朋友、纽约历史学家爱德华·罗伯·埃利斯记录了接下来发生的事：

吉尔伯特抓起一根铅垂线，爬上一架工人在前一晚离开工地时留在现场的梯子。斯蒂恩斯跟在他身后。人群中有人大喊："你这个傻子！你会死的！"在飓风的尖厉呼啸声中，建筑师和商人几乎听不到人群发出的声音。斯蒂恩斯的勇气在抵达10层时耗尽了，为了保命，他在那里紧紧抓住一个脚手架。认为值得冒生命危险捍卫名誉的吉尔伯特，继续在梯子上爬行，他非常痛苦，飓风无情地打在他身上，他的指节冻得发白。到达13层和房顶后，他沿着脚手架双膝跪地向前爬行。在建筑物的一角，他从兜里掏出铅垂线，牢牢抓住线绳的一头，将系着铅块的另一头抛向百老汇大道。后来他报告称："连细微的摇摆都没有，这栋楼就像大海里的石头一样稳固。"

在胜利的那一刻，吉尔伯特在脚手架上站了起来。他的帽子原本紧紧贴在头上，这时被他一把抓了下来。他欣喜若狂地挥舞起来。大风吹倒了他，把他吹到了脚手架的一端。他倒吸了一口气，开始祈祷。他疯狂地想要抓住什么。就在他马上要被风吹下板子、命悬一线时，他抓住了一根被大风从横梁上刮落的绳子。他的握力起了作用，绳子也起了作用。他稳住自己，恢复到爬行姿势，小心地选择了一条回到梯子的路。顺着梯子向下爬时，斯蒂恩斯在10层加入进来，两个人慢慢爬回了路面。

围观者为两个英雄大声欢呼，为他们让开了通道。手拉着手，建筑师和商人昂首阔步走在百老汇大道上，让那些齐唱"普天之下万国万民，赞美上帝……"，刚刚做完晨间礼拜的三一教堂的信众们震惊不已。

自那之后，天空成为真正的极限。20世纪初，就在我们头顶，有一个奥兹国。

就在传说中的高塔逐一从下城区坚硬的花岗岩岩层拔地而起时，另一个版本的纽约也开始被人们创造出来。大概从19世纪80年代开始的50年里，纽约出现了大量壮丽又灵动的建筑。有人称之为"纽约文艺复兴"，另一些人则将之定义为城市美化运动的一部分。名字是什么不重要，但大部分被我深爱的纽约建筑物都来自那个时代。我非常喜欢一些高楼，比如伍尔沃斯大厦、熨斗大厦、每日新闻大楼、西格拉姆大厦和克莱斯勒大厦。可如果没有各式各样旧时代遗留下的壮观建筑，没有那些被创造时更具人性化、更接近地面、不需要仰望就能看到全貌的建筑，我是无法生活下去的。我所说的这种建筑包括：大都会艺术博物馆、弗里克美术馆、纽约公共图书馆、老海关大楼、纽约证券交易所、卡内基音乐厅、耶德逊纪念教堂、中心街上的前警察总部、小胜家大楼、大都会人寿保险公司的塔楼、第三十三街和第八大道交汇处的邮政总局、老B.阿尔特曼商店（现为城市大学的一部分）、皮尔庞特·摩根图书馆、格兰德街上得到重新利用的鲍里储蓄银行、世纪协会、艺术学生联盟、大都会俱乐部、达科塔公寓、安索尼亚酒店、艾普索普大楼、以色列余民会堂、哥伦比亚大学里的洛氏图书馆，还有散布在纽约各处的其他建筑。当我脑海里浮现出纽约的形象时，这些建筑就是其中最主要的风景。

50年来，我以成年纽约人，而非建筑系学生的身份慢慢了解这些建筑。在我看来，它们在所谓"纽约"的理念中占有至关重要的位置。它们延续的是纽约的历史与原始价值，正是这些建筑让这座现代城市成为如今的奇观。这些建筑告诉我们，卓越的事物能够长久存续。它们没有一丝极权主义的气息，却能让我们看到团结和力量。这些建筑上的雕刻或装饰，每一个都是人类创造的结晶。每一个都可以站在街头被凝视、被感受、被阅读，而街头正是纽约生活中所有冲撞与惊喜的发生之地。在这个有时以垂直方向而自豪的城市里，这些建筑代表水平方向的胜利。几十年来，我了解了很多这些年轻时让我如此着迷的建筑物的故事。用属于自己的独特方式，我得知19世纪在享有盛名的法国美术学院接受训练的整整一代美国设计师来到纽约的故事。按照狭隘的理解,他们作为成熟建筑师并没有真正形成一个"流派"。他们对待建筑设计的态度不同,各自形成了独有的风格,也使用不同技法将设想变为现实。但他们拥有共同的愿景,希望自己创造的建筑能够表达出世界上最伟大的城市之一正高歌猛进、迅速崛起的气质。在我看来,他们取得了超越所有人想象的成功。

人们后来称他们为学院派艺术风格或布杂艺术(Style Beaux-Arts)大师,但大多数学者却说不存在这种风格。"学院派艺术"这个词的原文意思就是"美丽的艺术"。批评家、历史学家亨利·霍普·里德曾这样写道:"我们所说的学院派艺术风格的关键元素,不是建筑平面上的外观,不是在平面上强调对称性,也不是折中主义,而是对装饰的强烈追求。"通常由技术极其高超的意大利和法国移民工匠打造的装饰,意外地让建筑物表达出了纽约的大熔炉特点。归根结底,纽约就是折中主义的最佳案例。

这些建筑也反映出19世纪末的巴黎作为世界艺术之都所散发的更宏大的文化氛围。如果亨利·詹姆斯和马赛尔·普鲁斯特不是作家而是建筑师的话,他们肯定能用特有的方式设计出至今仍能留存于纽约的建筑。当然,这两个人都不是法国美术学院的学生,但他们都生活在那样的世界里。有些法国美术学院的学生是画家或雕刻家,其中大多数是法国人，不是美国人，他们彼此之间互相学习。他们中的绝大多数生活在乔治·杜·莫里耶在1894年的小说《软帽子》中塑造的那个真实而诱人的波西米亚世界。这本销量极佳的小说，相当于一代年轻艺术家的社会训练指南。

那些在巴黎的法国美术学院工作室工作的人，自然得到了欧洲漫长艺术史的全面教育。自然而然，有人会反抗临摹、复制大师作品的训练方法。但大多数人并没有把这样的训练看作对创造力的限制。大多数学生认可过去与现在存在延续性的观点，而美国的过去（至少美国人是这么认为的）也是欧洲的历史。对他们来说，整个欧洲都是故国。他们从历史中获取创意和灵感，就像文艺复兴时期意大利的艺术家们从古罗马风格中汲取灵感一样。如果你是艺术家，你会找到有价值的东西，在旧模式的基础上创造出自己的版本，再抛弃其他模式。

到了20世纪50年代末，我成为普拉特学院的艺术生时，几乎所有美国文艺复兴时期的作品都被斥为"折中主义"。他们的作品不"新"，不是"原创"，也不遵循伟大的芝加哥建筑师路易斯·沙利文确定的"形式服从功能"的"法则"。可没人在乎沙利文本人在纽约的唯一作品——至今仍矗立在百老汇大道旁布里克街65号到69号的那座建筑，也没有遵循他设立的法则。那栋建筑就是突出外观装饰的代表性建筑。

人们试图用沙利文的格言为20世纪纽约市里出现的一些最糟糕的建筑垃圾正名。这些源自包豪斯主义、无特点又苍白的国际风格（international style）建筑，使得学院派艺术风格在纽约变得弥足珍贵。它们对塑造城市的自我意识也具有至关重要的意义，这正是1963年到1966年拆除宾夕法尼亚车站会引起那么大的抗议与愤怒的原因。1963年到1964年，我作为记者生活在欧洲，等我回到纽约时，这座伟大建筑的拆除工作已经开始。我一次又一次地走过，或站在第七大道附近，想知道他们怎么能毁掉那些石柱和三角墙，怎么能毁掉这简单又高雅的建筑。每去一次宾夕法尼亚车站，那里都会变少一些。我不是唯一盯着这规模浩大的损毁公共财物行为低声说出"你们这些混蛋，你们这群愚不可及的王八蛋"的人。

和其他很多宝藏建筑一样，宾夕法尼亚车站由麦金、米德与怀特设计事务所设计完成。车站的原型为罗马的卡拉卡拉露天浴场，但设计师从未忘记这座建筑需要拥有铁路终点站的功能。这是第一座在原初设计时就考虑到电动火车的车站，车站通过一条新的隧道和新泽西及北美大陆连接在了一起。长岛铁路也是设计方案的一部分，这条线路每天可以将数千名务工者运送至正不断发展的郊区。宾夕法尼亚车站1902年动工，其所在地面的房屋被拆除，工人们在第七大道和第八大道、第三十一街到第三十三街之间挖出了18英尺深的地基。几千名纽约人来到现场围观了建设过程,其中包括画家乔治·贝洛斯。今天再看贝洛斯描绘施工现场的画作,让人诡异地想起了2001年9月11日刚过去几周后,深坑中满是碎石、尚有火焰燃烧的归零之地(世贸中心遗址)。但两者的区别也很明显:贝洛斯捕捉的是建设美好的过程,不是对人类生命的大规模毁灭。

像宾夕法尼亚车站这样的建筑还有很多,不止我记在心里以及被贝洛斯画下的这一个。每一个这样的建筑都被不同的眼睛看过,被不同年龄、阶层、种族的人注视过。被拆除后,每一座留在记忆中的"宾夕法尼亚车站"都会点燃数百万纽约人心中的怒火,随后又慢慢熄灭,冷却为怀旧之情。与宾夕法尼亚车站有关的回忆中,有到达有离开,有希望有失望,还能隐约看到浪漫的未来。有多少人抵达候车室开启新生活?有多少人穿行于那个让每个抵达者都能感受到庄严的巨大车站?这些人心中充满对职业生涯感到激动、兴奋的人生憧憬,以及对纽约城飞快速度的渴望。很多人找到了自己追寻的目标。可又有多少人被同一种压倒性的威严所击败,满怀苦涩地离开那巨大的车站?1964年和1965年我会看着那片区域,回忆巨大的候车室和高耸的铸铁穹顶以及众多窗户。白天时,这里满是城市的光亮;到了夜晚,只有当你抬头时,才会看到闪烁着夜光的长方形黑色天空。多少年来,年轻的男孩在时钟附近等待,等待年轻的女孩到达后共度城市的夜晚。我也是他们中的一个。看着车站废墟,我们会想起穿着马球外套,雪花在发间融化的女孩。我们会想起人们到达车站后做的事。走进格林威治村的某个小饭馆,或者漫步于大都会博物馆,或者前往五点俱乐部欣赏塞隆尼斯·蒙克[1]的表演。我们会想起年轻时的自己,那些以为深爱的一切都会永远留存下去的时光。

拆除工程结束后,也就是宾夕法尼亚车站消失后,原地出现了一个永远比不上老车站的新建筑,旁边建起了第4座麦迪逊广场花园,公众的愤怒并未消散。拆除车站、损毁公物的那些人,他们破坏的是纽约人心中城市及自身的核心形象。人们在废墟碎石上发起了保护地标的运动。现在我们知道,那样的破坏行为再也不会发生了。我心中的愤怒逐渐褪去,但我仍为人生中的一个意外而感到悔恨。因为宾夕法尼亚车站最初受到"攻击"时,我身在欧洲,所以没有机会重走那壮丽的候车室,用双手感受大理石和石灰石的质感,没有进行一次像样的道别。

---

[1] 塞隆尼斯·蒙克(Thelonious Monk, 1917—1982):著名爵士乐钢琴演奏家及作曲家。

# 第五章

# 历史的音乐

在我看来，有一个老生常谈的论断说得没错：百老汇既是一个物理存在，又是一个概念。作为一个地点，作为一个可触可感的实体，百老汇在曼哈顿的范围从炮台公园延伸到哈莱姆河，这段距离不到13英里，随后又向布朗克斯延伸了4英里，以"沉睡谷"之名嵌入韦斯切斯特郡，想必《睡谷传奇》的作者华盛顿·欧文一定会为这个终点感到满意。50多年里，我一个又一个走过曼哈顿的大部分街区。无论身在何处，城市的某些部分都能生动地存在于我的记忆中。在我心里，百老汇就是一棵巨树，树根深深扎在曼哈顿岛底部的土壤里。正是出于这个原因，我才会固执地对朋友说，我珍爱的百老汇在地理上属于上城区的那一部分，实际上属于下城。

在上西区那部分百老汇街区里，第五十九街曾经有一个塔利亚电影院。我就是在那里，第一次看了黑泽明、费里尼和伯格曼这些大师的作品。这个电影院吸引了哥伦比亚大学的学生和教职员工，还有来自格林威治村的观众（当时，作为"下城"的一部分，它和艺术与八街电影院相得益彰），甚至还吸引到了远至布鲁克林和新泽西的观众。电影院附近有家咖啡店，我早已忘记了店名，只记得人们看完电影后坐在那里，喝着咖啡，抽着雪茄，争论法国新浪潮电影以及《黑人奥菲尔》到底是戏剧还是音乐剧，还有一些导演作者论支持者坚称霍华德·霍克斯就是美国的爱森斯坦。[1]

我的朋友们曾经生活在百老汇街区的一些建筑中，直到他们去世前，里面都充满欢声笑语，满载激情与智慧。其他百老汇街区上则是我已经记不大清楚模样的小店、食品超市和外卖商店。这些商店提供的是纽约的多元化美食：有寿司、披萨和塔可，还有来自印度、泰国和中国的美味佳肴。也就是说，百老汇用在三一教堂的教区及纽约其他行政区也能找到的事物诱惑着你。无论天气情况如何，这些食物都能送到你的家门口或办公室。在百老汇，不论清晨还是黄昏，你总能看到几百个遛狗的人。下午时，保姆们推着婴儿车从星巴克门前走过。孩子们滑着滑板在马路边跳起，惊吓到旁边的老人。瘦巴巴的人骑着自行车，在人潮汹涌的人行道上杀出一条通道，戴着头盔的他们脸上一副自以为是的表情。

---

[1] 霍克斯是好莱坞黄金时期最重要的导演之一，代表作包括《红河谷》和《疤面人》；爱森斯坦则是电影蒙太奇理论的奠基人之一，代表作包括《战舰波将金号》。

到处都是卡车，它们为克丽斯蒂德斯或路玛超市运送货物，为联合包裹、联邦快递和美国邮政运送包裹，来自交管部门的警察把罚单贴在了违法停在路边的汽车和无人看管的卡车上。"我发誓，我只需要2分钟！""哥们儿，你的2分钟已经用完了……"

可我心里还存在着另一个百老汇，城市的每一种气场都在这个百老汇不断膨胀。在老下城的金融区里，你可以看到穿着保守的西服与长外套的男人们仿佛走向某个命运之地一样，走向办公室、俱乐部，或者去汉诺威广场上的"印度之家"吃午饭。如今天气寒冷时，他们会戴上软呢帽，看起来就像从上世纪30年代电影里走出来的一样。市政厅也有气场，各怀心思的男男女女匆忙走下出租车或大巴，经过警察和防范恐怖袭击的永久障碍，快步走上楼梯去和市长见面。从任职于钱伯斯街、联邦大楼的近8000名联邦政府雇员身上，你也能看到不一样的气场，那些自信地迈着大步的人们，一看就是拿到了铁饭碗。

可我们在每天早上排队等着见政府工作人员的几千名移民身上却看不到什么气场，工作人员将决定他们是留在纽约还是被强制遣返他们眼中的故国。我希望不久之后，他们也能精神焕发。19世纪，一部分百老汇被变成纺织行业中心后，最后一批在这里从事这一行业的人中，你也看不出精气神。

与他们交流时你会发现，他们就像曾经风光的游轮上精疲力尽的幸存者一样，他们的生意在来自中国和拉美的廉价进口产品的冲击下变得岌岌可危，由他们做生意的祖先建造的巨大阁楼的租金又在不断上涨。他们的脚步显得更加犹豫，眼睛盯着前面的路，像是知道自己很快就会离开一样。

但年轻人出现了，艺术家、律师、设计师、计算机行业从业者，他们开始填补日渐空荡的阁楼。即便在互联网泡沫破裂后，当你每个周末都能看到SUV汽车装满电脑时，就会明白他们早已浸染了百老汇的狂妄气场。他们在经历了漫长的一系列挫折后活了下来。他们明白，这里的生活永远不会轻松，不再会有一波又一波的成功，无常才是生活的常态。有些时候，纽约会把你打倒在地，但纽约也会以身作则地告诉你如何站起来。

早上，你能看到他们和孩子一起等待校车，或者步行送孩子去翠贝卡区的学校上学。履行完家庭义务后，他们会步行前去工作，工作地点一般位于华尔街以南，或者9·11事件后在北边上城区设置的临时办公室。具体的目的地不重要，他们走路时自带气场。这种气场是他们赢得的。灾难过后，他们没有逃走。

可以肯定的是，百老汇在下城的延伸，肯定不像格兰德大道，这条大路连通了苏活区、联合广场、时报广场和哥伦布广场，且一直延伸到上西区，进入哈莱姆区甚至更远处。有着剧院和音乐剧的普通百老汇地区也不一样，这片被达蒙·鲁尼恩[1]的影响笼罩的区域，实际上长度为7个街区，宽度为2个街区。显然，每一个百老汇都是由周围的历史塑造而成。有些以零售商店为中心，有些以交通枢纽或娱乐为中心，其他则是住宅区。很多成分混杂，无法用单一标签做出区分。在有些街道上，你能看到想把自己已经毁掉的身体出租给游客的海洛因瘾君子，还能看到叫卖假劳力士手表、路易威登手包和最新CD唱片的小贩。说不定你还能看到从卡内基熟食店冒出来、朝你走来的百老汇丹尼·罗斯[2]的鬼魂。

而这一切，都以一种神秘的方式存入了我的大脑。百老汇这个概念，其实是一种混合物，是差异，是一种熟悉的不可知性，也是急促的高速运动。某些日子走在大街上，我会因为认识每一个人而不免飘飘然。我知道他们家的客厅墙上挂着什么，听过他们在饭桌上聊起的话题，知道他们喝什么，给谁投了票。可过了这条街之后，我就成了一个外星

---

[1] 达蒙·鲁尼恩（Damon Runyon, 1884—1946）：美国媒体人及短篇小说作家，他最知名的作品描述的就是禁酒时代纽约百老汇地区的世态人情。

[2] 丹尼·罗斯（Danny Rose）：源自伍迪·艾伦的电影《百老汇的丹尼·罗斯》。这是一部1984年的喜剧电影，主角丹尼·罗斯是名经纪人。

人，对身边的一切一无所知。我走进最近的地铁站，很快坐车回家。

百老汇从未遵守过网格状设计的命令，原因很简单：百老汇是百老汇，连规划者都知道不能随意改变原状。他们的处理方式，就是在地图上直接忽略这片区域。如今，百老汇大街是曼哈顿的主要街道中唯一呈对角斜线状的大街——从中间向西边延伸。这是唯一能引领我们从17世纪一直走到现在的路，肯定也会是曼哈顿不可预知的未来创新的组成部分。

19世纪40年代，百老汇路还只是向北延伸到曼哈顿郊外地区的几条人造柏油路之一。这条路后来吞并了布卢明代尔路，改名为"大道"。百老汇大道也成了曼哈顿岛上最长的一条路。19世纪中叶的下城，三一教堂周边一带是纽约市最繁华的商业区，那里有雅致的商店、餐厅和娱乐设施，小巷里有妓院，贸易方式也在不断发生进化。速度最重要。至今仍然存在的一个案例，就能证明这种进化（以及推动进化的速度）。1846年，当美国士兵还在墨西哥作战时，一位矮小的爱尔兰移民（身高只有1.52米左右）亚历山大·T. 斯图尔特在钱伯斯街和里德街之间的百老汇地区开设了纽约市第一家百货大楼。凭借创意与信念，斯图尔特极大地改变了这座城市的面貌。

斯图尔特的百货大楼高5层（后来扩建了第6层和第7层），表面装饰着产自弗吉尼亚州的白色大理石。没过多久，这里就成了报纸上的"大理石宫"。由于结构在整个下城别具一格，所以没人用斯图尔特或其他人的名字称呼这栋建筑。突然间，大理石宫就这样出现在了那里。在百货大楼建设中的一小段时间里，这里也被人戏称为"斯图尔特的赔钱玩意儿"，因为他把地点选在了百老汇的东边，百货大楼背后就是五点区。人们说，没有体面的女性会冒险去那里购物，小偷和强盗在迅速出手后就会消失在整座城市最混乱的贫民窟中治安最差的小巷里。人们预测，来自五点区的持枪匪徒会在夜里洗劫百货大楼，显然，斯图尔特就是个没脑子的傻瓜。

可宫殿般的大理石宫一开门营业就立刻获得成功，斯图尔特彻底改变了纽约的零售行业。他把自家商店分成不同部门，使消费者能更轻松地选购商品。他坚持使用固定价格，这意味着任何人都不能讨价还价，包括偷偷为朋友或亲戚服务的售货员。斯图尔特发明了"打折促销"，将剩余的受损货物或过季服装迅速变为现金（也就是减价抛售）。斯图尔特明白，大部分消费决定都是由女性做出的，所以他雇佣了大约200名长相英俊、礼仪无可挑剔的男售货员。上流社会的女性从上城区蜂拥至大理石宫。纽约就这样突然间被彻底改变了。

　　下城区的其他商人开始模仿斯图尔特，他们在百老汇大道开设了新商场，这些商场向北一直延伸到如今的苏活区，其中包括阿诺德·康斯特博百货大楼、蒂芙尼珠宝店、赫恩兄弟商场、布鲁克斯兄弟服装店，还有罗德泰勒百货公司。橱窗展示在这一时期诞生，商业迅速发展。斯图尔特追随客户来到上城区，1862年，他在第九街和第十街之间的百老汇大道开了一家更大的百货商场。商场对面就是造型优雅的恩典教堂，很多老三一教堂教区的信众都在这个教堂礼拜。因其铸铁结构，报纸给斯图尔特的新百货大楼起了个"铁之宫"的名字。斯图尔特随后把老大理石宫变成了工厂，雇佣大量缝纫女工生产服装，其中大部分是爱尔兰人。新百货大楼中心有一个圆形大厅，还有管风琴音乐演奏，这个商场比斯图尔特在钱伯斯街一角建造的前一个商场还要成功。斯图尔特的财富迅速膨胀，只有阿斯特家族才能和他匹敌。有那么一段时间，也就是个人所得税出现前的那段时间，斯图尔特交的税比任何美国人都要多。他在第三十四街上的私人豪宅曾经是纽约市内最大的私宅，其中有一座长度为一个街区的雕塑馆，他的绘画收藏在整个纽约市也数一数二。因为他粗鲁生硬的爱尔兰口音，因为他努力工作，也因为他为受爱尔兰饥荒所困的人们送去食物和其他救助，认可自己的爱尔兰出身，他从未获得灯笼裤佬的接受。即便斯图尔特内心在意自己是否得到老精英阶层的认可，他也从未表现出这种在意。

原始的大理石宫如今仍矗立在百老汇大道和钱伯斯街的交汇处。在多年的衰败之后，这栋建筑最近得到了翻修，可行人看不到任何能够讲述亚历山大·T. 斯图尔特和他卓越功绩的痕迹。事实上，除了那些学习纽约城市历史的人，他已经被所有纽约人遗忘了：他没有子嗣。他也没有留下可以让自己的名字永远流传的家族基金会，没有为了纪念他而铸造的、用来装饰教堂的门，也没有设立大学奖学金。就连现在的百货大楼运营者似乎都对他知之甚少。斯图尔特于1876年去世。1878年，因为遗体被人从农场圣马可教堂盗挖，他的遗属还被勒索20万美元的赎金，斯图尔特就这样以骇人听闻的方式短暂地进入了公众视线。他的遗孀和律师拒绝支付赎金。双方开始讨价还价，这一让人感到不适的过程，正是斯图尔特在生活中和做生意时极其不屑的行为。最终，他的遗孀支付了1.8万美元，换回了一个手提旅行皮包就能装下的遗骨。在那个年代，人们不可能知道那些骨头是否真的是当时纽约最富有之人的遗骨。但那些遗骨还是在举办葬礼后，被埋在了长岛的小镇花园城市——斯图尔特就是为了让手下员工能住得起房子，才创立了这个小镇。

如今，高高刻在老大理石宫墙上的文字，是"太阳报大楼"。这是老纸媒《纽约太阳报》1917年买下这栋建筑后加上的。直到1950年，在发行了117年的《纽约太阳报》停刊前，他们一直在这个建筑中办公。两个属于已经消失了的报纸的方形铜制时钟，依然在角落里显示着时间，这些带着绿色铜锈的时钟上镌刻着《纽约太阳报》的标语："太阳——照耀一切。"曾经有数代美国最优秀的新闻记者在这栋建筑里工作，其中包括我的朋友W. C. 海因茨，他是极其优秀的体育记者和战地记者。可即便身为老新闻人，在我心里这栋建筑的名字也仍然是"A. T. 斯图尔特大楼"。他的百货大楼理念正是纽约城重心向上城区移动的商业动力，那时还没有人把百老汇称为主干道或不夜街。如今，这栋建筑的一层有一家杜安里德药妆店和一家银行。无论阳光明媚还是大雪纷飞，纽约人在百老汇总是行色匆匆，他们走路速度快，说话速度也快。

继百老汇大道后，纽约市出现了第二条深入19世纪初空旷农田地区，又深深融入我们现今生活的主要街道，那就是包厘街。

老实说，包厘街有点像百老汇大道的附属品。和百老汇大道相比，包厘街的长度较短，从查塔姆广场到今天第四街的库珀广场，只覆盖了15个街区。包厘街最初一直延续到第十四街，但1849年时，为了摆脱"包厘"这个带有粗鄙气息的名称，住在上包厘街一带的有钱人把那一段道路改成了"第三大道"。包厘这个名字源于荷兰语的"农场"，这条街道在美国独立战争前就已存在。1783年11月25日，乔治·华盛顿和他率领的由英勇的平民组成的胜利大军就是在运河街和包厘街的交汇处，等待英国军队彻底离开北美大陆。在接下来近100年时间里，这个日期一直以"撤军日"的名义被人庆祝。控制相关事务的亲英派后来把这一天从纽约的公共假日中剔除了出去，不过波士顿每年3月仍会庆祝它。你看看，在纽约，没有什么能一直保持不变。

在我小时候，包厘街就是一条脏兮兮的街道，总是笼罩在第三大道高架线的邪恶阴影中。除了售卖餐馆设备的人（这些人住在其他地方），这里住的几乎全是酒鬼。稍微有点钱的人可以住进一晚50美分的廉价旅馆里，睡在带锁的铁丝笼里。连50美分也没有的人会睡在——更多时候是死在——满地尿液的街道上。十二岁那年，我独自一人第一次小心谨慎地窥探了这条黑暗街道，想看看传说中的"包厘街流浪汉"究竟什么样。我的心脏立刻被怜悯和恐惧交杂的感觉填满。我从阿斯特广场南端出发，头顶的第三大道高架线有列车经过时就会发出刺耳的声音，慢慢地，我有了一种可能永远无法从这里逃离的感觉。我生活的布鲁克林社区当然也有酒鬼，通常是被生活和工作抛弃了的独行者，这些人下午就会对着月亮嚎叫不已。可在包厘街这个由酒精组成的阴冷世界里，孑然一身的却是我。我在那里看到的大部分面孔，都是一副饱经风霜的样子。从他们的眼睛里看不到生命力，衣服和身体发出恶臭。他们的鞋子上通常缠着胶带，要么绑着麻绳，要么塞着一条条报纸。他们穿着长款军用外套或艾森豪威尔式的短夹克，在第三大道高架线投下来的细长阴影中，或流着口水、胡言乱语，或安静地休息。有时他们想打架，但就像漫画里的废柴一样，拳头打中的几乎全是空气。后来，第三大道高架线消失了，作为年轻的报社记者，我有时会走在数量越来越少的酒鬼和醉汉中间（骄傲地喝着啤酒和威士忌的人鄙视他们），听熟悉的他们缘何沦落至此的故事：责任总能被推到一个女人身上。至少他们是这么说的。感恩节和圣诞节时，我通常能让这些伤感的故事登上报纸。

  可即便在那时，我们仍能看到一些曾经光鲜亮丽的包厘街留下的痕迹。有几栋建筑虽然布满灰尘，却能隐隐约约传递出曾经的庄严。其他变成了纹身店和理发店，我们只能从钉着木板的窗楣上看到装饰的细节。这些建筑就像穿着爱德华七世[1]时代的破烂服装、打着瞌睡的醉汉。我了解到，包厘街在19世纪中叶成了纽约流行文化中的那个大道。在图书馆的几本书里，我看到过描述这条街夜生活的木版画：男人们穿着利落的衣服，女人们穿着裙撑、戴着圆帽，路边停着马拉出租车，其他人等在煤气灯的阴影下，看着谁，一副雍容不迫的样子。沿着包厘街，还有被马拉着、沿着轨道移动的公共汽车。成群结队的报童从公园大道出发，叫卖着最新一期的城市报纸。很多孩子因为美墨战争或美国内战沦为孤儿。到处都能买到廉价小说、登满丑闻的杂志、类似《警察公报》一样的八卦小报，甚至还有初始形态的色情杂志，只不过大多数更色情淫秽的物件被小心地藏在了柜台里。

可真正为包厘街带来活力与名气的，却是音乐和剧院。1840年到1870年，位于运河街与查塔姆广场之间的包厘街一共出现了超过12间大型剧院，另有不少舞厅和卡巴莱[2]，还出现了不可计数的生蚝吧和小酒馆。第一栋著名的包厘剧院1826年建于运河街的一角（地点在如今的包厘街50号）。这个剧院共有3000个座位，这也是美国第一间完全靠煤气灯照明的剧院。而舞台的照明通常依靠固定在桶箍上的蜡烛。煤

---

[1] 爱德华七世（Edward VII）：1901年到1910年在位的英国国王。

[2] 卡巴莱（cabaret）：有歌舞或滑稽短剧等表演助兴的餐馆或夜总会。

气灯自然不是稳定的照明设备，蜡烛就更糟糕了。失火的情况很常见。包厘剧院曾经发生过几次灾难性的大火，但每次都能重新开门营业。观众们总是说，新剧院是最好的。

包厘剧院等所有新剧院为观众奉上了多种多样的艺术作品，既有阳春白雪，也有下里巴人，包括为普通观众上演莎士比亚戏剧。剧院之间的竞争非常激烈，有时甚至会出现人身伤亡。1849年5月11日，在阿斯特广场歌剧院外，也就是百老汇大道和现在拉斐德街之间的地带，爆发了激烈的冲突骚乱。起因是受灯笼裤佬追捧的英国人威廉·麦克雷迪和包厘街的偶像、冉冉上升的美国明星埃德温·弗雷斯特，争夺表演界霸主。麦克雷迪计划在新歌剧院出演《麦克白》，观众都是上流人士；弗雷斯特也计划在百老汇剧院出演同一角色。挑起冲突的是廉价小说（dime novels）作家内德·邦特莱茵，他是个卑劣的本土主义者，具有很强的煽动能力。这场街头闹剧的本质也很简单：美国人vs英国人。

5月7日歌剧院内发生过冲突后，在一些声名显赫的纽约市民的敦促下（这些人中包括华盛顿·欧文和赫尔曼·梅尔维尔），麦克雷迪极不情愿地在5月10日安排了一场告别演出。在新的演出日，认为英国人攻击了自家偶像的弗雷斯特粉丝从附近的包厘街开始游行。聚集在街头的是一群奇怪的人，其中有反移民的本土主义者，有坦慕尼协会成员，抗议英国人出现在城市里的爱尔兰移民，晚上出门消遣的包厘街工薪族，还有数百名警察、民兵和很多好奇的旁观者。集结在街上的人群心怀怨恨，仇视着处于不同阶层的其他人。抗议者向警方发起冲击，一举突破了封锁线。人们开始投掷砖块，一个惊慌失措的民兵开了枪。最后统计人数，共有22人在冲突当天死亡，9人在后续几天死亡，另有150人受伤。其中一名死者只有八岁，有些死者只是不巧路过，还有一些是围观群众。一名在包厘街等马车的老人也不幸身亡。那是当时纽约市历史上最惨烈的一次骚乱，也是世界历史上后果最惨重的剧院骚乱。

麦克雷迪那天晚上被他的朋友悄悄从剧院带走，并在深更半夜离开了纽约。他先是去了波士顿，而后彻底离开美国，在日记中宣泄怒火。弗雷斯特没有做出任何公开表态，两个晚上后在百老汇剧院完成了表演。内德·邦特莱茵被逮捕，因为自己在惨剧中扮演的"角色"被判刑一年。歌剧院因为修缮而关闭了几个月，但始终没能走出5月10日惨剧的阴影。剧院里开始出现魔术表演和流浪剧团的巡回演出，后来又再次上演歌剧，但温和宽松的氛围已经消失了。剧院1854年关门，后来在很长一段时间里变身商业图书馆。

如今漫步于阿斯特广场，我经常注视街的北侧，那里立着一栋办公楼。角落处是举办纽约莎士比亚戏剧节的场地。

上世纪70年代，约瑟夫·帕普在那里为各种类型的戏剧表演搭建了一个永久性场地，埃德温·弗雷斯特式激烈、人性化的表演也会在这里上演。在阴冷的夜晚，特别是五月的夜晚，我仿佛能看到愤怒的年轻人沿着包厘街游行，惊恐的贵族四散逃命，还能看到慌乱的警察和民兵。我能听到濒死之人的呻吟。有些人死在了那里，就死在金考快印店的门前。在那样的夜晚，如果不下雨，我总会沿着包厘街走回家。

包厘街大部分剧院上演的都是舞台版的廉价小说，比如关于犯罪、惩罚和救赎的通俗剧，有一些故事和牛仔有关，还有一些故事的主角是警察。如今我们仍然与这样的表演共存，因为那些角色和情节已经成为电影和电视剧的基本素材。我们还能看到有人化妆成黑人的滑稽表演，看到带有种族歧视色彩的刻板演出，还能看到跳舞的女孩和杂技演员参与的粗糙歌舞杂耍。其中很多肯定能带给人不需要思考的快乐。散步时，我常常会试着想象他们的样子，想象英雄、反派和陷入困境中的少女，想象听音乐、听他们讲笑话。可我最终总是想象不出。我看过木版画，也看过默片里的镜头，但从来也没真正看清过拥挤剧院的样子。

但我能想象出一个了不起的历史性瞬间，它参与塑造了今天的我们。走上包厘街、穿过运河街时，我完全能想象出19

世纪40年代五点区的样子,因为报纸、日记以及改革派发放的宣传手册中满是对那个时代的描述。尽管环境污秽不堪,到处充斥着绝望的氛围,但五点区也有娱乐活动。有些五点区的小酒馆会举办斗鸡、斗鼠、斗狗比赛,也会举办职业拳击赛。但没有什么比舞蹈更具有娱乐性和观赏性了。

1827年废除奴隶制后,纽约市尚未出现一个拥挤的大型黑人贫民区。哈莱姆直到20世纪的第二个10年时才变成现在的样子。在19世纪的大部分时间里,等级、阶层的优先级高于种族,贫穷的黑人和白人一起作为社会最底层生活在五点区和其他贫民区。有时,他们以一对男人与妻子或情侣的身份生活在一起(这是1863年征兵暴动的原因之一)。爱尔兰人与非洲人的亲密关系,让纽约变得更像一个大熔炉。我们可以从他们的行走方式中看到这种融合性,他们吸收彼此的言谈举止,形成了独特的街头风格,我们也能从他们创造的俚语中听出这样的融合性。爱尔兰人和非洲人从彼此那里获得了其他东西,那就是音乐和堪称音乐兄弟的舞蹈。

1842年,年仅三十岁,却已经因为《匹克威克外传》而声名远扬的查尔斯·狄更斯到访纽约,他特意前往奥兰治街上的阿弗莱克舞厅,第一次看到了被他称为"最伟大舞者"的年轻人。这名舞蹈演员年方十六,是非洲裔美国人,名叫威廉·亨利·兰恩,不过他更为人熟知的名字却是"朱巴大师"（Master Juba）。兰恩出生在罗德岛的普罗维登斯，生来便是自由人，为了获得更多的自由，他来到了纽约。狄更斯在《游美札记》这本书中描述了自己看到的景象：

> 单脚曳步，双脚曳步，跨上一步，又双腿交叉。他打着响指，转着眼珠，双膝朝内对了起来，让腿肚子向前，飞速转动着脚趾和脚踝，速度快到只有打铃鼓的人的手指能比。他好像在用两条左腿、两条右腿、两条木腿、两条铁丝腿和两条弹簧腿一起跳舞——各种各样的腿，甚至没有腿——这对他来说算什么？跳到最后，他搭档的腿都不是自己的了，连他自己的腿也仿佛不是自己的一样，他风光地跳上吧台要酒喝，用这种方式结束了舞蹈。在什么样的人生，或者说舞蹈人生中，还有谁能像他一样赢得如此雷鸣般的掌声？

1844年，朱巴大师和一个年轻的爱尔兰裔美国人成为搭档，后者名叫约翰·戴蒙德，是爱尔兰打击乐舞蹈领域的新星（我们可以在几年前流行的《大河之舞》里看到这种舞蹈形式）。他们吸引了大量不同种族的观众前往查塔姆广场和包厘剧院，他们将爱尔兰和非洲的韵律结合在一起，创造出全新舞步，就像一个世纪后爵士乐演奏者在即兴演奏会上打断彼此的演奏一样,他们会打断对方的舞步。他们发明出了日后的踢踏舞。

他们引起了其他舞蹈演员、剧院经理和观众的注意。这是一种全新的舞蹈,不是爱尔兰舞蹈,也不是非洲舞蹈。这种全新的舞蹈形式只能形成于美国,只能形成于纽约。多年后,从那些友好的比赛及精彩的表演中诞生出了博姜戈·罗宾逊和弗雷德·阿斯泰尔、吉恩·凯利和格里高利·海因斯、约翰·巴博斯和尼古拉斯兄弟、鲍勃·弗西、迈克尔·贝内特、杰罗姆·罗宾斯,还有成千上万的舞蹈演员和编舞,他们可能从没听说过朱巴大师和约翰·戴蒙德的名字。

不出意外,这个故事没有圆满的结局。在美国完成巡演后(在至少一场巡演中,他被迫把脸涂得炭黑[1]),朱巴大师以黑人艺术家身份前往欧洲表演。他在伦敦跳过舞,去过英国的海外省,也为维多利亚女王表演过。但在1852年,他突然死在了伦敦,正是在这个地方,狄更斯让他成为了名人。当时他只有二十七岁,正跟随一家英国公司表演,远离五点区,听不到包厘街观众的欢呼。他住过世界各地的剧院。没

---

[1] 19世纪美国流行将白人的脸涂成黑色作一种带有种族主义色彩的表演,而朱巴大师作为黑人也常被要求伪装成白人表演者涂上黑脸表演。

人知道约翰·戴蒙德后来的经历。

显然，朱巴大师和约翰·戴蒙德用间接的方式为当年靠煤气灯点亮的纽约夜晚增加了更多光泽，特别是包厘街一带。就算被允许进入，可由于非洲裔美国人只能坐在"白人"剧院的隔离区里，想必他们也让演出筹办人浑身左右不自在。这是又一个让人感到可怕的美国传统，而且持续了近一个世纪。比方说，上世纪20年代和30年代，哈莱姆的棉花俱乐部仍然禁止黑人入场，直到爵士音乐家艾灵顿公爵凭借强大的个人力量，强迫俱乐部的混蛋老板同意取消种族隔离政策。但有一件事我们是明确知道的：朱巴大师和约翰·戴蒙德之后，不管是在包厘剧院还是后来的百老汇剧院，都再也看不到和当年一样的演出了。

那些看演出的观众，包括前往包厘剧院的观众，均来自临近街区，其中包括主要由爱尔兰人组成的五点区，向西则包括包厘街，向东则延伸到南街滨水区、主要由德国裔工薪阶层组成的第四区。数千名德国人定居在此，后来这里变成了人们口中的"小德意志"，到处都是充斥着歌声和放荡不羁笑声的啤酒馆。事实上，德国人是19世纪纽约仅次于爱尔兰人的第二大移民团体。很快，他们就建起了自己的教堂、医院、社交俱乐部和文学社。他们也会去巨大的美国剧院，因为从第四区过去很方便,有时候那些建筑甚至显得有些耀眼。从一定程度上说,数量庞大的德国人协助塑造出了滑稽风格的包厘街表演者和肢体表演的喜剧。第一代德国移民的英语说得不好,可就像后来的卓别林、基顿、劳雷尔和哈迪展现的那样,如果你的目标是逗笑所有观众,语言喜剧的威力根本比不上打打闹闹的粗俗滑稽剧。

但包厘街的剧院并不只面向附近的社区。慢慢地,有人步行,有人乘马车,越来越多的观众从新兴的西区,还有当时叫"盖普"、后来改名为"地狱厨房"的地方而来。因为北河地区的商业贸易迅速发展,创造了大量工作机会,这些地方为离开五点区工作的人们提供了新的住处。老派的上流精英一般在其他地方进行娱乐活动,他们总是忠诚地选择老约翰街剧院,或者前往壮观的帕克剧院,直到这间剧院在1848年的大火中被烧毁。百老汇大道上也开设了新的剧院,不可避免地,这些新剧院的位置越来越靠北。

可在很长一段时间里,包厘街才是整座城市生机勃勃的戏剧生活的中心地带。周六的夜晚是最重要的夜晚,年轻人会带着六天工作日的薪水来到这里。他们离开出租屋,将酸涩的空气和破旧的家具抛在身后,做纽约年轻人一直都在做的事:出门玩乐。他们寻找笑声、噪音、消遣、幻觉,或者某种形式的消失。他们出门证明,自己不会被骗子欺骗。他们去喝劣质酒，抽劣质雪茄；去寻找可能的爱人，寻找可能会爱他们的人。他们出门时知道，半夜三更，也许需要在凶残的街头斗殴中证明自己的男子气概。夜幕降临，他们也许坐在剧院里的低价座位区。夜深人静，他们也许会出现在舞厅或妓院。莎士比亚还是舞女，这不重要，但都比出租房强。

在包厘街上，年轻人发现了让世界变得更容易理解，或者至少更有趣的传说。其中一个，便是与大莫斯有关的传说。从贫民区走出来的大莫斯，就是19世纪纽约的保罗·班扬[1]。正如内德·邦特莱茵小说中的描述，以及包厘街上剧院里的表演，莫斯和年轻观众一样，是义务消防员，但他堪称消防员的典范，而且还不止于此。传说大莫斯身高8英尺（约2.44米），他把路灯柱用作球棒，可以把马举起来扔进北河，他无所畏惧，还是个正直的人。大莫斯基本上以摩西·汉弗莱这个真实存在的义务消防员为原型，汉弗莱平时在《纽约太阳报》做印刷工，属于40号消防车小队的成员。在现实中，汉弗莱是纽约最可怕的街头打手，直到1838年的一天，他被隶属于15号消防车小队的一位更凶狠的打手亨利·尚弗

---

[1] 保罗·班扬（Paul Bunyan）：美国传说中的巨人樵夫，力大无比，伐木如同割草。

罗揍到不省人事。几周后，现实中的莫斯就因为羞愧而消失在了城市中，有人说他后来死在了火奴鲁鲁。

事实究竟是什么并不重要，因为传说已经诞生了。某种程度上说，大莫斯就是20世纪漫画书里那些超级英雄的前身，他就是弱者眼中力量的代表。但他也是大众对可用材料充分发挥想象力后的产物。如果没有五点区，没有那里的悲惨与危险，如果没有强悍和看重荣誉的文化，就不会出现大莫斯这个虚构的人物。在那样的街道上，年轻人需要传说，而大莫斯的传说流传了几十年。

一个弥漫雾水的春日夜晚，在福赛斯街上，我看到一个巨大的身影在雾中穿行。我心想，他来了，大莫斯从19世纪的雾中走了出来。随着那个身影越走越近，我看出他是个黑人，背着用皮外罩包裹的低音提琴。他点了点头，继续向前走了。无所畏惧，正直，确实如此。

和现在一样，那时的剧院也是生意，剧院经理们知道有一种方法可以卖座，那就是贩卖禁忌。但这做起来并不容易，因为当时的官方文化是外来的、冷酷的维多利亚时代文化。牧师和评论家们总是对诱惑与原罪充满警惕。但剧院经理们想出了很多规避方法，比如亚当与夏娃的舞台造型，露出大腿的"女孩雕像"，或者在挑逗剧情前增加说教内容。

警察有时会中断演出，但年轻人会在接下来的星期六夜晚继续排队等待下一场。

1855年11月12日那天，渴望逃避美国内战以及亚伯拉罕·林肯被刺杀这些可怕现实的观众，看到了一个有点儿新鲜的演出。包厘街的所有专业演员历史上第一次集结在一起，进行了一次盛大的表演：剧情很俗套，中间穿插了大量音乐，有很多杂技演员参与其中，还有大约80名舞女，演出中到处都能看到罪恶情节。这出名叫《黑钩子》的秀，算不上包厘街开山立派的演出，但却是包厘街孕育出来的"孩子"。这场秀实际上在百老汇大道及普林斯街大都会酒店里的尼布罗花园上演，制作人是名叫威廉·尼布洛的爱尔兰移民，他的剧院可以为观众提供3000个座位。演出的主要创作人是查尔斯·M.巴拉斯，这个演出随后进行了在当时足以让人震惊的475场，赚到100万美元。

似乎人人都想看这场表演，包括当时三十一岁的塞缪尔·L.克列门斯。那时的克列门斯正声名鹊起，与马克·吐温齐名。克列门斯这样描述演出："他们用这种全新的形式，让身材曼妙的漂亮女孩身穿仅能遮挡身体，但又足够挑逗的衣服走上舞台，他们精明又狡猾地发明了魔鬼。"克列门斯总结道："这道风景和大腿就是一切。"

百老汇音乐剧就此诞生。一个多世纪后，评论家霍里斯·阿尔珀特这样解释道:"巴拉斯的情景剧最初被设计成歌剧唱本,其中带有明显的《浮士德》及冯·韦伯的《魔弹射手》的痕迹,演出中包含大量舞台效果——一场山间暴风雨,一个着火的深坑,一个有钟乳石的洞窟,从迷雾和云端浮现出了镀金的双轮马车和天使。最后,还有一场盛大的化装舞会。"错综复杂的剧情中满是荒唐可笑的角色,配乐后来也再没有人演奏过。但《黑钩子》在19世纪剩余几十年里不断重复上演。我真希望它能够再演一次,好让我一睹为快。

《黑钩子》这场秀让人们明白了一件事,那就是纽约观众的态度。他们拒绝有关原罪的说教,而这种拒绝的态度至今仍是纽约的性格。多少年来,虔诚的新教布道者们还在诅咒剧院,称它是地狱的前厅。多少年来,纽约人无视那些布道者,就像他们如今无视让人悲伤的故事一样。那时的纽约随处可见教堂的尖顶,可这里慢慢成了绝对世俗化的城市。即便在今天,纽约人还是更喜欢跳舞的女孩,而不是听别人的哀叹。

布道者们当然也说了一些实话。历史学家埃德蒙德·K. 斯潘在《新大都会:1840—1857》一书中表示,罪恶在纽约随处可见。在19世纪50年代,有人估计全城妓女人数达到1万名,其中一些是兼职,这些人绝望地在街头拉客,希望自己能交得起房租，其他则住在或高端或破败的妓院里。大约有7.5万纽约人患有各种性病。可大多数普通市民面对这样的人性弱点与绝望却无能为力，他们只能低声祈祷几句，或者做出一些小小善举。

包厘街上的其他舞台创作，就没有百老汇的《黑钩子》那么受人喜爱了。最重要的是，包厘街创造出了种族与民族的刻板印象。舞台上的爱尔兰人诞生了，这种形象通常取悦的是喜好阴谋论的爱尔兰观众。舞台上的爱尔兰人就是维多利亚时代卡通漫画里的形象——长得像猴子一样，满脸胡子，脑袋上有一顶大小永远不合适的帽子，身上穿着打补丁的衣服，还吸着陶制烟斗，说话时喜欢加入各种感叹词，天生愚笨，又因为喝酒变得更蠢。但优秀的表演者还能为角色增加新的层次：他们塑造出了狡诈、聪明的形象，有时甚至机智诙谐，足以颠覆刻板印象。表演者通常会尖锐地讽刺，讽刺的对象就是那些愿意相信刻板印象的人，而观众中的爱尔兰人完全能听懂演员的意思。他们和舞台上的爱尔兰人一起笑，而不是嘲笑对方。

除了偶有例外，非洲裔美国人并不像爱尔兰裔表演者那样迎合刻板印象。当威廉·布朗1821年在杜安街开设第一家非洲裔美国人剧院时，剧团上演的是《理查三世》。布朗是个严肃的人，曾经在船上做过管理员，也是黑人自由人（需要注意的是，纽约直到1827年才废除奴隶制）。在他那极不平凡的生涯中，布朗开设了一系列剧院，其中一家位于格林威治村。他鼓励不同种族的观众共同观看演出（但事与愿违，白人流氓现身骚扰观众总会让他感到后悔）。在剧院版的纽约大熔炉中，布朗也在不断从正面推动着非洲裔美国人的发展。

拖着脚走路、无知的黑人刻板印象显然是白人的创造，这种形象先是出现了一个吉姆·克劳，后来又多了个奇普·库恩。演员们把脸涂黑，出演滑稽剧，这种诡异的娱乐方式诞生于纽约郊外，但却迅速成为包厘街和百老汇剧院最基本的赚钱剧种之一。由于这些表演的核心就是白人眼中的黑人，所以演出的内核明显包含一种隐秘的恐惧感。和在爱尔兰时一样，在纽约舞台上的爱尔兰人总拿自己开玩笑，从未试图在有权势的人面前保护自己。如果执掌实权的人在笑，他们就不会伤害你。可涂着黑脸的白人演员却是在帮助观众相信黑人（尤其是黑人男性）没有恶意。当时绝大多数纽约人是白人。而这种行为根本性的愚蠢之处在于，即便是最优秀的滑稽剧演出，也只会让人们在非洲裔美国人实际生活环境日渐恶化的同时仍然自我感觉良好。没人愿意面对大量的欧洲移民对欧洲人友好却对非洲人后裔全无善心的事实。黑人们丢掉了很多工作,逐渐陷入贫困,而且承受了各种各样数不清的羞辱。有些人会突然做出暴力行为。你最好相信,他们真是没有恶意。

涂黑脸的滑稽剧在美国内战后逐渐失去了吸引力,其他类型的剧种开始出现在剧院里。但这种滑稽剧还是以不同的形式,又持续存在了很长时间。后续版本当然对原始的滑稽剧做出了一些修改,删减了其中最明目张胆的种族歧视内容,还把重点更多地放在了音乐上(雷格泰姆音乐[Ragtime]由此诞生)。可在20世纪初,像阿尔·乔尔森和艾迪·康特这样的大明星,还是会涂着黑脸表演。D. W. 格里菲斯的电影《一个国家的诞生》中,不是卑鄙、邪恶、眼睛里只有性的黑人男性形象,就是滑稽剧中那种单纯无害的黑人形象。这部电影就是新兴的3K党最有效的招募工具。上世纪30年代,银幕上的黑人大多是拖着脚步、天真、眼睛转来转去的傻瓜,B级片尤甚。但除了少数例外,比如乔尔森,银幕上的黑人不再由涂着黑脸的白人扮演了。20世纪初最知名的黑人演员就是斯蒂平·菲特切特。唉,除此之外则有其他陷入刻板印象的黑人演员。

美国内战结束后,包厘街日渐衰败,后来又遭受了致命一击。纽约经常这样,各种打击总是打着"进步"的名义。对包厘街来说,这个突然的打击就是高架铁路的出现。1867

年到1870年出现的最早版本的高架铁路非常原始，就是使用机械绳索设备拉动木质车辆。起初，高架铁路只局限在下西区，而且很少使用。紧接着，纽约高架铁路公司出现，引入了蒸汽机车，建设了越来越多的车站，高架铁路从第九大道一直铺设到了第六十一街。1878年的夏末，他们在第三大道开辟了一条线路，正好经过包厘街。突然之间，这条老街多了一个铁质屋顶。由于阳光被钢铁框架阻挡，整条街道彻底陷入衰败。灰烬飘落在街上的行人身上，引燃了女性的裙子，毁掉了男性的帽子和外套。烟雾污染了空气。就连周六夜晚花天酒地的人都开始前往别处寻找快乐和音乐。包厘街被最肮脏的酒馆、最廉价的妓院占领了。1892年，作曲家珀西·冈特和查尔斯·霍伊特写了一首主题描述包厘街悲哀故事的歌曲：

> 包厘街！包厘街！
> 他们说着这样的话，
> 却做着奇怪的事！
> 在包厘街上！那个包厘街！
> 我再也不会去了。

两位作曲家唤醒的纽约怀旧之情，几乎贯穿了接下来的整整一个世纪。但这显然不是故事的结局。第三大道高架线在1955年到1957年被拆除后，阳光重新照耀地面，老流浪汉们抬头看了看天空，但包厘街还是一副脏兮兮的样子。随后，纽约那种神秘的改变出现了。上世纪70年代，酒鬼醉汉们开始游荡到城市其他区域。他们得到了一个更礼貌的称呼，"无家可归者"（homeless），和他们被局限在包厘街这个酒鬼贫民窟时一样，纽约人就是躲不开他们。很多纽约人看不起这些人生已经被毁掉的人，但其他人在同情心的驱动下，通过在城市各处开设庇护所和公益厨房体系应对他们的存在。很多人生已毁的人再也没有回到包厘街头或廉价小旅馆。

相反，艺术家来了，他们搬进了这条宽阔大街上的高屋顶公寓里。有些属于波西米亚风格的先行者，有些则是因为西边苏活区飙升的生活成本被迫搬到这里，而苏活区本身也是一片上世纪70年代被艺术家拯救的社区。新来的居民可以走路前往中国城或小意大利，包厘街上也开始出现新的小餐馆。从运河街开始，中国商人、食品杂货店和鱼贩慢慢占据了空荡荡的商铺和公寓，整条街道开始变得色彩缤纷、充满活力。包厘街330号上那座1874年建起、曾经衰败生锈的铸铁外观银行，如今刷上了白漆，改名包厘·兰恩剧院，其中设有琼·考克图剧场。街对面就是依然活跃、黑暗、充满艺术气息（或者滑稽气息）及脏乱感的CBGB音乐俱乐部，大概30年前，朋克摇滚乐就是从这里走向了世界。包括雷蒙斯乐队、金发女郎乐队、警察乐队、传声头像乐队和B-52s乐队在内的知名乐队，都曾在这里演出过。当时又有谁能想到，2003年这里会竖起一块重新命名第二街，把包厘街改名为"乔伊·雷蒙之地"的路牌？

距离CBGB俱乐部不远的地方，曾经有一个吵闹的俱乐部——"萨米的包厘街傻瓜"。1946年，在为期3个月的美国之旅中，三十一岁的法国小说家、哲学家兼编辑阿尔贝·加缪在纽约作家A. J. 利布林的陪伴下，数次来到这个满是木屑的地方。他们经常先在小意大利吃饭，然后向东走到格兰德街，路过每一间店铺都在卖婚纱的街区。这段经历给加缪留下了深刻印象（纽约这座大城市让他心里充满了"不耐烦的怀旧感"），后来他这样写道：

> 在包厘街的这些夜晚，在距离那些出售婚纱的漂亮商店一段距离的地方（不包括那个有着微笑新娘蜡像的商店），在这样的商店500码远的地方，我知道什么在等待着我。那里住着被遗忘的人，这些人让自己在这个满是银行家的城市里成为穷人。这是整座城市里最凶险的社区，这里看不到任何女性，每三个男人中就有一个醉

鬼。在某个神奇的咖啡店里，就像从西部电影里走出来的一样，你能看到又老又胖的女演员唱着讲述悲惨人生和母爱的歌曲，在副歌响起时咚咚跺脚，抽风式地晃动着，对着咆哮的观众，以及因为年龄已经难以辨认面孔的人群表演。另一个老年女性敲着鼓，她看起来像只猫头鹰，有些夜晚，在那些地理环境消失，孤独成为某种无序真相的罕见瞬间，你仿佛能了解她一生的故事。

加缪肯定认不出新的包厘街。现在的包厘街308号是包厘诗社，路边人行道上站满了控制不住烟瘾的人（如今室内禁烟），人们在室内大声地"诗朗诵"，读出不知名诗人的巨大生命力。他们都拥有属于年轻人的信心。可空气中却有着缺乏安全感的潜在情绪。这些人协助复兴了纽约市下城那些失落的街道。可暂停一下，先倾听，再说话：有人开始抱怨，在房地产行业推动下的房屋开发新工程将会毁掉包厘街。"老天爷，我搬到这儿可不是为了住在10楼。"

走在格兰德街的转角处，你的眼前就是老包厘街储蓄银行。和纽约很多建筑杰作一样，包厘街储蓄银行的设计师是斯坦福·怀特。这栋建筑于1893年开工，那一年爆发了经济危机，后续也出现了恐慌式的大萧条。主要由工薪阶层构成的储户群体需要银行拿出可以打消疑虑的保证，而一栋建筑在不稳定的时代至少能给人一种安全的错觉。怀特交出了银行想要的结果。这栋建筑的平面图形比较奇特，呈巨大的L形，包厘街有一个入口，格兰德街也有一个入口，第三个入口位于伊丽莎白街。和其他伟大的建筑师一样，怀特也受平面图设计的局限，但他的设计作品仍然展现出了庄严感与永恒性。走进有立柱的包厘街入口，立刻就能看到一个凯旋拱门，通向银行大厅。内部石柱的放置位置也非常考究，有些几乎没有刷漆。建筑内部的光线非常耀眼。当这栋建筑在1895年竣工时，怀特肯定在一个问题上感到沮丧：第三大道高架线已经在包厘街上方隆隆作响，遮住了本该落在贝福德石灰岩外墙上的阳光。如今，游客可以看到连建筑师本人都没能看到的风景。

现在的夜晚，出租车停在路边后，走下车的乘客会穿过有立柱的入口，走进一家高档餐厅。多年的涂鸦和油腻的污垢已经消失不见。石柱得到了修补，老旧的台阶似乎焕然一新。10年前，怀特创作的这件作品还似乎注定要被送进建筑界的墓地。可在纽约，就连即将发生的死亡，有时也会因不知从哪里冒出来、带着生命力的全新速度，变为虚惊一场。

# 第六章

# 公园大道

1960年夏天,我还在《纽约邮报》这家八卦晚报上夜班,试图打磨自己尚不成熟的新闻能力。我半夜1点上班,大部分时候早上8点下班。如果兜里有几块钱,我会前往"第一页"——格林威治街上的一个小酒馆——等待早上9点送到报摊的第一版报纸。酒吧里有很多资格很老的新闻人,我的很多新闻专业教育就是在这里获得的。通常,他们会一脸不满地检查标题,会仔细审查报道内容,包括我写的报道。他们会做出激烈、凶狠的批评,还有令人忍俊不禁的指责。他们告诉我以后不要做什么,我则努力改进,尽量不再像个野蛮人那样在报道时重复刚刚犯下的错误。我从来没那么高兴过。

如果早上兜里没钱,或者因为其他报道超过了截稿时间,我会从华盛顿街的出口离开纽约邮报办公室,向百老汇的方向走去。在那个时间点,这条大街上通常有很多手忙脚乱的人,他们不是撞上彼此,就是互相躲避,嘴里嘟囔着道歉的话,又飞速穿过街上歪斜的车流。我喜欢一头扎进这样的混乱场景,我知道几乎所有人都在急着去工作,只有我一个人走在下班的路上。我会路过三一教堂和公正大厦，在这些地方我悠闲地度过了很多午餐时间，接着，我会融入从富尔顿街地铁站涌出来的人潮中。在街角的咖啡店，我会买上一杯咖啡和一块芝士丹麦酥。我会随身带着晨报，通常也会带一本书。天气好时，我会前往市政厅公园。在那里，通常我会哼着《百万宝贝》里的小调，向伍尔沃斯大厦致敬，然后找到一个长椅，喝着咖啡，看着已经不再庄严华丽的公园大道。

某种程度上说，对我来说这是另一种形式的新闻学教育，因为公园大道曾经集中了曼哈顿所有高质量的报社。坐在长椅上，我能看到约瑟夫·普利策为了容纳他创办的《世界报》建起的摩天大楼留下的空缺。不论是报纸还是大楼，都已消失，变成了历史记忆。但亨利·雷蒙德和他的搭档为《纽约时报》建造的大楼还留在原地。《纽约时报》已经在1904年搬到了长亩广场，出版商人阿道夫·S.奥克斯为了致敬报纸而把那个十字路口改名为时报广场。但《纽约时报》起源于下城的事实，却不容置疑。老的时报大厦现在属于佩斯大学，那也是一栋非常漂亮的建筑。右边矗立着从前《纽约先驱报》的总部，这也是一份消失已久的报纸，同样消失的还有"出版"这份报纸的建筑。还有其他以公园大道为家的纸媒，如今也都消失了。

这个区域本身也有着深厚的历史底蕴。百老汇大道与安街、维西街及公园大道的交汇处，是众多风格交叉、爆发和融合的地方。这里不是纽约的第一个广场，但肯定是纽约的第一个十字路口。19世纪市政厅公园的一角聚集了圣保罗教堂、阿斯特酒店、帕克剧院以及P. T. 巴纳姆那无比神奇的博物馆。美国博物馆在纽约新出现的种族大融合中起到了至关重要的作用，这个博物馆吸引了来自城市各个角落的参观者，其中自然包括刚刚抵达的移民。他们在满是石块的爱尔兰西部或遍布森林的德国从未见过这样的景象。1866年的一本纽约旅游指南中登载了这个博物馆的广告，这家博物馆以"日出"为开馆时间，晚上10点闭馆，门票价格为30美分，十岁以下儿童半价。这份广告这样写道：

作为这间收藏**既可用于研究也可用于启蒙**的**地球新奇事物的仓库**的管理人员，我们希望把这里打造成**具有吸引力的流行消遣媒介**。我们孜孜不倦地希望把**所有让人兴奋的娱乐元素**结合在一起，其中没有任何不纯洁的想法。馆内都是**新奇又神奇**的事物，其中包括来自**国外的奇特藏品**，也有本土的奇观，展出的都是收集自美洲、欧洲、亚洲和非洲的珍品。除"百万珍品"外，馆内还设有"珍奇动物展"，它也不断收录各种神奇物种，让博物馆拥有壮观的野生种群。精美的大水族馆、海洋与河流花园里生活着最高质量的鱼种,这里就是**世界第八大奇迹**。**逼真的活动蜡像**——**高大的巨人**——**矮小的侏儒**——**活的水獭**——**巨大的鲸鱼池**,这里生活着**神奇的鲸鱼**——**闪电计算器**——**玻璃吹制机**——**巨大的胖女人**——**活着的海豹**等,参观者任何时间都能看到这些珍藏。每天,馆内会进行**三次**精致又让人愉悦的娱乐表演……[1]

巴纳姆是那个时代最成功的演出经理人,他的剧院可以容纳3000名观众,唯独不允许非洲裔美国人进入。但他在1866年旅游指南上的广告却被浪费了,这份广告实际上证明的是提前做广告的危害,广告文案与实际刊登之间存在空档期——他的剧院在1865年底被烧毁了。重建后的新剧院在1868年再次被烧毁,巴纳姆随后便将自己的天赋转移到了马戏生意上。我真希望自己能亲眼看到那些活动的蜡像以及巨大的鲸鱼池。当时在那片区域工作的编辑和记者当然看到了包括上述东西在内的各种珍奇事物。巴纳姆在表演、宣传和创新上的天赋,显然影响到了那些编辑、记者每天服务的报

---

[1] 这则广告在原文中以不同字体还原了当时的广告氛围,包括大写粗体、大写斜体、小写粗体等,译文亦采用多字体表现。

纸。归根结底，巴纳姆的每一句话，都像报纸的通栏大标题一样响亮。

报纸上的内容同样被巴纳姆丰富想象力带来的噱头与宣传影响到了。在这个纽约首个大型十字路口发生了独特的大混合，上帝、政治、商业、罪恶和精彩的表演，这些元素被组合在了一起。这些都是新兴城市的核心组成部分，也是超过20份日报的主要内容来源。上述组合直到20世纪60年代时仍是八卦媒体的内容之一，而且以独特的变体存在至今，甚至因为有线电视的出现变得更生动（或者说无脑）。19世纪时，在十字路口离巴纳姆的美国博物馆不远的小路上，到处都是餐馆、书店、妓院、酒馆、"日间"赌场、雪茄店、裁缝店、印刷店，还有一些不那么景气的报纸，包括我工作的《纽约邮报》。1902年后，《纽约邮报》搬到了维西街20号，就在教堂街附近。

2001年9月11日早上，世贸双子塔的南塔倒塌，巨大而汹涌的尘土云飞快地向我、我的妻子富贵子和一些警察与消防员站着的维西街和教堂街交汇处的街角袭来。我和富贵子走散了，在周围黑压压的尘土包围中，我们看不到彼此。地平线消失了。坠落的玻璃和钢筋造成的巨大冲击，仿佛让整个世界的声音都消失了。我不停咳嗽，脚步踉踉跄跄，呼喊着妻子的名字，随后被推进了曾经是纽约晚间邮报大楼的大厅安全地带。也就是说，我被推进了新闻精神继承者威廉·卡伦·布莱恩特以文明的名义指挥各路记者的地方。在那个可怕的上午，当我离开灾难中心，走进一个被白色滑石粉状的灰尘覆盖的大规模死亡现场时，我看到整个市政厅公园，以及周围的所有建筑都变成了白色。恍惚间，我想起了自己在公园仍是一片绿色时坐在里面的样子。过了一会儿，在已经一片白色的世界中，我在几个街区外找到妻子。满怀着幸存的喜悦，我们紧紧拥抱在了一起。

在我打磨技艺的单纯岁月，我总是在想，在一个没有电灯、没有打字机、没有电话和电报的时代，为霍里斯·格里利和詹姆斯·戈登·贝内特工作会是什么样子。在想象中，我看到自己在烛光下拼命写字。看到自己拿着铅笔和纸，为了故事跑向包厘街，却发现斯蒂芬·克莱恩已经先我一步到达了现场。我看到理查德·哈丁·戴维斯在某个浓雾弥漫的早晨从一辆漂亮的马车上走下来，他本人真的就像查尔斯·达讷·吉布森把他作为美国男性的典范画成的画像一样英俊，我看到他大步走进世界报大楼。或者说，我在整座城市最有才华的编辑手下工作，这位编辑名叫查尔斯·蔡平。据说蔡平有一种可以预判突发新闻的天赋，他对员工很严厉，甚至像对待猪狗一般对待他们，在美国报业协会成立前的那段恐怖岁月里，他会因为随便一点小错就开除员工。

在我青涩又光怪陆离的想象中，我看到自己某一天早上因为迟到了两分钟被蔡平开除了，我把他打得失去知觉，然后去了《纽约太阳报》工作。后来，蔡平在1918年承认因为"谋杀—自杀契约"（murder-suicide pact，这种说法后来一直被八卦小报使用）而开枪射击了年迈妻子奈莉的头，我可耻地兴奋起来。你看看，蔡平连自杀的勇气都没有。在我的想象中，我去报道了蔡平的审判，目睹了他认罪。后来，我带着怜悯之心，用远超蔡平对待报道对象和员工的同情心，报道了蔡平1930年死于辛辛监狱的消息，写到典狱长说他变得更和善，还在监狱里为其他犯人打造了一座玫瑰花园。在我年轻时的幻想中，盖棺定论的总是新闻人。

我读过和前面提到的所有人有关的内容，试图用这些信息填补我的新闻学教育空缺，现在我知道，这是一项永远无法完成的任务。在想象中的1858年里，我去了百老汇布里克街上的一个幽暗又充满烟气的地窖——普法夫喝酒，那是纽约市第一个真正的地下波西米亚式聚集地，我在那里见到了所有新闻人，另有蹩脚的诗人与饿着肚子的画家，还有他们的女人。有一天下午，我甚至还和从布鲁克林来到这里的沃尔特·惠特曼聊了天。我被小詹姆斯·戈登·贝内特征召到巴黎，后者是创造了现代新闻学的詹姆斯·戈登·贝内特的古怪儿子。当然，他是个酒鬼和虐待狂，坚持让我在他面前剃掉胡子。离开他的办公室后,我改编了一下海明威发给某个报业大亨的著名电报,发去了这样一句话:**带着工作去死吧**[1]。

有那么一段时间,我想象自己在《纽约论坛报》为霍里斯·格里利工作,后者的雕像如今树立在市政厅东侧,看上去疲惫又心事重重,垂下的手上还拿着一份报纸。这尊1890年由雕塑家约翰·昆西·亚当斯·沃德制作的铜像上,格里利的视线方向不是公园大道,也不是他的报业大楼曾经矗立、后来为了拓宽通向布鲁克林大桥的通道而被拆除的地方。看起来,他好像在思考自己生活在这座神奇城市里的时光(他于1872年去世,这座神情平静而忧郁的雕像很多年以后才出现)。现实中的格里利身材矮小但非常勇敢。他出身乡下,说话声尖利刺耳。他时常激情满满,他的报纸总是给人出乎意料的感觉。格里利从没遇到过他不喜欢的"主义"。他接纳了社会主义(他甚至聘请了卡尔·马克思,让后者从欧洲发来专栏文章,这些每周例信很有可能是弗里德里希·恩格斯代写的,而且持续了十多年时间)。他拥护废奴主义,也赞颂素食主义。到了晚年,他甚至还参与过围桌招魂的活动。可他也创办了这份非常优秀的报纸。他在媒体上

---

[1] 本书中出现的粗体文字皆为原书在行文中以全大写字母强调的内容。——编注

勇敢地与奴隶制战斗，还清晰地预测到被征服的墨西哥领土最终将会带来一场巨大又让人心碎的美国内战。格里利的记者一次又一次深入纽约穷人的悲惨生活，尽管他们知道自己中产阶级的读者更喜欢从良心出发的"冷漠报道"。他脾气古怪，是个有很多缺点的丈夫，也是一个在政治领域自以为是的人（在脱离了他协助创建的共和党后，他甚至在1872年参与竞选总统，与尤利西斯·S.格兰特成为对手）。可他仍是一个非常优秀的新闻人。

有一个人配得上一尊雕像，但始终没有获得过，那便是詹姆斯·戈登·贝内特。他又高又瘦，一双斗鸡眼，脸上总是带着嘲讽的表情，严肃又认真，曾经做过议会记者的狄更斯一定会爱上他。即便现在，我也希望自己能回到他那个时代，看他如何发明出1960年我为之服务并永远珍视的那种报纸的风格。在八卦小报出现前，贝内特就出版过一份。他出生于苏格兰，是天主教徒。1853年，用他的话说，他在安街的一个地窖里"用500美元、2把椅子和1个干货箱"创办了《纽约先驱报》。他的4页报纸售价1美分，与创办已3年的《纽约太阳报》形成直接竞争。他慢慢积累起了读者。第二年，他发现了报纸成功公式里的一个关键要素：纽约对凶杀案无穷无尽的兴趣。

让贝内特意识到上述关键问题的，是自称海伦·朱伊特的二十三岁妓女被残忍杀害的案件。1836年4月9日这个星期六夜晚，人们在托马斯街41号妓院的床上发现了她被烧过的尸体。这个地方位于钱伯斯街以北3个街区，在教堂街和礼拜堂（现在的西百老汇）之间。这个女人先是被小斧头砍中了头部，随后尸体被人放火焚烧。第二天早上消息传开后，贝内特做了件具有革命性意义的事：他去了犯罪现场。在那之前，即便有人报道犯罪新闻，相关内容也只会被掩埋在报纸的角落里，从警察口中听到的二手消息就能让记者感到满足。发出"到底怎么回事，星期六晚上真的会有坏事发生"的感慨。星期天早上前往犯罪现场的贝内特发现了众多细节，使得这起罪案引起了一时轰动。这正是出现时机恰到好处、改变了一切的意外事件之一。

贝内特首先注意到墙上挂着一幅诗人拜伦的画像，看到一个架子上摆着沃尔特·司各特、华盛顿·欧文、爱德华·布威－利顿、亚历山大·蒲柏、荷马、德莱顿等人的书籍。显然，死者不是普通的妓女。除了家具陈设，在一名友善警察的帮助下，他还看到了这位年轻死者的尸体。那一年，贝内特四十一岁。正如后来很多女性学者指出的那样，贝内特对年轻女性尸体的描述非常露骨，接近色情作品：

  我勉强能看上一两秒钟。慢慢地，我发现尸体的轮廊开始散发出一种大理石雕像的美感。这是我看到过的最奇异的场景——我从来没看过，也不觉得未来还能再看到这样的场景。"我的上帝啊，"我惊呼道，"多像雕像啊！我难以想象那是具尸体。"我看不到任何血管。这具身体看起来就像爱琴海帕罗斯岛大理石雕刻出来的雕像一样洁白而光滑。完美的胴体，精美的四肢，漂亮的面孔，完整的手臂，漂亮的灰烬，这一切，从每一个角度都超越了美第奇的维纳斯那尊著名的石膏塑像。

在此事中颇有作用的警察告诉贝内特，朱伊特不到一个小时就变成了现在的样子。贝内特继续写道：

> 这便是"尘归尘"的第一步。她的面容很平静，又显得很冷漠，从中看不到一丝一毫的情绪。她的一条胳膊放在胸部，另一条胳膊向内放在头上。身体左侧以腰为支点，那里正是被火烧到的地方，古铜的颜色仿佛古董雕像。有那么一个间隙，我完全沉浸于对这个奇特场景的欣赏之中——这是一具美丽的女性尸体，比最好的古老雕像还要漂亮。右太阳穴上血淋淋的伤口把我拉回到了她那可怕命运的现实中，这样的伤口一定导致她当场死亡。

在第一天的报道中，贝内特对现场进行了不厌其烦的描述，他找到的元素，足以动摇以商业为驱动力的报业背后那彬彬有礼的上流社会，这证明编辑也需要其他编辑的监督。在不断扩张、秩序混乱的城市里，暴力犯罪成为报道的重点，谋杀成为最好的内容。贝内特连续多日跟踪报道海伦·朱伊特案件，用大量细节描述了她来到纽约前的生活及其真实身份，也对很快就被指控谋杀了朱伊特的男人做了详细的描述，此人是个年轻富有的单身汉，名叫理查德·P. 罗宾逊。《纽约先驱报》粗糙原始的报道，就是为了满足读者的欲望。贝内特曾经在一天内卖掉了35000份报纸，而当时报纸的平均日销量只有8000份。贝内特也跟踪报道了审判过程，年轻的罗宾逊在高价律师的帮助下逃脱了惩罚。贝内特变换了角度，自行判断被告是否有罪。他先是确信罗宾逊就是杀手，后来又在报纸上提出，这样一个家境富裕、接受过良好教育的美国年轻人怎么会犯下如此十恶不赦的罪行。读者根本不在乎他的前后不一致，而是追着读他的报道。年岁渐长、荷包丰盈的贝内特，从来没有忘记海伦·朱伊特案件的经验。清晰呈现的细节就是一切。在那之后，《纽约先驱报》一直是生动描写法的大本营。大部分报纸都是在学习贝内特的方法。125年后，当我开始学习新闻写作时，谋杀案件仍然是报纸每日的必有内容。因为贝内特，各种各样的罪案已经成为纽约的永久组成部分。

但贝内特没有把报纸内容仅仅局限在罪案上。他打造出了第一代外国记者团队。他加快了新闻的速度，使用信鸽、快艇、快马邮递甚至电报，获取新鲜出炉的新闻。他坚持股市、社会、体育和宗教都是值得持续关注的版块。在照相技术尚未出现的几十年里，他用木版画为故事配图，必要时也会用上卡通漫画、表格和地图。他要求新闻中得有现场采访，要求记者写出的文字富有画面感。他发明了天气预报和女性版块，他把记者派到了包厘街的剧院，以及百老汇的新兴区域，报道后来人们口中的"流行文化"。贝内特在面对特定的纽约生活时，并没有摆出一副道学家的面孔。他开辟了现在人们口中的征婚栏，情侣们在这个版块可以确定约会时间，从事"某种运动"的女性也可以在这里提供个人服务。

贝内特的对手想毁掉他。他们说他是保加利亚人，是只会哗众取宠的粗鲁之人，是他让纽约的生活变得如此粗俗。贝内特做出了反击，调整了一些过于露骨的做法，并且生存了下来。毫无疑问，贝内特有很多缺点。按照他自己的描述，他总是急于攻击和中伤他人。他凶狠地诬陷竞争对手，以至于在公共场合至少被人用马鞭打过一次。他经常毫不掩饰自己的种族歧视倾向，而且支持南方的奴隶制——他在美国南方有很多读者。他嘲笑所有废奴主义者，格里利首当其冲。但他出版的报纸社论尽管惹怒了很多人，却仍有成千上万人想读。《纽约先驱报》是鲜活的，是聪明而大胆的。这份报纸的驱动力是新闻报道。虽然登出的社论经常给人歇斯底里的感觉，但新闻确是实打实的"新"闻，或者至少是贝内特所能制造的最新的"新"闻。

作为一名年轻记者，读着在19世纪做报纸的人的故事，我没有产生多少不着边际的幻想。我从没想过自己能进入美国乃至全世界最伟大的通讯中心，我只是想做自己喜欢的工作。我并不认为同行拥有更高的道德水平，不论是《纽约邮报》的同事还是竞争对手的记者。大多数人从人类的愚蠢行为中获取经验教训，他们都曾嘲笑过这样的矫揉造作。从纽约新闻行业历史中那些与人性脆弱有关的故事中，我也受到了教育。

小詹姆斯·戈登·贝内特的故事就是一个生动的历史案例。他的父亲于1872年去世，并把《纽约先驱报》留给了二十六岁的儿子。尽管为人缺点不少，尽管容易冲动且自我放纵，可小贝内特却是一个相当了得的新闻人。1877年后，由于成了一桩私人丑闻的主角，小贝内特大部分时间转至欧洲生活。这是一个无心造就的故事，却意外地好笑。1876

年的除夕夜,小贝内特按计划要和一名上流社会的女子结婚。他的朋友和亲戚聚集在女方家里,准备开派对庆祝,小贝内特却迟到了。年轻的贝内特接着当着未婚妻和宾客的面撒了泡尿。一名记者说他把壁炉当作小便池,另一个人则坚称是三角钢琴。不管是什么被他当作小便池,总之他的闹剧瞬间引起了轰动,女方震惊不已的男性亲属立刻把他赶出了家门。

伤心的女子悔婚了。几天后,她的哥哥在联合俱乐部门前用马鞭抽打了小贝内特,在雪地上留下了一串血迹。这是件了不得的大事。不愿接受小贝内特的父亲却接纳了他的上流社会,马上开始抵制他。他再也收不到纽约任何有女性参加的活动的邀请。于是他去了从小长大的巴黎,在那里生活了近40年。他建造出了当时最大的游艇,创办了《巴黎先驱报》——尽管被斥为有钱人心血来潮的结果,但这份报纸至今仍在,不过如今东家已换作《纽约先驱报》的对头《纽约时报》。贝内特派出斯坦利去寻找利文斯顿,也派人跟踪报道了几百个故事。他通过被称为"白老鼠"的办公室间谍网络继续控制着纽约的报纸。在他的远程指挥下,《纽约先驱报》仍然保持着高水平的报道,不断曝出一条又一条新闻。

可在纽约,与报纸行业有关的一切都在发生改变。1883年,约瑟夫·普利策来到纽约。他是一名匈牙利移民,在美国内战的最后一年曾经做过联邦军队的士兵，之前已经在《圣路易斯邮报》取得了巨大成功。普利策那年三十六岁，视力已经开始下滑，但仍对报纸满怀激情。他花了34.6万美元，从臭名昭著的股票投机商杰·古尔德手里买下了日渐衰落的《世界报》。对于一份每年亏损4万美元的报纸来说，这可是相当高的收购价格。没过多久，普利策就把《世界报》变成了当时最赚钱的报纸。并无例外，成功的关键就是扎实的新闻报道。在普利策向令人绝望的生活环境、穷困的学校、水源和交通工具匮乏等社会问题发起的"战斗"中，《世界报》的记者就是他的步兵。这份报纸的社论版推崇自由派政治倾向，这与几乎所有纽约报纸的保守派政治风格形成了鲜明对比。作为移民，普利策还坚持让记者报道刚刚来到美国的意大利人和东欧移民的故事，即便这些人看不懂《世界报》。普利策说："他们的孩子会看。"事实确实如他所说。

威廉·伦道夫·赫斯特近距离见证了普利策取得的这些成就。赫斯特是个来自美国西部的富裕年轻人，他的父亲因为拥有康斯托克矿区的土地而成了百万富翁。1886年从哈佛大学退学后，年轻的赫斯特曾经短暂地在普利策手下做过记者，借机研究普利策正在实践的新闻报道方法。随后，他向西部挺进，接手了父亲的《旧金山观察家报》，并且采用

"破门而入式"的激进报道方式让这份报纸大获成功。赫斯特进一步完善了普利策在纽约的做法，但手法更直接粗暴。他的想法很简单：美国的城市由好人和坏人组成，而赫斯特这个情绪高昂的普通市民自然与好人一条战线，向堕落、腐败与罪恶发起圣战。短短几年，报纸的发行量就翻了一倍，赫斯特因此小赚了一笔。与此同时，他还有着更狂野的梦想。他开始把贪婪的目光投向纽约。

机会出现在1895年。赫斯特在那一年买下了衰落的《新闻晨报》，这份报纸由与普利策关系疏远的哥哥阿尔伯特创办，创办时间甚至比约瑟夫·普利策买下《世界报》还要早几年。从母亲那里获得了一大笔钱（750万美元）后，赫斯特开始了将失败者打造成胜利者的行动。很多人都熟悉接下来发生的故事，只不过大多是从由赫斯特生平改编的虚构电影《公民凯恩》中了解到的。他和普利策互相声讨对方，用卡通和漫画互相竞争。当时报纸上第一份定期登载的卡通漫画是每周一次的《霍根小巷》，这是理查德·F. 奥特考特为普利策创作的一个系列漫画，主角是一个穿着黄色睡衣、满嘴俏皮话的贫民窟男孩。在高速印刷机上，黄色墨水比其他颜色的墨水更容易固定，这个漫画系列也催生了"黄色新闻"这一说法。普利策和赫斯特互挖对方的墙脚，赫斯特从普利策那里挖角编辑和记者，甚至连奥特考尔特都被他抢走了。他们还争夺要价高昂的自由记者，其中就有理查德·哈丁·戴维斯，他为赫斯特报道耶鲁大学与普林斯顿大学的足球赛，赚到了在当时算得上极为丰厚的500美元报酬。

1898年美国与西班牙爆发战争前，赫斯特与普利策之间的竞争也接近白热化。赫斯特率先敲响战鼓，普利策随后开始向沙文主义发起挑战。每天早上的报纸都会登载西班牙人如何残忍镇压古巴当地反叛者的消息，还有各种西班牙人动用酷刑、蔑视美国的消息。人气极高的"黄色"媒体推动着美国总统，令其走上了与跟自己毫无瓜葛的国家发生武装冲突的道路。随后，在局势还不明朗时，美国海军缅因号战舰在哈瓦那港发生爆炸。最终，赫斯特和普利策如愿以偿地得到了他们想要的浩大战争。

但战争结束时，两份报纸都成了输家。战争最激烈时，《世界报》和《新闻晨报》的日发行量都突破了100万份。可两家的开支也十分庞大。每份报纸都入不敷出，普利策也遭遇了抵达纽约以后的第一次亏损。也有迹象表明，普利策曾对自己屈服于狂热战争氛围的做法感到羞愧。真正的赢家是阿道夫·S.奥克斯，他在1896年买下了《纽约时报》和贝内特的《纽约先驱报》。奥克斯没钱派出大批记者前往古巴，所以他只是报道基础的战争消息，把主要精力放在了本地新闻上，同时在报纸上增加了类似图书评论之类的文化版块。他还把报纸的售价从3美分降至1美分。奥克斯报纸的销量因此翻了三倍。远在巴黎的贝内特也在用一种更冷静、更欧洲的视角看待这场战争。他的父亲老贝内特用《纽约先驱报》为纽约报业开创了耸人听闻的夸张式写作手法,而此时的《纽约先驱报》已经比它的竞争对手们收敛了许多。无论是《纽约先驱报》还是《纽约时报》,报道新闻,尤其是外国新闻时,态度都更加冷静。这种差异性的特点迎合了不少无法忍受"黄色媒体"大肆吹嘘沙文主义的读者。这些报纸的运气都很好,包括普利策的在内。但赫斯特在这条路上走得太远了。

美西战争爆发前,赫斯特一直在攻击总统威廉·麦金莱,后者是名共和党人。赫斯特要求他开战,但被麦金莱谨慎拒绝。麦金莱由此遭到了赫斯特的攻讦。赫斯特长久以来对麦金莱的蔑视,在1901年《新闻晨报》的一篇社论中可见一斑:"如果不靠杀戮就无法消灭坏制度和坏人,那就必须完成杀戮。"那年9月,一个患有精神病的无政府主义者在布法罗的泛美博览会上枪击了麦金莱。8天后,麦金莱死于坏疽。其他纽约报纸翻出了赫斯特的那篇旧社论,还有他手下的亚瑟·布里斯班写的一篇专栏文章,后者曾说林肯被刺杀让很多美国人团结在了一起。竞争对手们站在道德高地上义愤填膺地抨击赫斯特,《新闻晨报》的发行量开始下跌。

随后，赫斯特投身政界，他两次以民主党身份当选众议院议员。可他心心念念的是总统宝座。在1904年的民主党大会上，赫斯特遭到了摒弃。他先是输掉了纽约州长竞选，随后又被冒充坦慕尼协会的人诈骗，输掉了纽约市长竞选，之后又再次在纽约市长竞选中败北。为了从政，赫斯特一共花掉了175万美元，而他的政治生涯几乎可以说是彻头彻尾的失败。更糟糕的是，他的报纸信誉也在不断降低。其报纸及社论的立场，几乎只是为赫斯特的政治梦想服务。

这段时间，公园大道也在发生着变化。贝内特是第一个离开的人，1893年，他在第三十五街和百老汇交汇处建起了新的大楼，负责设计的是斯坦福·怀特。心怀感激的新邻居们把那个十字路口改名为先驱广场。1904年，奥克斯把《纽约时报》搬到了上城区的长亩广场，百老汇大道在这里和第五十二街交汇。奥克斯和坦慕尼协会的朋友商量后，为了致敬自己的报纸而给长亩广场改了名。4月，曼哈顿多了一个值得记忆的新名字：时报广场。而在南边的老城区，即便尚未荒芜，但公园大道已经开始给人一种破败、被抛弃的感觉。

所以说，我作为新闻人的当下，总是有历史相伴。在我学习、磨练自身能力时，贝内特与格里利、普利策和赫斯特似乎就在我身边。房间里还有一个拥有巨大存在感的鬼魂，那就是约瑟夫·米狄尔·帕特森。1919年他在公园大道创办了八卦报纸《纽约每日新闻》，又在1929年将报纸搬到了第五十二街新建的摩天大楼雷蒙德·胡德大厦里，并且把这份报纸打造成了美国发行量最大的报纸。《每日新闻》取得成功的一个重要原因，就是它专为纽约量身定制：这是一份让地铁上的匆忙乘客读起来很轻松的报纸。在蓬勃发展的20世纪20年代，几乎每个人都行色匆匆。帕特森的报纸内容明智、准确、风趣、透彻，很关注体育，拥有大量服务信息，还重点关注演出行业。《每日新闻》上有全纽约质量最高的照片，他们还自称"纽约图片报"。和格里利一样，帕特森也曾追逐社会主义，他甚至还做过尤金·V. 德布斯的竞选经理。对社会主义的个人激情慢慢消退后，他还是坚持为普通公众做一份报纸。这通常意味着为纽约的移民及他们的"美国孩子"办报纸。当然，我父亲绝不是唯一通过《每日新闻》体育版成为"美国人"的移民。他从来没读过什么《联邦党人文集》。

帕特森于1946年去世，尽管有些新闻人感觉它的活力及流行性都在出现衰退，但《每日新闻》仍是纽约市最大的报纸。我的东家《纽约邮报》在1943年变成通俗小报，骄傲的自由派多萝西·希夫是这份报纸的发行人。可在1960年，《纽约邮报》的发行量在7份纽约当地报纸中始终排在第七。

《纽约邮报》通过写作风格及勇敢的自由主义倾向（特别是在麦卡锡主义统治的黑暗时期）弥补了资金不足的缺陷。报纸的体育版块观点非常鲜明激进，而且文笔优美。我们的专栏作家有默里·肯普顿，新闻编辑室里的他让人想起敲着老款雷明顿打字机的亨利·詹姆斯。我的指导者中包括充满智慧且行事硬派的编辑保罗·桑、年轻的编辑艾德·科斯纳，还有一个性格别扭的文字编辑（也是非常出色的作家）弗雷德·麦克莫罗。我们的团队很小，所以没多少专门对口的记者。同一个晚上，你可能要分别撰写谋杀案、劳务纠纷和火灾新闻。每个人都得参与其中，不停开着玩笑、做出评论，像孩子般展示如何追踪新闻线索。大多数夜晚，我根本不想回家。

我很快意识到，报纸属于能将城市里不同人群黏合在一起的机构。报纸以特有的方式，获得与棒球队、公立学校和地铁一样重要的地位。当然，电视如今已经融入纽约的夜生活，人们对电视上的明星耳熟能详。可很多纽约人看完电视新闻后，还是需要一份报纸确认新闻的真实性。而那些报纸的基本设计，从公园大道的报业巨头时代开始就没有改变过。只是在战争期间，报道外国新闻的只剩《纽约时报》和《纽约先驱论坛报》（这两份原本互为对头的报纸在20世纪20年代完成合并）。可其他报纸像对待政治一样，只报道本地新闻。他们报道与权力有关的消息，尤其是与财富和政治有关的一切。他们很重视体育内容，还模仿赫斯特《纽约镜报》的专栏记者沃尔特·温切尔，加入了大量百老汇和好莱坞的八卦新闻。有几份报纸甚至开始报道与电视有关的消息。此外，报纸上设有社会专栏、意见专栏，还有漫画和智力问答。

除此之外，还有罪案新闻。大型银行抢劫案、大型贪腐案件，还有搜捕毒品和毒贩的案件——根据其他新闻的受关注程度，这些犯罪活动也会得到不同程度的版面。纽约人喜欢灾难，所以在争夺头版位置时，诈骗或者贩毒案件显然争不过战争、暴风雪、发电厂爆炸或地铁的致命车祸。可从贝内特时代开始，罪案就是报纸的固定内容。随着20世纪60年代初枪支和海洛因这个恐怖组合的诞生，纽约变得越来越危险。每年的谋杀案从一年大约300起，飙升到上世纪90年代的2000起以上。恐怖的气氛开始在整座城市蔓延，污染了城市的夜晚，让每一个在上班路上看到最新可怕消息的市民感受到人生的无常与脆弱。

从19世纪开始，大多数纽约人都知道，谋杀只有几个基本的剧本。有些绝望的傻瓜拿着租来的枪抢劫，因为慌张而开枪射杀了熟食店老板，后者无一例外是三个年幼孩子的父亲。另一个傻瓜想在漆黑的街道上抢劫，结果却被射杀，因为受害者是个下班的警察。赌徒在打烊的酒吧喝酒，一个尾随而来的枪手和他身材矮小的搭档走进去后开枪扫射。警察和八卦报纸随后对像漫画《马特与杰夫》一样的劫匪组合发出通缉。犯罪分子最终总会落入法网。

偶尔，人们也会在小巷里发现碎冰锥插进耳朵的小流氓的尸体。这家伙一定是在黑帮做了坏事，他的尸体就是城市存在终极秘密社团的证据。有些记者只关注黑帮，他们揭露黑帮与工会、房地产、赌博集团、假拳赛，以及越来越多的海洛因毒品之间的关联。他们制作了不同黑手党家族的权力谱系，追踪他们与拉斯维加斯或美国其他黑帮之间的关联，这样的关系网就像美联储的系统一样复杂。有些人成了报纸上的大明星，比如绰号"幸运"的卢西安诺、巴格斯·西格尔、弗兰克·科斯特洛和迈耶·兰斯基。大多数时候死者都是犯罪集团的底层人员，而非高层的指挥者。西格尔1947年在洛杉矶被人谋杀，但卢西安诺、科斯特洛和兰斯基都在自家床上安然去世。

黑帮间的谋杀几乎都因生意而起，可放在整体的统计数据中，黑帮的谋杀案数量却显得很少。另一种数量同样很少的谋杀案，背后的动机是贪婪，购买了巨额保险的穷人中尤其会发生这类案件。事实上，绝大多数谋杀案都是人性激情冲动所致。上世纪60年代初的一个晚上，眼神忧郁的警探雷·马丁告诉我:"纽约最大的杀手,不是毒品,不是抢劫,也不是贪婪,而是嫉妒。"这个说法当时听起来没错,现在听起来也同样正确。日复一日,不忠的丈夫被愤怒的妻子杀死,不忠的妻子也会被愤怒的丈夫了结。情侣间也会动手杀人,只是频率没那么高。一般来说,这类谋杀背后的浪漫逻辑是"没有你我活不下去",杀人者在这种思维的作用下杀死对方再自杀,使得那一天的故事不再有神秘感,不再有警察追捕与侦查,也没有审判,也不会坐上被现在的报纸记者称为"热蹲"(hot squat)的电椅。

这样的激情犯罪很多,可不是所有都能登上报纸,除非它们符合某个特定标准,那就是凶杀发生在某个优质社区。帕克大道上因嫉妒而起的杀人案件,显然比布鲁克林发生的同类案件更引人关注。如果杀人的丈夫、妻子或情侣来自富人社区,报纸的头条一定会大书特书。如果来自贫民窟,报纸角落里能有三段文字写这事都算极致了。

由于谋杀在纽约已经变得太过稀松平常,编辑们开始要求记者拿出能为熟悉的剧本增加新意的细节。"具体名词,主动动词,还有细节。"有一天在《纽约邮报》的新闻编辑室里,保罗·桑这样对我说,"这些就是你需要的。用该死的细节做开头。"

细节永远那么恐怖。人类用枪、刀、毒药、或大或小的斧头杀害另一个人类。他们用绳索、领带和皮带勒死其他人，把烟灰缸、台灯、榔头、水管、棒球棒、砖头和煎锅砸向别人的头颅，他们把其他人推入地铁轨道，开着汽车碾压他人，把他人从屋顶推下。尸体有时是赤裸的，但更多时候穿着衣服。受害者周围的墙上从没有诗人拜伦勋爵的画像，可与他们人生最后时刻有关的记录与描述，却总能追溯到1826年詹姆斯·戈登·贝内特拜访托马斯街41号的那段经历。20世纪60年代一个炎热的夏日夜晚，当整个世界似乎安然无事时，贝内特的灵魂仿佛出现在了新闻编辑室里。我们几个人站在本地新闻编辑部里，无所事事。

"天啊，"我说，"我们现在需要一桩好的凶杀案。"

"还得是在好的地方。"城市版的编辑说。

# 第七章

# 第五大道

第五大道从一开始就是个非常好的地方，鲜少发生凶杀案。不过呢，这地方也是有杀人犯的。19世纪从社会学及地理意义上为第五大道奠定基础的，其实是华盛顿广场。这片6.5英亩的土地在成为纽约市第一个经过规划的广场前，曾是公共墓地。从1797年开始，穷人就被埋葬在这里，其中很多是在救济院死去的女性。同样埋葬在这里的还有死于黄热病的数千人。由于非洲锡安卫理公会教堂的地窖早已满荷，便在分配给教堂的50平方英尺的小块土地上，一层又一层地埋葬了数百名非洲裔美国人。可在如今广场的中心地带，也就是上世纪60年代建起喷泉的地方，曾经树立过绞刑架。

在这里，在美利坚合众国诞生之初，在围观群众或好奇或愤怒的目光下，甚至在一些被害人亲属面前，杀人犯们接受了绞刑惩罚。等他们死透后，会被几个倒霉的无辜之人深埋在长满野草的蓬松土地之下。这片土地最终埋葬了2万具尸骨。公开绞刑在1820年被废止，最后一个被当众行刑的是位叫萝丝·巴特勒的黑人女性。她因为放火烧房子被判绞刑，几乎可以确定的是，她在那栋房子里做奴隶。所有这一切，都变成了墓园大熔炉的永久组成部分。公共墓地最终在1826年因为负荷已满而关闭。可即便到了上世纪50年代末，当我住在东村，在华盛顿广场度过了不少时间的阶段，仍有居民向我讲起在某些大雾弥漫的夜晚，你会看到亡灵从草地及人行小路上爬起来。有些穿着下葬时的黄色裹尸布，一眼就能看出是黄热病的牺牲者。有些脖子肿得很大，其中很多是女性。当然，这些传说我一个字都不相信，但我知道居民们一定信以为真。

荷兰人统治的时代，这片区域的第一批定居者是几百名有着自由身的黑人，他们被授予在这个地方居住并务农的权利，作为交换，每年至少需要缴纳一只猪。英国人占领殖民地后，这个安排被撤销了，他们没收了非洲人的土地，把一部分自由民重新打为奴隶，而且声势浩大地开展起了奴隶贸易，1711年还在华尔街的一端建起了奴隶市场。这个市场的存在时间超过半个世纪。剩余的黑人自由民——有些太老，无法继续工作——定居在了米内塔河周边的湿地区域，而这条小河仍会从部分区域的地下流过，特别是华盛顿广场的西南角。

可在美国独立战争结束后的几年里，黄热病几乎把第一代富裕的纽约人全都带进了可怕的公共墓地。人满为患的下城非常潮湿，到处都是成群的蚊子，直接成了一个发热病区。空间开放、有稳定风源的格林威治村，看起来能够远离疾病，是个更安全的地方，特别是在夏季，因为传染病暴发而死了那么多人的时候（当时没人意识到，疾病由蚊子传播，流行传染病通常因为天冷而结束）。北河边很快出现了第一批用木材匆忙建起的避暑小屋，工人们在这里可以乘船前往下城工作。

可随着伊利运河开通，城市越来越扩张，赚的钱也越来越多，灯笼裤佬开始在格林威治村还没有平民定居的那些区域寻找自己的永久住处。他们沿着已经关闭的公共墓地的边缘买下了无主的土地，同时，市长菲利普·霍恩也在推动将公共墓地改造为公园的计划。霍恩和他的支持者打出了极有美国特色的政治借口：改造是为了军事防御。驻扎在纽约市的第七步兵团需要一个训练场，在越来越多投机商人抢占一片片长方形的地块前，他们必须预留出可以修建训练场的土地。在一场经过精心策划的政治博弈中，爱国热情极高的霍恩对市议会说，他希望这个场地能在纪念美国独立15周年的时候修整完毕，他还会将这个地方命名为"华盛顿军事阅兵场"。规划者们在1827年开始着手改造，尽管地面仍然坎坷不平，而且到处长满杂草，边界也极不明确，但新的广场还是在一场盛大庆祝仪式中揭幕。在纽约州州长德·威特·克林顿的带领下，人们从炮台公园游行到了被报纸称为"华盛顿广场"的地方。参与这个活动的当然包括声名显赫的灯笼裤佬，比如范·伦斯勒家族、范·考特兰家族，以及费什和博加德丝家族的人。但人群中也有杰克逊式民主[1]的支持者，每个人都在正确的时刻欢呼着，所有人都在吃着自助食品，其中还有两头烤熟的公牛。考虑到参加游行的都是纽约人，所以可以想象，很多人都在喝酒抽烟。现场大概还有第七步兵团的军乐手们演奏让人心潮澎湃的乐曲，包括独立战争时期热门的《洋基之歌》。同样可以想象到的是，房地产投机商们带着对未来的远大设想看着眼前的一切，他们看的不只是这个广场，也看向了北方的土地——那就是第五大道。

很快，广场的边界就得到扩张，也加以明确。这个广场最终的总面积达到13.75英亩。过于接近地表的遗体被重新挖出，运到其他地方焚烧。地表整体被修整平整，上面还种上了草皮，开辟出道路。人们设置了木制围栏，防止猪或其他动物过于肆无忌惮地游荡。没过多久，业余军人们就开始在华盛顿广场训练，可军械的重量有时会让被压碎的棺材或无

---

[1] 杰克逊式民主（Jacksonian democracy）：19世纪美国流行的一种意识形态、政治活动。其核心人物是总统安德鲁·杰克逊，主张平民广泛参政。

名死者沾满泥土的尸骨重新露出地面。这个广场上也进行了大量爱国集会，乐队在演奏，小孩们在欢呼。广场周边也开始出现一栋栋大房子。最早出现的一批房子建在广场南侧，如今已经全部消失。几栋建在北侧、规模更大的希腊复古式建筑保留至今，还留有前院、门前长梯和精美的砖石，甚至还能召唤亨利·詹姆斯[1]的鬼魂。

当我第一次在下第五大道漫步时，从华盛顿广场走到了差不多第十三街的地方。我觉得自己就像身处前哥伦布时期帕伦克的游客。当我停下脚步四处张望，周围的建筑给了我一种失落文明的感觉。这是一种不可知的感觉，一种已经消失了的感觉。

我总是盯着拱门，因为长长的第五大道在上城区的起点就是拱门，也因为这是一个漂亮的建筑。和我喜欢的其他很多曼哈顿的建筑一样，这个拱门由斯坦福·怀特设计。虽说他的世界如今也早已消失，可那个世界并不像他的生命结束得那般突然。我了解这个拱门的历史，所有内容都记录在了旅游指南和怀特的传记中。我知道第一座木制的拱门如何在1889年被建起，以庆祝乔治·华盛顿就职美国总统100周

---

[1] 见本书第83页注释。

年；我知道有些地位显赫的市民如何希望把这座拱门变为永久性建筑，甚至愿意自掏腰包；我也知道怀特设计这个大理石拱门的故事，知道他如何聘请亚历山大·斯特林·考尔德——这个考尔德是日后以现代主义动态雕塑而闻名的亚历山大·考尔德的父亲——去雕刻华盛顿平民化的雕像，又请来弗雷德里克·麦克蒙尼斯雕刻门上的浮雕。亨利·詹姆斯非常讨厌这个拱门，称之为"可悲的小凯旋门，跨坐在华盛顿广场的起点之上——之所以可悲，是因为这个拱门孤零零的，没有其他建筑支持，无依无靠"。

可这个拱门却受到了其他人的喜爱，成就了不少优秀的画作，当然也带来了更多糟糕的画作。1916年，画家约翰·斯隆、达达主义者马歇尔·杜尚以及他们的三个朋友突破重重阻碍找到了拱门的内部楼梯，爬到了拱门顶部后，用炖锅做了饭，点了一盏日式灯笼，用玩具枪开了几枪，放飞了气球后，宣布新波西米亚共和国独立。他们的举动，让这座拱门变成了自由波西米亚运动的象征。华盛顿广场的居民们对此很不高兴。尽管没有证据证明两件事存在因果关系，但在那一年，在遥远的伦敦，亨利·詹姆斯成了英国公民。拱门的内门被封死了。生活还在继续，波西米亚精神也在流传。年轻时的我看到这个拱门，总会想起布鲁克林大军团广场上的拱门，仿佛这两个拱门都是自己的囊中之物。

那些年，下第五大道地区本身就给我一种奇怪的陌生感，同时又带有一种隐秘而谨慎的美感。几十年来，我的目光总是穿过第五大道2号窗户上的玻璃，看着米内塔河被掩埋之处的那个小小圆顶喷泉，看着荷兰人、莱纳佩印第安人和非洲自由民曾经聚在一起喝酒的地方。年轻时的亨利·詹姆斯曾经住在几个街区外的华盛顿街，他经常拜访住在华盛顿广场北18号的祖母，还把这里用作自己1881年的小说《华盛顿广场》的舞台。那栋楼和其他几栋建筑在1950年被拆除，换成了现在这个粗笨丑陋的公寓楼。喷泉留了下来，成为一种看不见的时间流逝的象征，也是在证明人类渴望永久的徒劳无益。流水是最陈腐、最被泛滥使用的表明时间流逝的意象之一，可在这里，在这个玻璃牢笼中，流水的出现简直完美。即便周围的一切都被某种自然或人为的力量所摧毁，但米内塔河的水还在流动。

第一次隔着第五大道，看着第八街东北角5层的布雷沃特酒店时，我大概十五岁。这个酒店到处都刷成白色，每个窗户上都装着优雅的遮阳篷。我大概是从报纸或书上了解到，从1854年开门营业起，这个酒店里住过不少作家和画家，也住过很多生意人，还有众多怀揣梦想和欲望的小商贩。酒店著名的地下室咖啡厅使用的是法式菜单，在不同时期，这里曾经吸引到了尤金·奥尼尔和西奥多·德莱塞、埃德娜·圣·文森特·米莱和埃德蒙·威尔逊、约翰·多斯·帕索斯和伊莎多拉·邓肯等文艺界大佬，甚至欧内斯特·海明威一生中少数几次到访纽约时也来过这里。我想去那里吃饭，但始终没能成行。那些年我根本没钱住进布雷沃特酒店，也没钱住进任何酒店，可我还是梦想着能在1月大雪纷飞的日子和一个爱着我的女孩拥抱着躺在这些酒店的床上。1952年，我加入了海军。等我回来时，白色的酒店已经没了。我在那时已经读过了欧文·肖那篇极为出色的短篇小说《穿夏装的女孩们》。小说开篇的第一句话总是萦绕在我的脑海中："她们离开布雷沃特、走向华盛顿广场时，第五大道正在阳光下闪烁。"只有再读一遍小说，这些话才会从我心头散去。

那些文字和那个故事描述的曼哈顿，属于我不了解的时代，很多年轻的纽约人在那些二战爆发前的日子里，只能战栗着等待宿命的到来。欧文·肖小说中的人物总有一种追求永恒和长久确定性的需求，可他们明明知道这两个追求都不可能实现。我知道肖也出身布鲁克林，在他的故事中，隐藏在他的文字之下，我觉得自己找到了同一种惊奇，就像我走过曼哈顿时产生的感觉。很多年后，我认识了肖，向他问起了那段时间的曼哈顿："你觉得那是奥兹国吗？"他认真思考了一下这个问题，然后回答，"听着，那比奥兹国更漂亮，"

他停顿了一下,"也比奥兹国神奇得多。"

有时,我会带着惊叹和好奇看看第十街西北角上的升天教堂,设计了最终版本的三一教堂的理查德·厄普约翰在1841年设计了这座教堂。这是第五大道上建起的第一座教堂,内部充满新教圣公会晚期风格的温暖与神秘。可我现在看到的教堂却不完全是由厄普约翰设计的。19世纪80年代末,升天教堂被斯坦福·怀特重新设计(显然只会是他)。他为教堂加入了彩绘玻璃窗和耶稣升天壁画,两个都是他朋友拉·法齐的作品。薇拉·凯瑟在纽约生活期间非常喜欢这座教堂以及拉·法齐的作品。但亨利·詹姆斯更有热情,他在1905年描述了自己在一个夏日午后走进教堂,对内部场景的第一印象:

> 在纽约能找到这么一座迷人、看上去有点昏暗"古老"的教堂,能安静地欣赏巨大的宗教壁画,本身就足够神奇了。那一瞬间,这样的感知,颠覆了所有现实……这件重要的艺术作品本身,一件最杰出的实体,令人们一旦接受它,就可以与那种与众不同的权威对话,感受到铭记与遗忘的区别。

透过厚重、繁杂的文字,詹姆斯迟疑着不愿给出赞扬,因为他确信这座教堂终将面临"毁灭的可能",他相信这座教堂将会像他珍爱的很多建筑一样被拆除,被摩天大楼取代。这正是詹姆斯写出升天教堂"颠覆了所有现实"的原因。离开美国20年,全新的曼哈顿给詹姆斯带去了那么多无法接受的损失。他的文章中充斥着对纽约那磕磕绊绊的怀旧之情,他哀悼自己童年时看到的那些建筑,不管出于庸俗的商业原因,还是因为质量低劣导致结构出现问题,他的童年记忆都被取代了。升天教堂非常漂亮,所以他推断,这个美好的事物一定会灭亡。他在心里暗暗希望,自己对未来的恐惧是错的。他确实猜错了。一个世纪后,升天教堂仍然矗立在原地,仍然保留着拉·法齐制作的壮观的玻璃窗与巨大的壁画。

当我第一次看到这些景象时,和看到下第五大道地区的其他很多建筑时一样,感到这些都是纽约不属于我的那段历史留下的活生生的证据。没有比教堂更适合作为入口的了。而这一切都是我要铭记的对象。和葛莱美西公园里的建筑一样,在我开始读伊迪丝·华顿的文章前,这些建筑的内部装饰都超出了我的想象。有时我会站在第五大道47号的莎玛冠帝美术俱乐部前,站在第十一街和第十二街之间的街东一侧,看着那巨大的法式大门,看着宽大的楼梯和突出的屋檐。后来我知道,拉·法齐和怀特都是莎玛冠帝俱乐部的会员，画过布鲁克林全景的威廉·梅里特·切斯以及插画大师N. C. 韦思、霍华德·派尔也都是这里的会员。派尔画出的海盗及《金银岛》是我童年的回忆。我想象这些人在19世纪最后几十年里的样子，他们个个衣冠楚楚，留着络腮胡，在白兰地和煤气灯中闪闪发光。他们看重智慧和反讽，无气量的羡慕嫉妒早已消失在他们的人生中。也许他们喜欢恶作剧，喜欢放荡的女人相伴，喜欢讲上流傻瓜们的笑话，但他们绝对不会做小詹姆斯·戈登·贝内特对未婚妻家壁炉做的事。他们是来自富裕人家的孩子，现在回到了熟悉的家乡。

或者说，至少在我心里，他们就是这样的形象。我真的嫉妒出现在自己想象中的那些角色。作为一个年轻人，盯着第五大道47号，我想和他们一样成为同一个团队的成员，只是不穿燕尾服，也没有煤气灯。我希望周围陪伴的都是有着荒唐离奇梦想的人。直到我走进《纽约邮报》城市新闻编辑室的那一晚之前，我都没有找到这样一群人。

只用了几年时间，灯笼裤佬就创造出了美国内战时期被称为"老纽约"的第五大道。1845年后这片神秘的区域在葛莱美西公园出现了分支，还在纽约市的东边有了一块飞地。属于城市下城的简单快乐记忆慢慢消失，一种新的拥有感、一种期待永恒的新希望出现了。圣约翰公园被永远抛在了身后,显得更单纯的百老汇也一样。日后他们的怀旧中也包含了下第五大道地区早年的样子,那时的第十二街还没有高楼大厦,春季时的第五大道仍会泥泞不堪,街上也几乎找不到一盏煤气灯。

可这里曾经拥有宽阔的空间。第五大道的宽度达到100英尺,和1811年委员会规划方案里规定的所有大道宽度一样。第五大道的行车道宽60英尺,人行道宽20英尺。第一批房屋建起后,他们调整了第四街,也就是如今华盛顿广场南的房屋外观。有些房屋建在一起,形成了纽约市的第一批排屋,每栋房子都有着相似的设计和前院,这都是模仿伦敦西区的房屋而来。城市的创立者们允许第五大道的建设者占据一部分人行道建设花园,这些花园里通常种满了颜色鲜艳又生命力顽强的天竺葵。大部分房屋为3层或4层,门廊下有一个通往地下室的入口,还配有后院。门廊的楼梯上配有漂亮的铁制围栏。不管是黑人还是爱尔兰人,仆人们都住在天花板低矮的顶楼。这些房子设有室外厕所,但厕所区域都被花架和花丛遮挡。

在这些房子里生活很舒适,但并不一定奢侈。直到美国内战结束,曼哈顿才进入卖弄和显摆奢华的时代。男人们下午两点回家,悠闲地享受一顿午餐——这是一天的主餐——然后再返回下城的账房里办公。他们也可以在家待上一天，在新房子里接待商业伙伴，年轻的女性安全地在他们视线之外做着自己的事。晚上他们吃得比较少，会喝点茶。随着时间推移，马车阻塞了街道交通，越来越多的人开始在下城日益繁荣的餐馆里吃饭。他们的女人和孩子在一起吃饭（孩子通常在家接受教育）。也有女性会拜访其他女性，或者向西走到百老汇，查看新商店里的最新商品。按照老传统，他们会在新年当天"四处拜访"。随着街道上开始铺设路面，房屋之间的空地被填充，人行道上开始长出小树，各个家庭开始在周日下午一同散步。很多年后才会成为伊迪丝·华顿的五岁的伊迪丝·琼斯，就是在这里和她的父亲一起散步。

在他们亲密的小世界里，隐私就是一切。丑闻以保密和谨慎的名义被隐藏起来。未婚女性突然动身前往欧洲，一年后才会返回。有人看到一些女性走出雷斯特尔夫人的家，这个帮人堕胎的人在整个纽约市都可谓远近闻名，可从她家走出去的那些女性的名字却从未见诸报端。新的婚姻提案会受到严格审查，家族血统、社会名誉和经济实力都是考察因素。其中有一套精确的准则，他们不能做过"某些事"，出身社会下层也会受到排斥。在很长一段时间里，长老会派的僵化与圣公会派的救赎带来的解脱感结合在一起，塑造了公众情绪。有些老年人当然还在怀念下城那些失落的老村，但大多数人似乎都觉得，那一切已经过去。眼前的一切才是现在，也是未来。

就这样，第五大道成为这座新兴城市的第三个重点街道。百老汇上都是商店、高档酒店和最好的娱乐场所，包厘街成了曼哈顿蓝领阶层的主要休闲区，第五大道则是展现社会权力的地方。

最初的本土上流权力阶层已经消失了——他们无法统治民主化的纽约，可这座城市还存在很多间接的权力形式。灯笼裤佬制定的社会规则沿用了几十年，甚至连最残忍的行为，通常也只会像詹姆斯皱皱眉头那样被表达出来。他们坚称财富本身不是美德。所有问题都可以归结为"资产vs贸易"。他们坚称，源自资产的财富，比从贸易中赚得的财富高贵得多。他们是有资产的人——他们拥有房地产和遥远的农场，而资产是长期居住的象征，证明家世血脉在美国独立战争前便已存在，也是本质上被动的却能让人感到舒适自在的安全保证。贸易则是肮脏而粗俗的，太过主动、活跃。贸易永远那么饥渴，永远那么贪婪。贸易毁掉了永恒。贸易吞没了老一代，为新一代让路。人们必须抗拒贸易，商人必须被排斥在安全距离之外。

怀着对资产的坚定信念，灯笼裤佬试图保护自己免受任何改变的冲击，不管是大批移民的到来，还是无序的市政管理。他们之中没有人的生活被阿斯特广场骚乱、征兵暴动影响；也没有受到1870年到1871年发生在第八大道和第二十三街附近的橙色暴动的影响，这场重演了故国残酷宗教纷争的事件造成近70名爱尔兰天主教徒和新教徒死亡。对灯笼裤佬来说，他们心中的故国就是曼哈顿下城的街道和被闲置的房屋，他们不会允许这个形象再次瓦解。或者说，至少这是他们自己心里的想法。

他们意识到，社会威望和金钱是一种杠杆和筹码，能给他们带来更好的公共照明，有更多警察维持治安，可以更早地从巴豆水库获得自来水，他们的人行道上也都是郁郁葱葱的树木。有什么政客可以拒绝前往第五大道的豪宅用餐的邀请？在燃烧的壁炉旁，在轻声细语中，灯笼裤佬把自己的需求传达给了公众的代理人，也许他们的措辞暧昧，但言下之意又明确无疑。归根结底，他们拥有政客们需要的朋友：报纸的编辑和记者、可以在南街的账房里提醒他们哪些生意有赚钱可能的商人、房地产投机商，以及证券经纪人。可人们必须明白某些前提。第一个前提很简单：这是属于灯笼裤佬的那部分城市，他们想永远留在这里。

第五大道上建起了一栋又一栋豪宅，地面上为马匹铺设了鹅卵石路，花园和教堂也一个接一个地出现。到了1850年，第五大道的豪宅已经盖到了第二十三街，甚至朝更远的第四十二街延伸。可这些房子没有一个保留了下来。下第五大道地区保持了相对稳定的格局，但第十四街以上的豪宅和私人住宅矗立在地面才几十年就被拆除清理，为楼层更高、利润也更高的办公楼腾出地方（就像下百老汇地区为干货交易商建起阁楼建筑一样）。美国内战结束后，纽约开始以非凡的速度发生改变。

第十六街的一角曾是阿西纳姆俱乐部，住在褐砂石豪宅里的男人们回家前总会在这里聚集，喝许多酒，抽许多雪茄，做成许多生意。1888年，俱乐部让位给了现在的建筑——斯坦福·怀特为《法官》杂志设计的大楼，这栋大楼的一层如今变成了阿玛尼专卖店。第十七街上有安布罗斯·金斯兰的家。身为鲸油商人的他，后来做过纽约市市长。取代金斯兰私宅的办公楼，现在是服装品牌香蕉共和国的门店。第十八街的街角是老奇克林大厅所在地。1877年，亚历山大·格雷厄姆·贝尔就是在这里向相邻的新泽西州拨出了第一通电话。奥斯卡·王尔德和马修·阿诺德也曾在这里举办过朗诵会与讲座。

街对面的豪宅属于一个名叫奥古斯特·贝尔蒙特的人。就是他，改变了第十四街以上那部分第五大道的性格。贝尔蒙特是个了不起的纽约人：1816年出生在德国，父母是犹太人，十三岁时开始在罗斯柴尔德家族做无酬勤杂工，但十八岁就当上了机密文员。1837年，他被罗斯柴尔德家族派往古巴调查投资机会。但他自始至终没有到达哈瓦那。他在纽约停了下来，看到空荡荡的船坞，听到华尔街上的人们因为1837年的金融恐慌而发出的阵阵哀嚎。一个人的苦难，向来是另一个人的机会。这个年轻人开设了奥古斯特·贝尔蒙特公司，与伦敦的罗斯柴尔德家族紧密合作，以低至经济崩盘前原价10%的价格收购外汇、债券、股票和固定资产。不到3年，他就成为纽约市的重要银行家，变得极其富有。他成为美国公民，在民主党上层非常活跃。到1846年美墨战争期间，他已经成为美国政府的财务代理人。1849年，贝尔蒙特结婚了。新娘是卡洛琳·斯莱德尔·佩里，她的父亲海军准将马修·佩里是美国从墨西哥手中夺取加州的海军英雄，也是1854年迫使日本幕府开国的人。夫妇两人在升天教堂成婚，两人的孩子信仰英国国教。

在第十二街和第五大道上的一栋大房子里住了一段时间后（在这期间他还去奥地利和海牙做过外交官），贝尔蒙特向上城区方向搬了6个街区，搬进了第五大道111号的一栋全新豪宅中，那在当时是整个第五大道上最大的房子。贝尔蒙特的新家也是纽约市历史上第一栋带有舞厅的私人住宅，可以容纳400名宾客。贝尔蒙特热爱美食和好酒，这栋新房子可以满足他这两个需求。他甚至拥有红毯，这样一来，特殊场合时他不需要从宴会承办人那里租借地毯就可以欢迎宾客。这栋房子里还设有艺术画廊，陈列着罗莎·博纳尔、布格罗和梅索尼埃的画作，也摆放着贝尔蒙特真正读过的那些书。他喜欢赛马，没过多久便拥有了美国最好的马厩，他的名字也通过美国赛马三冠赛之一的贝尔蒙特锦标赛流传了下来。首次贝尔蒙特锦标赛举办于1867年，地点位于布朗克斯的杰罗姆公园。

灯笼裤佬不知道该怎么衡量贝尔蒙特，也就是说，他们不知道该如何评价他。他既不完全属于贸易行业，也不属于拥有土地的旧贵族。他们不能简单地用反犹主义的话语贬低他，当然，他们也足够礼貌，不会当着贝尔蒙特的面说这样的话。事实上，贝尔蒙特是在挑战各种可能性。智慧、政界关系和金钱的结合，在纽约这座城市的发展中起到了至关重要的作用。奥古斯特·贝尔蒙特用移民的冷静目光看待这座城市，他看到了未来。

在纽约土生土长的灯笼裤佬越来越被禁锢于确定的过去和不可避免的损失中。随着城市的富裕阶层步入镀金时代，伴随着那些可怕、有时甚至让人厌恶的放肆行为，自然而然地，会有一些人徒劳地试图通过追求精神及灵魂的方式回到过去。他们中的许多人读了鬼故事，所有的房子都在"闹鬼"，这在当时已不是偶然。

## 第八章

# 人在里亚托

9·11那个漫长夜晚过去后的第二天，在我们给家人打电话报完平安，走过午夜的街道，向报社提交了写好的新闻稿件后，在我们看电视一直到凌晨4点，从断断续续的睡眠中反复醒来后，妻子和我一起走出了家门，去看那被改变的世界。一切日常活动都停止了。报刊亭关门了，唯一还在开门营业的商店是4个街区外的韩式熟食店，里面挤满了满身尘土的救援人员。世贸大厦的废墟还在燃烧，空气中充满了我们不熟悉的味道，那是粉末状混凝土，融化的钢铁，燃烧的地毯、办公桌、纸张与人体混合在一起而令人作呕的味道。死亡和失踪人数那时仍然不得而知，就像市长朱利安尼说的那样，"超出了我们任何人能接受的程度"。

我们不得不掏出护照，才能通过警察和国民警卫队设在运河街上的关卡。附近的中国城已经封闭了。很多中国女人被挡在工作的工厂外，站在距离关卡一个街区的地方。警报声响彻街道，到处都是消防车、救护车和警车发出的警笛声。我们找到一些吃的，找到几份报纸。我们做了很多笔记，写出自己的故事，没有去工作，心里满是悲伤和恐惧。那天晚上，我们走到了联合广场。

到现在我也没明白，为什么联合广场在那天早上成了下城的中心。我猜这和联合广场的地理位置有一定关系。过去30年来，人们可以从联合广场这个第四街和第十七街、帕克大道和百老汇大道之间的小公园望到双子塔。现在，你只能看到烟雾和空白。第十四街上矗立在高高底座上的华盛顿骑马雕像面朝南方，看着正在燃烧的双子塔废墟。当然，发生毁灭性灾难后人们聚集在联合广场，这从来不是事先设计好的。但时报广场这个选择被排除了，因为它是大众用来庆祝的地方，不适合悲伤哀悼。时报广场流传最广的形象，就是阿尔弗雷德·艾森斯塔特在1945年第二次世界大战结束那天拍下的水兵亲吻女孩的照片。不管因为什么，妻子和我，还有几千人都聚到了联合广场。

在华盛顿雕像的底座上，我们看到烛光在风中摇曳，人行道上形成了凝结的蜡水坑。我们看到写满愤怒或悲伤留言的海报，有些甚至用西班牙语写成。我们看到第一批寻找失踪亲人的传单，失踪者的名字用大写字母印刷出来，传单上还写明他们在双子塔中的哪一座工作，家庭电话，当然还有他们的照片。照片中的每个人都在笑。它们拍摄于公司派对、度假或者婚礼上，定格了快乐的时光。

我们的周围是来自下城各个群体、种族、年龄段的人，是现实版的传单上的照片，而那些照片上的大多数人却再也没被找到。有些人在独自哭泣，有些人在祈祷。陌生人小声说上几句话就会突然流下眼泪，拥抱在一起。富贵子和我走到了公园边缘，我朝第十四街的两个方向看去，在很长一段时间里，那里就像一座被遗弃的破旧纪念碑一样，行将腐朽。可不知怎的，现在却给人一种粗粝的庄严感。"去他妈的这些混蛋，"我对她说，"他们毁了整个世界。"妻子摇了摇头说："还没有。"路边的树下，很多人在聊天，随后萨克斯管的声音压过了一切，乐手吹奏的当然是蓝调。我们走回人群中，我注意到一片小小的黄色树叶飘在萨克斯手的身边。纽约的夜晚，到处都是忧郁的蓝调音乐。我紧紧地抓住妻子的手，盯着烛光。

在19世纪初的一段时间里，有些乐观的灯笼裤佬选择了第十四街。归根结底，第五大道在地理位置上并没有很严格的限制。第十二街和百老汇交汇处的恩典教堂是属于第五大道的建筑，在这个教堂工作的那些神职人员对此深信不疑，他们在收取长椅租金并践行社会分层的铁律时充满了坚定的执行力。自然而然，在这个充满直角的新兴城市中，不少富裕阶层拐了一个弯，在第十四街住了下来。其中一些人的钱出自传统来源，比如鲸油、船运、保险、银行业以及房产出租——如果他们等了很久也没能住进华盛顿广场或下第五大道地区，那么第十四街会是个不错的选择。有些人的收入就比较"新"了，灯笼裤佬把持有这种财富的人斥为暴发户。可对于出售地皮的人来说，这样的区别并不重要。

1847年，第十四街建起了第一栋大房子，其他豪宅也如雨后春笋般纷纷建起。这些房子沿用了冷淡的褐砂石外部装饰，内部则配有绸缎、黄檀木、大镜子，壁橱里摆着闪闪发光的瓷器，还有不少平庸的艺术品。平均算下来，每栋房子里有8个仆人，有些房子里甚至更多，其中绝大多数是爱尔兰人。新来人口也在不断填充大学区，这个区域以1831年成立的纽约大学为中心不断向北扩展。对所有居民来说，这里沿用旧有的社交准则，不论其会在私下被违反多少次。这里的人对城市也有着同样的设想，他们共同构建出了曼哈顿第一个伟大的跨市镇街道，他们从一条河来到另一条河，利用轮渡前往下城，或者去往新泽西州和布鲁克林。他们确实打造出了第十四街，但街道却不是他们设想中宽广、文雅、绿树成荫的样子。

在早期设想中，联合广场占有至关重要的地位。19世纪中期，这个广场的设计和景观依然非常糟糕，接下来的一个世纪里经过了多次翻修。但在一个日益拥挤的城市里，联合广场却是一个开放空间，正如媒体所说，这里是"通风区"，是比较安全、让人愉快的散步区，可供人们展示节日服装和谈情说爱。第十四街的改变来得比任何人预想得都要快，事后证明，正是灯笼裤佬自己埋下了离开的种子。

威力最强大的改变动因便是文化。1854年，音乐学院出现在了第十四街和欧文街的东北角，为住在豪宅里的社会上层人士表演歌剧、交响乐和传统戏剧。19世纪50年代初，纽约经济迅速发展，人们手上有钱可以挥霍或投资。因此，音乐学院的观众就是赞助人，即便暴动导致阿斯特广场歌剧院衰败，可这些人仍然向往欧洲式的音乐文化。大部分观众从褐砂石豪宅步行就可以抵达漂亮的新歌剧院。就算上流观众人数不够，坐不满4000个用红丝绒包裹的座位，那些坐在比较便宜位置的观众也通常很守规矩，演出从来没有遇到过干扰。

连1860年也不例外。那一年，十九岁的威尔士王子抵达纽约，开始正式访问美国，仰慕他的亲英派在音乐学院为他举办了一场盛大的舞会。音乐厅内到处都是令人眩目的煤气灯和鲜花。音乐厅主楼层的座位之上建起了一个跳舞用的平台。当威尔士王子走进音乐厅，交响乐队先是演奏了《上帝保佑女王》，紧接着演奏了《万岁，哥伦比亚》[1]。在欢迎人群中，有人行女子屈膝礼，有人鞠躬，也有人行其他上流社会的屈膝礼。和1783年相比，纽约已经成熟了许多。可随后典礼上却发出巨大的撞击声——在上流人士们的集体重量下，两个区域的平台不堪重负而坍塌。一些穿着礼服的男人掉进了黑暗的交响乐队座椅中。没有人受重伤，但欢迎仪式草草结束，威尔士王子被匆匆护送到音乐学院的另一区域用餐。当他从火鸡、乳猪、烤鹅和山鸡中挑选合口的美食时，一群木匠正疯狂地在倒塌的平台边加班。他们知道自己在干什么，他们在做修理工作，舞会直到午夜才在这个舞台上重新拉开帷幕。但颜面无光的纽约上流阶层仍然宣布，整个活动大获成功。威尔士王子几乎没有发言。大约一周后，结束了一轮漫长的社交活动，威尔士王子接受了小詹姆斯·戈登·贝内特的邀请，终于看到些不那么正经严肃的东西，终于可以摆脱冗长到让人痛苦的晚宴。贝内特安排一名消防员在威尔士王子位于麦迪逊广场的第五大道酒店套间的窗外架了一个梯子，而他则做了一个年轻王子都会做的事：在妓院

---

[1] 《万岁，哥伦比亚》(*Hail, Columbia*)：原名《总统进行曲》(*Hail to the Chief*)，是乔治·华盛顿首次就职美国总统期间的歌曲，不仅是美国的爱国歌曲，也是1931年《星条旗》(*The Star-Spangled Banner*)正式成为国歌前的美国国歌。

度过了那个夜晚。

与此同时,第十四街也在进行着一套熟悉的流程。褐砂石建筑开始以越来越快的速度被转手。熟悉的面孔突然消失,他们连告别信都没有留下。有些人固守己见,无法适应新科技。其他人精疲力尽地经营着生意,却无法支撑花钱如流水的休闲与奢华的家庭生活。其中一些是曾经在纽约享受过高光时刻的暴发户,可他们就像流星一样转瞬即逝。有些人的人生毁于1857年的金融恐慌,那时差不多有5000家纽约的公司彻底破产。有些人为了免受羞辱而逃到了欧洲,有些人去了西部,这些人都从纽约的历史中消失了。

褐砂石大房子里住进了新居民,而这些人之所以能在城市中留下自己的印迹,多亏了里亚托区。里亚托区最强大的堡垒,也是整个区域活力与权威的来源,便是音乐学院。"里亚托有什么新闻吗?"《威尼斯商人》中的夏洛克这样问道,"来到这儿的他是谁?"

来到第十四街里亚托区的人们中,有纽约这场大秀中的固定角色:妓院老板、小旅馆的经营者、骗子,还有过往经历不为人知的男人。但也有很多住客来自演艺行业。音乐学院吸引了几百名音乐家、钢琴制造师、活页乐谱卖家和教师。周边地区纷纷建起剧院。1861年,第十三街上的瓦拉克剧院是当时最好的"合法"剧院,继承了被人们悼念已久的帕克剧院。这个剧院的特色就是上演情节比较复杂的喜剧，其中很多由爱尔兰移民（兼演员）戴恩·布西科创作。从1853年开始由著名钢琴制造公司经营的施坦威音乐厅也是一个移民的杰作，来自德国的亨利·施泰因韦格在瓦拉克剧院开门营业5年后，在联合广场的一角建起了这个音乐厅。这个过程中，施泰因韦格一家把姓氏改成了施坦威，而他们的音乐厅，也被设计成展示他们制造的顶级钢琴的场所。他们从欧洲请来优秀的艺术家进行公开演奏，以此实现自己的商业目的：卖掉更多钢琴。施坦威音乐厅可以容纳3000人，后来的几十年里始终是联合广场上的亮丽风景线。

演员、音乐家和作家开始入住第十四街上的私人旅馆，在新开的小咖啡厅里聊着八卦，爆发小纠纷，争夺角色、情人，或两者兼而有之。如果从褐砂石豪宅的角度来说第十四街属于第五大道分支的话，那么对演员、音乐家和作家来说，第十四街就是百老汇的分支。这些人群的构成波动性比较大，在这里几乎都只做短暂停留，他们几乎缺乏过上安全、可预测生活的本能。他们是租客，不是房子的所有者。这些人的身边总有报纸记者，因为报纸的编辑知道，读者们想了解这个剧烈波动着的世界的最新消息。被莎翁和伦敦戏剧语言吸引的报纸记者，给整个社区贴上了"里亚托"的标签。

1861年，当整个美国加速进入内战，一家名叫"杜雷小屋"的餐馆在第十四街上最大的一栋房子里开门营业。这栋建于1845年的意大利式建筑，属于一个离开了纽约的鲸油商人。这个餐馆的地址是第十四街44号。大厨名叫查尔斯·兰霍夫，曾经为拿破仑三世和欧妮仁皇后主办过盛大的巴黎式宴会。最顽固的褐砂石大房子的房主们涌进这家餐馆，到访美国的欧洲音乐家、拿到工作的演员，甚至记者偶尔也会来这里吃饭。人们在饭桌上显然会大量谈起即将到来的战争，预测与南方重要的棉花贸易停止后纽约的码头上会长满野草。和战争爆发前的任何地方一样，人群中也一定有某种受虐性的快乐或叛逆性的宿命论情绪。可对某些到访的记者而言，杜雷小屋里还有另一个故事：这是曼哈顿岛上首个向长期霸占纽约餐饮界头把交椅的"德尔莫尼科"发起挑战的餐馆。

在1861年，德尔莫尼科是纽约的地标之一，被当时所有的旅游指南称为全城最好的餐馆，受到美国当地有钱人和来自世界其他富裕地区的人们的追捧。1827年开门营业时，德尔莫尼科只是一间售卖红酒和面包的店面，由来自瑞士的两兄弟经营。3年后，他们在威廉街25号开设了自己的第一家餐馆，凭借优质的食物和完美的服务，大获成功。两兄弟很快不得不找来侄子洛伦佐帮忙，事实证明，在为陌生人提供食物这个曼哈顿的全新行业里，洛伦佐就是天才。他们的餐馆在1835年的火灾中被烧毁，但第二年，他们在百老街上又开设了一家临时餐馆。两年后，餐馆搬迁至南威廉街2号，一直营业到1890年。德尔莫尼科的菜单极其有名，列有超过100道菜品，其中包括洛伦佐的独家创意菜品，比如纽伯格龙虾、本尼迪克蛋和阿拉斯加蛋糕。洛伦佐·德尔莫尼科迎合有钱人，不断奉承他们，记住他们的名字、生日和结婚纪念日，为他们特别的庆祝活动和大型派对留出私人空间，通过这些服务收取数额不菲的费用。他很早就明白，时尚的纽约正在向上城区转移，所以1856年他在钱伯斯街开了第二家餐馆，吸引来百老汇大道那些新酒店、商店和剧院的顾客，还有前往斯图尔特街商店购物的有钱女性。这当然不会是洛伦佐的最后一家餐馆。

突然间，杜雷小屋开始威胁到德尔莫尼科的地位，洛伦佐做出了反击。他先买下了第五大道和第十四街交汇处的格林尼尔豪宅，将其改建为第三间高端餐馆。紧接着，他挖走了竞争对手的大厨兰霍夫，后者最终在德尔莫尼科工作了34年。美国内战爆发后，即便人们不断搬出第十四街上的褐砂石住宅，可拥趸们仍然对餐馆忠诚不已。有那么一段时间，整座城市仿佛鬼气弥漫。但一天一天慢慢过去，这座城市开始适应战争，适应了无法与南方做生意的现实。在德尔莫尼科这样的地方，人们甚至能享受到某种快乐。可以肯定的是，太多在德尔莫尼科吃饭的有钱人愿意掏出300美元，让自家儿子免服兵役。他们宁愿让爱尔兰穷人赴死。征兵暴动之后，很多有钱人的孩子被送往欧洲，安全地度过战争时期。在那里，远离葛底斯堡战场和莽原之役的他们，可以欣赏文艺复兴时代的艺术品，了解法王弗朗索瓦一世的功绩。在纽约，冷血的新商人靠着为联邦军队生产军服而大发横财，可这些服装的质量太过糟糕，创造出"shoddy"（劣质品）这个新词并永远保留下来。德尔莫尼科餐馆不欢迎这样的人。随着远方战场的阵亡人数越来越多，大多数纽约人开始希望战争尽快结束，即便这意味着南方各州脱离联邦，继续实行奴隶制。但总的来说，褐砂石豪宅的房主们仍然忠诚于联邦。他们筹集资金，成立各种协会以改善军队的卫生状况（日记作家乔治·坦普顿·斯特朗志愿加入其中），还为一个由黑人志愿者组成的军队提供资金支持。并不是所有人的儿子都能靠钱摆脱征兵义务。纽约的公墓中埋葬着很多死于内战的人，还有勇敢的穷人士兵的尸骨。在1864年的大选中，亚伯拉罕·林肯只赢得了曼哈顿的一个选区，也就是第十五街选区，住在这片褐砂石豪宅的，大多数是纽约最古老的灯笼裤佬家族。

早在南北双方在萨姆特堡爆发战斗前，纽约本地范围的改变就已经开始了。第十四街上灯笼裤佬的流动率非常惊人。1858年,一个名叫罗兰·赫西·梅西的人在第六大道上开了一间小小的干货店,就在第十四街下方。梅西出生于英格兰,十五岁时成为海员(回家时身上多了一个红色星星文身,后来这成为他的商店标志),他在美国中西部尝试过各种生意,最后在曼哈顿定居下来。他那小小的干货店很快就发展为小型百货商场。他以A.T.斯图尔特的商业理念为基础,同时利用广告宣传商场和商品,梅西不仅让自己的百货店大获成功,还引入了成衣的概念。他把交易带进了第十四街。在梅西大获成功的诱惑下,很多人搬到这条街上,成千上万的顾客也从城市的其他地方来到这里购物。即便最惨烈的战争年代,也阻挡不了人们的脚步。有些年轻人走向了战场,有些人则去了商场,还有些人在德尔莫尼科餐馆吃饭。演员们悠闲地行走在里亚托,梦想着参演《哈姆雷特》。

战争结束了,林肯遇刺身亡,人们纷纷悼念。随后经济快速发展,证明了没有400万奴隶,美国也能繁荣向前。1867年,在负责人——"老大"威廉·M.特威德的指挥下,坦慕尼协会在音乐学院隔壁设立了巨大的新总部。这是一栋又高又大的建筑,一层甚至有专门的剧院。即便音乐学院那些傲慢的辉格派拥趸心有不满,但他们在公开场合却鲜少发出反对声音,甚至1868年坦慕尼协会主办民主党大会时也无人出面反对。可有些第五大道的居民，一定会把这些情况看作时代改变的信号。如果他们真这么想，那他们猜对了。与"上层的1万"形成对比的是工薪阶层大众，即所谓"下层的100万"，他们秉持着一种奇特的信念，认为在一个共和国里，没有任何一条街道专属于精英。第十四街也是一条可以供他们行走的街道，只要有钱，街上的商店、餐馆和剧院也可以供他们享受。不管怎么说，联合广场之所以被命名为联合广场，倒也不是在向导致了大量纽约人死亡的"联合"致敬，而是为了将百老汇大道和包厘街联结在一起。工薪阶层也许没钱去德尔莫尼科或音乐学院，但他们可以在周日下午从包厘街出发，或者从北河上的码头穿过第十四街，来到联合广场散步。这也是他们的城市。他们中的一些人是作家、演员和音乐家，他们把自己充满活力的天赋带给了里亚托，并最终带向世界。

除了下第五大道地区和葛莱美西公园，住在褐砂石房子里的人们很快就开始了全面撤离。向北搬到远至第四十二街和第五大道上那些更大、更壮观的房子，它们理论上能为人们提供更好、更安全的生活。你要做的，就是把老房子卖出一个好价钱，再加点钱买下并装修新房子。子女一无是处、厌恶贸易的老派家庭，对"新财富"的持有者，也就是搞铁路、石油和钢铁的人嗤之以鼻。为什么连爱尔兰人都有钱！

· · · ·

在19世纪70年代和80年代,似乎每个月都有被媒体称为"强盗贵族"的人抵达纽约,几乎所有人都是经由匹兹堡才到达上第五大道地区。镀金时代开始了,老纽约对此不屑一顾。对灯笼裤佬来说,这些新人浑身散发着一股粗野味道,粗鲁又没礼貌,看不上精致的生活。怎么说呢,他们太有活力了。他们成箱地购买艺术品,吃饭时分不清各种叉子的不同用途。他们喜欢大杯啤酒和土豆泥,不懂得欣赏像德尔莫尼科那种高雅精致的美味。

但老派的灯笼裤佬也会算账。他们的财富正在缩水。他们只信仰有形资产之神,可这位神却让他们失望了。他们想在萨拉托加或纽波特购买夏天避暑用的房子,问题是得掏得起钱。毕竟,为什么某个强盗贵族要兜售自己的掌上明珠给一个贫穷的老公爵呢?不管怎么说,还是有很多年轻漂亮的灯笼裤佬女性愿意教化那些有钱的新美国人。慢慢的,一种交换形成了。灯笼裤佬开始与新有钱人融合,交换血统与利益,分享新的财富。而他们自己的名字,通常遗失在这个过程中。

尽管如此,还是有一些老纽约人在下城撑了下来。他们就是无法从老房子里搬出去,那是他们带着那样强烈的信心建起的房子,他们做不到永远忘记。丈夫们在这些房子里去世,妻子们也走了,然后,是很多孩子。死去的人活在记忆之中。书籍、家具和绘画被打包装进火车，人们还在继续向北移动，只有在记忆中，这些被遗弃的房子才充满生命力。几乎在意料之中，几年后，越来越多的女性（也有一些男性）开始寻找灵媒或有通灵能力的人，试图与过去建立联系。他们想再次与死者对话，想听到对方最后一次表达出爱意或快乐，形形色色的江湖骗子自然愿意提供这些服务。不管是优雅还是低俗的文学作品，还有一些报刊杂志，都记录下了这些人难以磨灭的遗憾。他们为没能说出口的话感到遗憾，为出口伤人的话感到抱歉。某种程度上说，这种遗憾的情绪是他们获得的唯一永恒。

在第十四街的里亚托，让人心痛的怀旧情绪总是占有一席之地。学者乔恩·W. 芬森告诉我们，那个年代大多数流行歌曲的主题都与死亡有关。有太多人死于美国内战。那么多的男人、女人和孩子死于结核病、霍乱或天花。放在如今这个轻佻的讽刺时代，人们大概很容易对这样的歌曲不屑一顾，可在19世纪的纽约，它们帮助成千上万人表达出了深刻的情感。很多歌曲面向爱尔兰移民市场，叮砰巷[1]推出了太

---

[1] 叮砰巷（Tin Pan Alley）：原为纽约音乐发行业的集中地，后来成为音乐行业的代名词。

多模仿《慈母颂》的工业垃圾。可"垃圾"也有力量，那是对19世纪40年代到镀金年代，爱尔兰女性将家庭团结起来战胜各种困难的一种认可。有一些歌将移民对故国的思念和死在美国的人生结局结合在了一起。1876年由印第安纳州教师托马斯·P.韦斯腾多夫创作的《凯瑟琳，我会再次带你回家》就是一个例子。这首歌很快就被那个年代的众多爱尔兰人接受。歌曲的主题是一个男人向临死的妻子倾诉。歌中没有直接提到爱尔兰，也没有提到19世纪40年代被100万爱尔兰人遗弃在身后的爱尔兰乡村。可歌里妻子的名字，却能让所有爱尔兰人心领神会：

> 我会再次带你回家，凯瑟琳。
> 穿过那一望无际的大海，
> 回到你心曾经的归属，
> 回到你最初成为我美丽新娘的地方。

我父亲是家里的歌手，但我母亲也有自己的歌，这首就是她会唱的之一。我能听到她在布鲁克林移民家庭的客厅电视机前用女低音哼唱，唱那流逝的时间和被遗忘的地方，在宾客中摇晃着我的妹妹凯瑟琳。安妮·德夫林·哈米尔来自北爱尔兰贝尔法斯特短滨区马德里街32号，20世纪60年代时，只要我们这些她的美籍孩子央求，她仍会为我们演唱。我猜，老里亚托地区的其他人也听过她唱歌。之前提过，她和我父亲是上世纪30年代在韦伯斯特音乐厅的一个爱尔兰舞会上认识的，音乐厅在第十四街以南三个街区。有首歌这样唱道："玫瑰离开了你的脸颊/我看着它们消失、死亡……"玫瑰当然也离开了我母亲和父亲的脸颊，他们彼此相邻，葬于斯塔腾岛。两个人的大部分人生都以美国人的身份度过。可就像其他几百万美国人一样，故国从未离他们远去。如今的某些夜晚，我会路过东城第十一街的韦伯斯特音乐厅，听到里面传出嘈杂的嘻哈音乐，看到DJ和成群的年轻人。我希望，至少某些心怀紧张的纽约年轻人能像我父母当年那样找到彼此。如果长寿，未来的某一天他们甚至也会想念韦伯斯特音乐厅的质朴。

在第十四街的全盛时期，新城市并非只有怀旧这一种表达方式。其他很多情绪也在那些舞台上得到表达，让观众震惊，也为观众带来欢笑。将大多数情绪整合在一起的是一个名叫托尼·帕斯特的纽约人，他出生时的原名是安东尼奥·帕斯托雷，是意大利移民的儿子。六岁时，他第一次在一场临时聚会上担任歌手。1846年，十二岁那年，帕斯特作为P.T.巴纳姆博物馆的小丑开启了职业生涯，经常涂黑脸表演。没过多久，他就成为包厘街上"免费轻松演出"[1]的常客。但托尼·帕斯特的野心更大。他自己经营着几个音乐演出，为了吸引体面女性的关注，他尽量让演出保持高雅，虽然鲜少成功。到四十多岁时，他想出了一个了不起的创意：如果留住包厘街文化的生命力，去除粗俗的表面，会得到什么呢？如果能彻底改变娱乐，使其从仅针对蓝领男性转变为面向整个家庭，会怎么样呢？如果这种形式的娱乐能在里亚托找到立足之地，又会怎么发展呢？

1881年，帕斯特租下了音乐学院隔壁的坦慕尼协会的剧院，把自己的理念付诸于舞台。演出的形式并不让人陌生：那就是脱胎于游吟诗人的表演、自1875年开始不断进化的综艺演出。帕斯特竭尽全力寻找优秀演员，其中不乏最莽撞、最聪明的年轻演员，以此丰富演出形式。他的演出中有悲情歌手和喜剧歌手，还有杂耍艺人和舞蹈演员，每个人都脚步轻快，乐池中还有现场乐队演奏。舞蹈演员中的年轻人学习别人的技术，这些被学习对象当初学习的则是曾经看过朱巴大师表演的舞者。帕斯特为剧院制定了非常严格的规定：不许说脏话，不许玩双关梗，不许提政治话题，不许喝

---

[1] 免费轻松演出（free-and-easies）：19世纪前半段在一些免费入场的小酒馆里进行的演唱表演，演出内容偏低俗。

酒，不许抽烟；只许上演欢快的内容，只允许出现适合全家观看的内容。帕斯特的剧院取得了轰动性的成功。中产阶级女性纷纷来看演出，孤儿报童、坦慕尼协会政客和褐砂石豪宅的住客也不例外。这种演出形式很快得到了"轻歌舞剧"（vaudeville）这个专属名称。

在20世纪20年代电影成为主流前，轻歌舞剧一直是美国人的主要娱乐方式，演员会在全国各地巡回演出。在纽约，托尼·帕斯特就是王者。音乐学院拒绝向新的富裕阶层提供包厢，作为歌剧院已注定了自己的毁灭命运，作为对帕斯特的回应，他们在百老汇大道和第三十九街上修建了大都会歌剧院。1883年是这个歌剧院的首个演出季。三年后，音乐学院关门，不再上演歌剧和上流社会娱乐节目。托尼·帕斯特还没停手。尽管竞争对手在里亚托开设新的歌剧院和剧院，但最吸引人的还是托尼·帕斯特的剧院，他推出了像是莉莲·拉塞尔、韦伯&菲尔兹和乔治·M.科恩这样的明星。帕斯特的存在甚至迫使低俗竞争对手离开里亚托。新设计的低俗演出大多聚集在北边和西边，位置在第六大道以西、第二十六街到第四十二街之间。这就是后来的"油水区"（Tenderloin）。帕斯特不会进行道德说教，他只是把自己所能找到的最好的娱乐方式呈现给观众，然后继续过自己的生活。根据其他人的回忆，帕斯特很慷慨，始终没有忘记自己的出身。他在演出行业一直干到1908年，在那一年关闭了剧院宣布退休。他去世于同一年，银行里只有大约4.5万美元存款。帕斯特的朋友表示，在那些成功的年月里，他送出了超过100万美元。不管是过去还是现在，并不是所有纽约人都只为了钱。

1882年，帕斯特剧院的街对面开了一家新餐馆，投资者之一包括经营施坦威音乐厅的威廉·施坦威。这家餐馆的名字是"吕肖"，店里提供德式食品，每天晚上有乐队表演，服务员都穿着阿尔卑斯山区的吊带花饰皮裤。帕斯特手下的乐手和演员经常在最后一场演出结束后走进餐馆。其他演员和作曲家也经常到访，美国作曲家、作家和发行商协会（ASCAP）就是1913年在这里、由一个名叫维克多·赫伯特的爱尔兰移民成立的，设立这个协会的目的是保护音乐人的著作权。明星也来这个餐馆吃饭，其中包括施坦威音乐厅的高雅音乐演奏者，比如钢琴家帕德列夫斯基和男高音歌唱家卡鲁索。接下来的几年，人们也在这家餐馆里看到了其他名人的身影，比如科尔·波特、莱昂纳多·伯恩斯坦和拉里·哈特。你甚至能看到H. L. 门肯和西奥多·德莱塞一起用餐，两个人一边吃着维也纳炸肉排一边谈论文学或政治话题。

当我在20世纪50年代末开始了解第十四街时，这条街上到处都是廉价鞋店和服装店。老的音乐学院在1926年被夷为平地，让位于爱迪生联合电力公司的巨大总部。音乐学院曾经权倾一时的邻居坦慕尼协会，也带着托尼·帕斯特留下来的舞台一起消失了。1929年，政客们在联合广场和东城第十七街开设了新的总部，最后一个坦慕尼协会总部在这里一直存在到1943年，现在这个地方是一个优雅的小型外百老汇剧院，也是纽约电影学院的所在。50年代，除了吕肖餐厅外，里亚托地区的一切几乎都改变了。那段时间，我一直没钱去那里吃饭，只能从街对面的自动餐厅买吃的。去葛莱美西体育馆的路上，我一周会有四五天时间路过这里。葛莱美西体育馆和餐馆相隔几栋楼，我在那里和职业拳手见面，我的朋友何塞·托雷斯也是其中之一，那时他正走在世界轻重量级拳王之路上。伟大的训练师库斯·达马托运营着那个拳馆，他经常出现在那里，告诉我拳手可以从尤利西斯·S.格兰特的传记中学到什么重要的经验教训。"读这一部分。"有一天下午，他在自己有时用于过夜的小办公室里对我这样说道，"读读格兰特是怎么理解对方像你一样害怕的，所以让对方更害怕的唯一办法，赢得胜利的唯一办法，就是进攻！"

一个秋天的夜晚，在我离开葛莱美西体育馆时，眼前重新出现了失落已久、略显古老，又无牵无挂的里亚托的魅力。一辆黑色的豪华轿车停在吕肖餐厅门前，闪闪发亮的厚实车门打开后，走下一个头发金亮到晃眼女性，那是莎莎·嘉宝。我大声笑了出来，因为莎莎就是不劳而获型明星的典型代表，她更出名的是自己的有钱男友，而不是演技。可我还是站在那里，和十几个人一起看着她下车。她看起来和自己在约翰·休斯顿1952年的电影《红磨坊》里扮演的角色一模一样，有着雪白的肌肤和异常完美的鼻子，身上的丝质服装发出沙沙的声响。她微笑着，低头露出一点乳沟，给了我们一个飞吻，随后说，"晚安，亲爱的"，走进了餐馆。我真希望在餐馆的好位置上等着她的是亨利·德·图卢兹·罗特列克[1]。

时间一天天流逝，除了流浪汉，没人还会坐在联合广场的石桌旁。这个地方迅速衰败，第十四街以南的相应地区也在衰败。人们现在已经熟悉了这种套路。衰落在前，暴力紧随其后，很多年里，联合广场一直是个可怕的地方。到了20世纪90年代，这里也出现了改变。庭院设计师和警察完成了各自的工作。瘾君子们换到了其他地方，持刀抢劫犯和枪贩

---

[1] 亨利·德·图卢兹·罗特列克（Henri de Toulouse-Lautrec）：法国贵族、后印象派画家，近代海报设计和石版画艺术先驱，人称"蒙马特之魂"。他擅长人物画，对象多为巴黎蒙马特一带的舞者、妓女等中下阶层人物。罗特列克也是著名的美食家。他有一幅名作，题为《红磨舞会》。

子也走了。这里建起一个农贸市场，取得了巨大成功。巴诺书店开设了旗舰店。广场边缘和街道上新开了不少好吃的餐馆。联合广场又一次变成了城市的"通风区"，是纽约人可以懒散地躺在阳光下，坐在长椅上读书、看报，或者买冰淇淋的绝佳绿地。联合广场又一次归属于我们，2001年9月11日，当我们需要它时，它就在那里。

# 第九章

# 某些村庄

我那古老的曼哈顿社区，中心便是第二大道和第九街。我靠《退伍军人权利法案》在墨西哥度过了一年后，又在布鲁克林的艺术学校打发了一年时光。1958年，我觉得是时候尝试一下人们所说的那种"纽约生活"了。

搬家公司的代理人曾经是海军陆战队员，名叫巴尼·莱格特。他平时在华尔街工作，为了多赚些钱所以在3栋大楼做着管理员，这几栋大楼将成为我新生活的中心。在两个来自布鲁克林的朋友的帮助下，我搬进了东城第九街307号3楼，房租为每月54美元。直到今天，某些突然醒来的深夜，我还会以为自己身处其中。

这个列车式公寓[1]有着典型的廉租房设计：单元内配有一个厨房，两个无门的卧室，一个客厅和一个浴室。那时我是个商业艺术家和设计师，我把绘图桌放在了厨房的窗下，

---

[1] 列车式公寓指一种各屋呈一线排列，单元内无门厅过道的狭小房间设计形式。

透过窗户可以看到后院的树木。有时我会通宵工作，一边调低收音机声音，听WEVD电台上的DJ"交响乐希德"的节目，这可是美国唯一以社会主义者（尤金·V.德布斯）命名的广播电台。我当时与另外两人合住，因此不得不有一个住在客厅。到底谁睡客厅不重要，我们享受过无以伦比的快乐。

当然，酒也喝了不少。20世纪50年代，整个纽约都豪饮无度，这是禁酒时代残留下来的社会习俗，也是为了庆祝战争结束。那个年代，全城到处都是盛大的派对，浴缸里满是泡在冰水里的罐装啤酒，我们会吸引尽可能多的女孩到公寓，跟着雷·查尔斯、辛纳特拉、企鹅乐队和奥奎斯塔·阿拉贡的音乐起舞。还有很多人抽烟，到处都是脏兮兮的酒杯，满地都是泼洒出的酒水。也有人动手打架，有时警察还会上门。有些宿醉，是道义必需。

可我在那个社区度过的五年，却是让人非常兴奋的五年。首先，我至少住在了奥兹国，而不再是它的匆匆过客。

和绝大多数普通人一样，我们以不断扩大的同心圆探索这个新世界。我们这个小村的北部边界是第十四街，只横跨5个街区，但最具吸引力的却是第二大道。差不多从1880年开始，这里逐渐成为所谓犹太里亚托的中心，会将第十四街的演出改为意第绪语版本，为犹太移民上演。但它的美好时光早已结束，原因有很多，但主要是因为意第绪语的衰落。大屠杀导致来自欧洲、讲意第绪语的移民数量锐减——毕竟死去的人无法动身前往新世界。慢慢地，说意第绪语的人年龄越来越大。最终，活力十足且受人喜爱的《犹太前进日报》在迈阿密的读者数量超过了纽约。上世纪20年代，《犹太前进日报》的每日销量为25万份。如今，这份报纸一周的销量大约只有1.5万份，且使用的主要语言为英语。

不过，第二大道仍然留存着历史的痕迹。这边是"熟食店"（你可以点一杯"杯装茶"，配着美食一起吃），那边是宝石水疗中心（里面有整个曼哈顿最好喝的蛋蜜乳）。这里还有拉特纳餐馆，尽管服务员略显粗鲁，但还是有很多人在这个家常餐馆里爱上了源自东欧的薄烤饼、马铃薯饼和三角饺。在靠近休斯顿街的地方还有莫斯科维茨和卢波维茨两家餐馆，这里的菜品比拉特纳更多元化，服务水平更高，价格也更贵。报刊亭会出售意第绪语报纸，所以周末时，你能看到来自犹太联合募捐协会的车辆开到路边，年轻的司机和乘客下车拜访老年人。这些老人被孩子和孙辈留在那里，住在供暖不足却楼梯太多的房子里。住在那里的大部分都是女性，我曾花了一天时间跟访这些年轻的志愿者，发现他们拜访的那些老妇人都是寡妇，尽管脾气暴躁，但心怀感恩。

今天走在那些街道上，我经常想起那些女人，想到她们在纽约那属于自己的小小空间里坚持了那么久。我们可以从下东区的老照片中看到那个世界曾经的样子，但那些孤单的老妇人们却让人多了另一层共鸣。她们就像一个出现在长篇悲剧小说最后章节的角色。我们在记录移民抵达纽约港的老照片上可以看到这些属于美国早期的故事章节。在船栏杆的远端，我们能看到他们中的大多数人都是小小的。一脸木然，眼神躲闪。他们的前方就是美国，身后则是那些让人胆寒、推动他们踏上远行的经历：1881年沙皇亚历山大二世被暗杀后的大屠杀；永远存在、突如其来、令人丧命的暴力危险；1905年后愈演愈烈的反犹太主义暴力活动。被他们抛在身后的，是半夜打包行李，是沿着结冰的道路向西行进，是汉堡港的混乱，也是横跨大西洋的漫长航行。

他们为我在上世纪50年代末漫步的很多街道带去了生命力。一个世纪前，有些犹太人在五点区住过一阵。大部分人还是走进了包厘街东河一侧的小德意志，那里有很多人听得懂意第绪语。来自俄国、波兰和东欧的移民数量没有减少。在1881年到1914年间，有200万犹太人离开欧洲，乘船来到纽约。到1905年，大部分德国裔走了，经历了斯洛克姆将军号事故后，他们搬到了远处，希望远离伤痛，有超过1000名德国儿童死于东河上的这次爆炸沉船事故。他们向北搬迁，搬到约克维尔或其他地方。那时,从包厘街到东河、从休斯顿街到布鲁克林大桥的整片区域都被称为"下东区",住在里面的主要是犹太人和穷人。对于一部分被抛弃的老妇人来说,那就是她们眼中唯一的美国。

这是他们的美国生活:散发着臭气的出租屋,挤满了手推车的街道,还有无数诱惑着年轻人的东西。大部分公寓只在公共走廊里设有公用卫生间,少量的浴缸被安置在厨房。街上的情况就更差了。那些诱惑可能非常真实。有些年轻人成了黑帮分子。按照历史学家艾伯特·弗里德的说法,有些年轻女人被引诱去卖淫,被人称"见习生"的犹太皮条客勾引;有些女人则被下药,之后又被运到西部的采矿营地。见习生们最喜欢的目标,就是长着红头发的波兰女孩。

对大部分移民来说,下东区是一个充满繁重工作和无限希望的地方。大多数男人没有固定职业,或者和之前的爱尔兰人及之后的意大利人一样出身农村。他们突然被扔进了一个庞大、拥挤且冷漠的城市,接受自己能找到的任何工作,其中大部分是在血汗工厂里干活,他们的妻子则在局促的厨房里做着计件工作。和之前的爱尔兰人及德国人一样,很少有人会去畅想"职业生涯"这样奢侈的话题,那是他们的美国子女才能做的事。很多人只希望拥有一辆手推车,或者一间小小的店铺。这种模式持续了很长一段时间。

我记得和服役于海军的朋友尼克·奥奇兰一起在那个区域散步。他的父亲在东城第九街拥有一间小杂货铺，为了省钱，店里的灯光很暗，连接楼上公寓的走廊上只有几个20瓦的灯泡，楼道里漆黑一片。尼克父亲的下巴被纳粹党徒打断，肿得非常厉害。就像众多小店店主一样，他们一家住在杂货店后面的小小公寓里。"挺惨的，"尼克说，"但总比我们来的地方好。"

也许就是这种属于第二代的座右铭，才能让那么多移民坚持下来。而下东区就是有一些被他们抛在身后的中欧及东欧所不具备的东西。首先，这里有免费教育。公立学校是免费的。和现在一样，那时的公立学校也不完美，教师通常对希望成为美国人、但反应迟钝的孩子缺乏耐心。不过事实证明，公立学校并非唯一可以学习的地方。私人资助的新机构开始出现，在公立学校失败的人可以在这里得到"修补"。这些机构的目标，就是加速美国化的进程。

推动这些替代性学习机构出现的动力，在于根植在社会阶层中的不安。很多所谓的"上城犹太人"，也就是那些更早到来，被更宽容的纽约接纳了的犹太人，对大批东欧犹太人涌进下东区廉租公寓这个现实嗤之以鼻。新来的犹太人都讲意第绪语，不说德语。至少在上城犹太人眼中，这些初来乍到者很没有礼貌。对上城犹太人而言，这些新来者仍然坚守中世纪的正统观念，世俗化的启蒙运动对他们毫无影响。对上城犹太人的朋友们，也就是傲慢的灯笼裤佬和他们的子孙来说，这些新来的犹太人太符合刻板印象了。他们会在美国引发反犹主义。

不管怎么说，住在上城的也不都是有钱人。可他们现在都是美国人，而且大多数接受过教育。最早抵达美国的犹太人，即包括艾玛·拉扎勒斯[1]家族在内的西班牙（葡萄牙）犹太人后裔，起初很担心19世纪中期来到美国的德裔犹太人。可在19世纪的最后几十年里，不管是西裔（葡裔）犹太人还是德裔犹太人都看不起来自东欧或俄罗斯的犹太人。或者更准确地说，很多人都看不起这些新来的犹太人。

这中间当然也有了不起的例外。有些人，比如艾玛·拉扎鲁斯就承担起了帮助犹太同胞的责任。还有一个例子：1889年，有钱的德裔犹太人在东百老汇创建了教育联盟，在未来的岁月里，这一直是纽约城最让人骄傲的机构之一。下东区的小孩们可以进入幼儿园，为日后进入公立学校读书做好准备。穷人家的孩子可以使用那里的体育馆，或者在那里洗上人生中的第一次澡。他们可以喝到巴氏灭菌法消毒过的牛奶，可以参加夏令营。更重要的是，他们可以在那里学

---

[1] 艾玛·拉扎勒斯创作的诗歌被刻在自由女神像上。——原注

习。雕刻家路易丝·奈维尔逊、雅各布·爱波斯坦和哈伊姆·格罗斯，画家拉斐尔和摩西·索耶，都在教育联盟接受了人生的第一堂艺术课。大卫·沙诺夫在教育联盟上了人生第一堂英语课，后来他进入美国无线电公司，1926年在那里创建了全国广播公司（NBC），美国第一家广播电视网。教育联盟还开设舞蹈课，以及表演课。有些孩子也有搞笑天赋，来自埃尔德里奇街的埃迪·坎特后来在轻歌舞剧、广播和电影行业开启了漫长的职业生涯。教育联盟为很多穷人家的孩子提供了实现梦想的机会，至今仍然如此，只不过如今在这里获得机会的是拉丁裔、亚裔和非洲裔美国人。

世纪末，下东区到处都是互助社团和教育中心，很多设立在被德裔犹太人放弃的老房子里。到了世纪之交，莉莲·沃德成立了亨利街社区服务中心，其他类似机构也开始蓬勃发展。

与此同时，两股相关的趋势也在这片区域汇合。其一是政治，其二是文化。首先是社会主义与欧洲式无政府主义的结合，它塑造了整整一代人，并帮助他们在被剥削的犹太人中建立了工会组织。上世纪50年代的联合广场上还能看到这一代人中的最后一批，这些头发灰白的演说家仍在大声宣扬他们年轻时的信仰。他们相信阶级斗争，认为资本家天生邪恶，认为工人阶级应当被组织起来。工人世界已经发生了巨大变化，可他们依然能够找到足以点燃心中怒火的证据。对他们来说，1911年发生在三角女衫公司、导致146名工人（其中大部分为年轻女性）死亡的大火，仿佛发生在前一个周六一样让人记忆犹新。年轻时，他们研究马克思、恩格斯、列宁，甚至巴枯宁和克鲁泡特金的文章，仿佛这些人笔下的文字就是古犹太法典《塔木德》。有些人坚称自己是新犹太人，是世俗、理性的唯物主义者，想在纽约开创勇敢新世界。有些人愤怒地抛弃了在家族中传承了数千年的宗教信仰，将犹太人的被动局面归结于宗教。少数人开始信仰全新的犹太复国主义。对很多年轻的美国犹太人来说，下东区永远是一个充斥着宣言、传单、示威、游行甚至罢工的地方。这个地方仿佛已将爱尔兰谚语"争吵总比寂寞好"刻在了骨子里。

与此同时，移民中正在涌出一股巨大的文化浪潮，其先锋正是犹太剧院。这样的剧院最早出现在19世纪80年代初，一直延续到20世纪30年代。20世纪50年代第二大道上仍留存着几个剧院，可除了偶尔有米纳沙·斯考尼克或莫莉·皮肯这样的明星重新上演当年的剧目，这些残留的剧院已经被吸收进一种全新的文化现象，即"外百老汇"中。皇家咖啡厅早已消失不见，第十二街和第二大道交汇的街角（那个伟大的犹太演员、剧作家、导演和剧院经理曾经聚集在一起的地方），最好的意第绪语报纸，很多优秀的评论家以及想要模仿他们的人们，都消失了。1958年时，还有很多活着的人会说起离开那里的明星，比如雅克布·阿德勒、鲍里斯·托马舍夫斯基、路德维格·萨茨，以及其他名字被镌刻在第十街街角、第二大道熟食店前人行道上的人。可那些还记得过往明星的人无法在一周六天坐满整个剧院。1958年，就像第十四街的里亚托一样，犹太里亚托也死了。

经过近半个世纪的蓬勃发展与辉煌，犹太剧院进入了永久性的纽约怀旧中。不知为什么，在第二次世界大战后的几年里，属于它们的时代过去了，音乐家们纷纷离开，乐队席和包厢座位上布满灰尘。唉，就此道别吧。当然，人们对已消失剧院的喜爱是真诚的，而且有着很好的理由：在人们的记忆中，犹太剧院为城市带来了很多惊喜。犹太艺术家们在纽约的自由生活中狂欢。这里没有秘密警察因为他们嘲讽沙皇而突然来袭。没人会半夜敲响他们的门，若真有人敲门，也会有凶悍的犹太人把他们赶走。小子，这可是美国！别捣乱！或者说，至少他们是这么认为的，或者是这么希望的。他们看着这座城市，眼前的几乎一切都让他们感到振奋。他们肯定感觉到了纽约那永远存在的怀旧之情，感受到了因为对故国的想象而在城市中四处弥漫的情绪，也感到了纽约的变化速度。归根结底，这些情绪是他们自己选择的结果。

1885年后的几年里，犹太剧作家们创作了不少关于失去、分离、英雄母亲和努力工作的孩子的感伤戏剧。这些戏剧让观众流了不少眼泪，为身在陌生之地的陌生人带去了不少慰藉。大多数剧作被犹太知识分子斥为垃圾，可他们的判断影响不了周六晚上挤满剧院的观众。

但一切都没有被忽视。美国犹太剧院的创建者们提供的娱乐，正是早年爱尔兰和德国移民为他们的观众提供的——大量的笑声。他们用滑稽动作、讽刺短剧和机智互相取笑。罗马尼亚人嘲笑匈牙利人，罗马尼亚人和匈牙利人嘲笑波兰人，罗马尼亚人、匈牙利人和波兰人都嘲笑俄罗斯人。他们揶揄新人，取笑浮夸虚荣的暴发户，讽刺贪婪的地主、毫无幽默感的非犹太人和腐败的政客。他们还增加了新的东西，增加了一种永远改变纽约的态度：反讽。

也就是说，他们会用美国的承诺与美国的现实之间的差距开玩笑。反讽至今仍是美式幽默的精髓。他们还极其不拘一格、兼容并蓄。犹太剧院的创建者们对他们在包厘街附近吵闹的爱尔兰剧院里看到的表演进行改编，创造出相应的犹太版本演出。他们去第十四街的里亚托地区观看演出，选出其中能被第二大道观众接受的内容，加入源自维也纳或柏林咖啡馆的庶民智慧，而新移民的能量让这一切变得更有活力。他们为蓝领观众改编了莎士比亚戏剧，为他们上演犹太版的《哈姆雷特》《李尔王》（增加了一个圆满结局），甚至还改编出了犹太版的《威尼斯商人》。很少有人声称自己创作的是高雅艺术，这就是娱乐，服务的对象就是那些生活艰苦、希望在繁重的工作中喘一口气的人们。最终，意第绪语中也出现了高雅艺术，这个演变过程和包厘街的剧院里走出尤金·奥尼尔一样。只不过这个过程需要一定时间。可下城的犹太人们用自己的方式重复了由贫穷的爱尔兰人和德国人确立的模式，进而成为纽约大融合的组成部分。

在第二大道这片不大的区域中，仍然留存着一些历史的纪念碑。穿过第二大道，位于圣马可坊和第九街之间的是纽约公共图书馆的奥滕多夫分馆。这个外观陶土色的建筑至今还在那里，仍向住在周围的人们敞开大门。那些大门第一次开启，是在1884年。建造这座分馆的是一位德裔富翁，名叫奥斯瓦尔德·奥滕多夫，他是真正利用自身财富帮助其他人的纽约人之一。他的妻子安娜也是个了不起的支持者。奥滕多夫雇佣了一个德国移民建筑师，名叫威廉·希克尔，后者曾在著名建筑师理查德·莫里斯·亨特手下工作。和亨特一样，希克尔也从文艺复兴时代为自己的设计寻找灵感。奥滕多夫分馆的入口是一个拱廊，上面写着"*Freie Bibliothek u. Leschalle*"，意为"免费图书馆和阅读室"，关键词是

"*Freie*"（免费）。奥斯瓦尔德·奥滕多夫的目的很简单：为当时住在小德意志区的穷人提供德语和英语书籍、报纸、杂志。最初，铸铁书库是封闭的，到访者需要明确说出名称才能得到相应的书籍。到1890年时，情况发生了变化，书库向所有人开放。不管怎么说，这里是美国，你理应有权自行挑选图书，发现惊喜，甚至让自己震惊。有时，你会找到歌德和席勒的书；有时，你会发现翻译版的狄更斯、维克多·雨果；运气好的话，甚至还有马克·吐温。

后来，当大量东欧犹太人搬进小德意志后，他们也发现了奥滕多夫分馆。这些人几乎没有住在第二大道的，但他们还会从上城那些凄惨的小公寓里向南、向东走到这里，就像他们走到犹太剧院一样。在奥滕多夫分馆，他们发现了纽约各个世代的人们都发现的一个真理：每个图书馆都是人类智慧的圣殿。

我第一次拜访奥滕多夫分馆时（顺便一提，这是纽约公共图书馆的第一个分馆），馆里的书桌边坐着很多来自包厘街的人，他们都想在纽约的寒冬中找到一个温暖的地方。大部分人都在读书。其中一些人，用纽约人的话说就是"味道有点儿大"。但这不重要。图书馆里也有住在东边廉租公寓里的拉丁裔人，还有一些老派、崇尚波西米亚风格的人。图书馆的东欧犹太人非常少。他们的子女已经进入纽约城市学院读书，参加过两场美国战争，充分利用了《退伍军人权利法案》，现在的他们有钱买书了。不久前我去奥滕多夫分馆时，拱廊后面的正厅里摆着电脑，所有人都忙着搜索信息，而在靠近门的一个架子上贴着一张粉色传单，上面写着图书馆"为说其他语言的人提供免费英语课"。如今，在移民数量已达本世纪顶峰，一座人们说着200多种语言的城市里，纽约公共图书馆仍在发挥自己的作用。

第二大道图书馆的隔壁，是另一栋由奥斯瓦尔德·奥滕多夫出资、威廉·希克尔设计的建筑。这栋建筑曾被简称为"德国诊所"，它曾经向穷人免费提供医疗服务。建筑规模是图书馆的两倍，1857年曾在同一地点建起过一栋较早的版本。前往这里接受服务和使用图书馆的是一批人：最初是德国人（包括德裔犹太人），随后是东欧犹太人，接着是拉丁裔和包厘街式的居民，还有上世纪50年代末、60年代初出现在附近的"垮掉的一代"和嬉皮士。随着美国参加第一次世界大战，由于狂热的反德浪潮，德国诊所被迫改名。新的名字被定为"施托伊弗桑特综合诊所"。这个名称沿用至今，机构也被并入卡布里尼医疗中心。受到伤病困扰的人们仍然来到这里寻求帮助。很少有人注意这栋建筑的装饰，门的两侧分别树立着希波克拉底和阿斯科拉普的雕像。当然，阿斯科拉普更为人熟知的名字是阿斯克勒庇俄斯，他是阿波罗的儿子，也是古希腊和古罗马的医神。路过的人，包括病人都不会抬头注意到屋顶附近的雕塑头像，那里呈现的是英国生理学家威廉·哈维、德国科学家（也是探险家）卡尔·威廉·冯·洪堡、瑞典植物学家卡尔·林奈等人的形象，他们曾在第二大道得到致敬，现在也融入了纽约的记忆中。

我的一部分记忆也是如此。图书馆左边的一家手机店原本是名为圣马可的剧院，我曾在那里看过让·热创作的《阳台》。街对面的第九街街角曾经有一家小小的乌克兰咖啡店，我经常在那里吃早餐，和经营咖啡店、留着胡子的老年白人老板开玩笑（我记不清他的名字了）。现在这家店的规模是老咖啡店的三倍，名叫"维赛尔卡"，不只供应蛋品和咖啡。这家店旁边是栋大房子，里面是乌克兰民族之家，曾是名叫"施托伊弗桑特赌场"的舞厅，是在上世纪50年代的周末表演迪克西兰爵士乐（Dixieland）的场地。那一带有很多乌克兰人。大部分人仍被称为"DP"，即难民，也就是那些尽管存在愚蠢的移民法案，但因为欧洲的各种可怕事件仍获得前往美国权利的人。有些人是基督教徒，有些是犹太人，所有人都能用旧语言彼此交流。他们工作，不停地工作，买下了属于自己的一小块美国。一家星巴克如今出现在第九街和第二大道的西南角，可如果能在维赛尔卡找到座位，谁会去那儿呢？

第二大道东边，就在圣马可坊对面的，是欧菲姆剧院，那曾是最好的犹太剧院，后来成为一间欣欣向荣的外百老汇剧院。我记不清自己哪一年在那里看过《小玛丽阳光》了，而且从里根的第二个任期开始（或者说我上一次去是这个时间），这里就一直在上演《破铜烂铁》。街对面，正好位于第七街下方的曾是拉特纳每日餐馆，现在变成一家大都会食品超市。出现在这栋建筑顶部的是纽约大学提斯克艺术学院。建筑物中间有一个中心广场，上世纪50年代长号乐手兼演员的康拉德·詹尼斯曾在这里引领迪克西兰爵士乐的复兴（其中一部分空间曾是施托伊弗桑特赌场），迪克西兰爵士是一种与比波普爵士乐（Bebop）风格相反的复古爵士乐。那里曾经每天晚上都会发生至少一次大型斗殴，到处都是被扔在地上的啤酒桶和被掀翻的桌子，还有身强力壮、效率极高的保安。而在我去过的两次里，见到著名鼓手希德·卡特利特坐在观众席中，那感觉迈克尔·乔丹在学校操场打球。

这里曾经还有一家名叫"勒夫海军准将"的电影院，后来改为"东费尔莫俱乐部"，杰斐逊飞机、大门乐队和詹妮斯·乔普林都曾在这里进行过演出，谁人乐队在这里首演了他们的摇滚音乐剧《汤米》。极为热情的比尔·格雷厄姆经营着这个地方，很多上了年纪的乐迷都认为这里是最好的摇滚乐演出场地。相隔一个街区的第二大道91号曾是乔治·格什温还是婴儿时生活的地方，旁边就是曾经红极一时的"乳品"餐厅拉珀波特。不管是格什温还是拉珀波特的大部分顾客，都没能活到亲眼见到杰斐逊飞机演出。

走到这些地方前，游客可以向右拐弯走上东城第七街，找到麦克索利老酒吧，据说它是纽约市最古老的酒吧（这个说法存在争议，毕竟纽约人在任何事情上都会出现争议）。1912年，约翰·斯隆创作的《麦克索利后屋》画的就是这间酒馆，画中一个留着胡子的白发男人在上午的阳光下坐在窗边，他双手随意地搭在一起。他穿着一件深蓝色的长大衣，所以我们知道画的是冬天。他面前的桌子上没有书，也没有报纸，只有一大杯啤酒。他似乎迷失在孤独和怀旧之中。画的另一边有两个靠在一起的男人，虽然在窃窃私语，但也没有显露出阴谋或愤怒的样子。他们身后的壁炉中火光闪耀，小酒馆收藏的一个时钟象征着他们的人生正在一分一秒地流逝。

斯隆在同一年又画了一幅以麦克索利为主题的画（《麦克索利酒吧》），之后几年也反复回归这个主题，比如《麦克索利之家》(1928)、《麦克索利的猫》(1929)和《麦克索利的周六夜晚》(1930)。五幅画有着相同的城市温暖气息，让人想起作家约瑟夫·米切尔在《纽约客》上对这个地方的描写。但我从未产生过他们对麦克索利那样显而易见的热爱。19世纪的感觉（特别是圆鼓鼓的炉子）激发了我的好奇心，推动我去想象那些前往麦克索利喝酒的究竟是什么人。而亲身拜访这个地方则让我更接近约翰·斯隆和约瑟夫·米切尔的想法，他们都是我敬仰的艺术家。但我不喜欢啤酒的味道，那里又没有其他选择。况且我当时还很年轻，而那个地方又禁止女性进入，我对见不到女性的小酒馆都没什么热情。年轻人需要邂逅浪漫的可能性。上世纪70年代，在女性主义复兴最汹涌激荡的时期，麦克索利终于开始接纳女性进入那黑暗的怀抱。可对我来说，那太晚了，对女性来说应该也太晚了。

麦克索利至今仍开门营业，可整个街区再无其他可将这个小酒馆与纽约消逝已久的爱尔兰历史连接在一起的事物。现在的东城第七街已经变成乌克兰中心。第三大道的街角、麦克索利酒馆的西边是第一乌克兰福音教会和乌克兰工艺品店。第七街对面，舍甫琴科广场的一角是圣乔治乌克兰天主教堂，这个教堂的规模曾经较小，也更有魅力。老教堂在上世纪70年代被拆除，替换成了现在的建筑。和太多现代基督教建筑一样，新教堂的设计灵感似乎源自霍华德·约翰逊酒店集团的路边餐馆，而不是来自时间和信仰所拥有的神秘感。大多数年轻一代的乌克兰裔美国人已经离开那个社区，去往更大的城市和郊区，可在这里你仍能看到很多人聚在一起参加婚礼和葬礼。很久以前,我曾在那里看到过第二大道熟食店的老板亚伯·李博沃尔,他在很多年后的1996年被谋杀身亡。李博沃尔出身乌克兰利沃夫市附近的基里基夫,我曾看到他和一名天主教牧师走在一起,两个人一边用乌克兰语聊天一边大笑。

当我向上城走去,经过农场圣马可教堂的庭院时,我的脑海中会闪现A. T. 斯图尔特和他的尸体被劫持的故事,或者想象彼得·施托伊弗桑特拖着假腿一瘸一拐,对着犹太人或其他陌生人发脾气的样子,或者想起我的朋友乔尔·奥本海默,一个骄傲、强硬、精力充沛、热爱第十四街以南世界的大胡子犹太人,他痴迷于纽约大都会队,在施托伊弗桑特教堂主持着一个诗歌研习会。东城第十四街110号的街角,是1853年斯坦福·怀特的出生地。上世纪50年代,夹在第三大道和第五大道之间的一个街区曾经有过十多家艺术馆:布拉塔、塔纳格尔、卡米诺、格里曼德、马奇等。发明出"行动绘画"(action painting)这个说法指代其他人口中"抽象表现主义"(abstract expressionism)作品的批评家哈罗德·罗森堡,曾经住在这个街区。画家威廉·德·库宁也在这里住过。我时不时能看到他们,一起走向西边。罗森堡的身高超过6英尺(1.83米),留着浓密的萨帕塔式胡子。德库宁长着一副荷兰人的柔和面孔,住在一个由荷兰人创建的城市中。

秋天或春天的某些夜晚，如果你走进一个开放的艺术馆，那里的墙上会挂着前卫大胆的画作，红酒装在塑料杯里送到宾客面前，女人们穿着紧身连衣裙和毛衣，拼命喝酒，唱盘播放着查理·帕克的歌。

东城第十二街和第二大道的夹角处是菲尼克斯剧院，很多纽约人在这里看过安·科里奥向行将消失的艺术致敬的《这就是滑稽》，后来这里还上演过《哦！加尔各答！》《春色满德州》和《油脂》。这里最初是犹太剧院，正是这个原因，屋顶才有大卫之星。推动建成这个可容纳1300人剧院的主要力量是莫里斯·施瓦茨，他同样来自乌克兰。而亚伯拉罕·卡汉的魅力和智慧对施瓦茨产生了巨大影响，身为记者和小说家的卡汉曾是《犹太前进日报》的编辑。街对面的东南角上是皇家咖啡馆，尽管菜单上主要提供匈牙利食物，但真正的大餐是艺术争论。1953年，皇家咖啡厅彻底关门歇业，如今已变成一家日本料理店，坐满了纽约年轻人。我猜里面没有人会讨论阿图尔·施尼茨勒的戏剧或者亚伯拉罕·卡汉的文章。

现在我还会去第二大道熟食店，以前在那里，我经常和保罗·奥德维尔一起点上一份薄烤饼和果馅饺子，一头白发的奥德维尔是个强硬、爱笑的人，他会为几乎所有需要辩护的人提供辩护。19世纪初以托马斯·阿迪斯·艾美特为代表的充满激情的爱尔兰律师作风延续了下来，奥德维尔就是最后一代这样的律师。每次走进第二大道熟食店，他都会受到老板、服务员和一半顾客的热情欢迎。另一半顾客则是外地人。

在东城第九街307号住了几年后，我搬到了隔壁的309号，住进了一楼门廊右边的公寓。搬家的原因很简单：我在307号的其中一位室友结婚了，我们都同意把那间公寓让给他。309的浴缸在厨房，陶瓷浴缸还有破损，有时无可奈何的我会走到第十四街的葛莱美西体育馆洗澡。当时我在报社上夜班，白天断断续续地睡觉，可在小小的公寓里，我先是读了伟大的巴西小说家马查多·德·阿西斯的作品，又主办过几次人满为患、大家都热得满身大汗的派对，有时身上还挂着记者证就睡着了。街区另一头住着爱德华·霍格兰，他的小说《圆圈之家》让我对写作有了更多了解。阳光明媚的下午，我还能看到艾伦·金斯伯格在诗意般的孤独中（至少我觉得很诗意）散步。圣马可坊的一角是五点区，塞隆尼斯·蒙克似乎每天晚上都在那里表演，所有的顾客都打扮得像迈尔斯·戴维斯一样。同一个街区里还住着W. H. 奥登，我能看到脸上皮肤干燥的他独自一人朝第二大道走去，但始终没有胆量上前和他说话。

有时我会向东走到汤普金斯广场公园，坐在长椅上读书，观察运动场上的年轻女性、孩子以及阅读意第绪语报纸的老人。起初我并不知道汤普金斯是谁（丹尼尔·汤普金斯在1807年到1816年间担任纽约州州长，在州内领头发起废奴运动），但我很喜欢这个以他名字命名的公园。当时只有少数人称这里为"东村"，其中大部分还是倒卖房地产的人。广场远端的街区当时还不属于被警察称为"字母城"的堕落危险地区，那时的公园也不是任由瘾君子和犯罪分子施暴的地方。5年后（在第二大道150号住过最后一套公寓后），我搬离了这个街区，更多时候以记者身份回到这里，报道被纵火调查队称为"纵火成功"的案件和双尸案。上世纪60年代，很多中产阶级的孩子开始出现在这个社区，装模作样过了一段时间贫穷而叛逆的生活。真正的穷人厌恶他们，因为如果真的遇到麻烦，他们只需要打电话找爸爸就能要到钱。大多数人又可爱又天真，用最大的声音播放鲍勃·迪伦和滚石乐队的歌，诅咒越南战争、林登·约翰逊和继任的尼克松。可其中又有太多人陷入了永久性的麻烦。作为报纸记者，我报道过至少三起那些孩子因为服用迷幻药而从屋顶跌落的案件。

当时汤普金斯广场公园里有一个露天音乐台，我曾经看过吉米·亨德里克斯在那里表演，他火力全开，把蓝调音乐演奏成了摇滚乐。那也是属于亨德里克斯的街区，毕竟他在距离我住处不远的东城第九街321号住过一段时间,拉玛玛实验戏剧就是在他住的那栋楼的地下室进行了首演。感恩之死乐队也在那个音乐台上表演过,几千名死忠乐迷狂欢的时候,警察都在用不可思议和紧张的目光盯着他们。有些警察甚至知道曲调,还跟着杰瑞·加西亚一起小声哼唱。

可随着时间推移,汤普金斯广场公园的生活变得极其糟糕。上世纪80年代,大批流浪者在城市里游荡,不少人找到了汤普金斯广场公园这个落脚地。他们慢慢把公园变成了一个永久性营地,用木头、帆布和罐头造出了营房。到处都是海洛因,后来又出现了可卡因,还有各种各样的酒精。空气中充斥着人类排泄物的臭味。花草被践踏,男人在斯洛克姆将军号惨剧死难者纪念碑的粉色大理石上小便。青草渐渐消失,地面在下雨天变得极其泥泞。垃圾桶被用来点火。父母带着孩子离开了这个地方。很少有老人坐在长椅上读书看报了。除了大萧条时代的"胡佛村"失业者收容所,人们从未在公共场所看到过如此肮脏的流浪者。

1988年,经过周围居民的多次投诉抗议,纽约市决定动用警力清理流浪者营地。紧随其后爆发了意料之中的暴乱。有很多年轻的警察出身郊区,很少有在武装力量组织服役的经历,他们全无纪律可言。很多人用胶带挡住了警徽,以此隐藏身份。有人被打中头,石块和酒瓶在空中乱飞。清理行动结束后，共有44人受伤，而流浪汉仍然没有离开公园。他们现在还得到了其他人的支持，比如老嬉皮士、擅自占用废弃房屋的人，以及对贫穷怀有浪漫幻想的中年人。他们把一切麻烦的源头指向了邪恶的地产商、资本主义和中产阶级化。可以肯定的是，这些人不能代表整个社区。上世纪70年代开始称这个区域为"Loisaida"（即拉丁语的下东区）的拉丁诗人、画家和作家，总体上远离了纷争。那些已经开始缓慢步入中产阶级的人们希望清空公园，好让自己和孩子能真正利用这里。

1991年发生过一次小骚乱后，市长戴维·丁金斯以"翻修"的名义关闭了公园。流浪汉被赶走了，公园废墟周围立起来围栏，音乐台也被拆除了。接下来，奇迹发生了。公园起死回生，生活在那里的人感恩不已。历经14个月，汤普金斯广场公园再次向公众开放。损毁的道路得到修补，地面重新种植了草坪。垃圾桶被用来装垃圾，而不是点火。市长朱利安尼对犯罪的"零容忍"政策被固定下来。如今，我会去那里散步，天气好时长椅上坐满了人，孩子们笑着跑着，还有人在那里遛狗。几个流浪汉从公园走过，但他们会继续向前走。到了晚上，公园新修的大门会被锁上。

我们的社区与其他社区融合在一起，不存在明确的边界，不需要出示护照或得到许可才能进入。有时我们会走到包厘街，在斯普林街右转，进入小意大利的边缘。那个地方似乎一直没有变化，餐馆在同一个地方开了几十年，戴着黑色头巾的老年妇女前往教堂礼拜，坚强的码头工人和技工每天晚上回到家时都精疲力尽。可以肯定的是，那里仍有黑帮分子，他们穿着短大衣、皱皱巴巴的裤子和擦得锃亮的皮鞋，练习做出凶狠的模样，在商店橱窗上偷看人们羡慕的表情。但他们不会打扰访客。你能看到他们坐在马尔贝里街卢娜餐馆的桌边，或者站在社交俱乐部门前，或者一起坐在凯迪拉克里。

那里也有很多青少年，除了闯祸，他们无所事事。直到上世纪60年代，意大利裔美国年轻人的辍学率都比最穷的黑人和拉丁裔要高。出现这种情况的原因有很多。很多第一代移民家长对教育持蔑视心态，这种态度遗传给了第二代移民。小意大利区流传的那些陈词滥调和我在布鲁克林的社区里听到的一样：“我知道一个人去上了大学，他现在在码头工作。”有太多人在十六岁时辍学，直接在码头工作大约一年后参军。可这些人的老师也普遍有一种无意识的偏见，他们在很长一段时间里总认为意大利裔孩子没有前途，运气最好的也不过刚刚能通过清洁卫生部门的录用考试。尽管弗兰克·辛纳屈和乔·迪马吉奥人气极高（其他意大利裔运动员和娱乐明星也是如此），但现实中却很少有政界或知识界的榜样可供孩子们效仿。菲奥雷洛·拉瓜迪亚是纽约市历史上最伟大的市长，可他死于1945年，尽管有些意大利裔在19世纪60年代初进入政界或成为法官，可极富个人魅力的拉瓜迪亚始终没有一个真正的继承人。马里奥·科莫一直没有树立起雄辩、充满激情的公共形象。马丁·斯科塞斯和弗朗西斯·科波拉当时还在梦想成为电影导演。盖伊·塔利斯的伟大记者生涯才刚刚起步，代表作为《混凝土中的基督》的作家皮埃特罗·迪·多纳托已经被人遗忘，马里奥·普佐还没有写出《教父》。

意大利裔美国人的故事当然值得讲述。意大利人移民美国的历史始于19世纪80年代，与东欧犹太人差不多同一时期。但两者存在一些重大区别。很多犹太人会书写自己的文字，这很符合"圣书子民"的设定。还有相当多的犹太人掌握能在纽约派上用场的技能。而大多数意大利移民来自西西里岛或意大利南部地区。他们是农夫，是种地的人，很多人生活在半封建社会。大多数人都是文盲。此外，大部分（显然不是全部）意大利人是年轻男性。他们来到美国就是为了赚钱，然后返回意大利。有那么一段时间，每100个到达纽约的意大利人中有73个之后返乡。20世纪后，蒸汽船技术的出现让往来美国和意大利变得更便利，从纽约到那不勒斯可能只需要10天。有些意大利人进行了几次这样的旅行：在纽约待上一两年，赚到钱后回意大利生活几年，等花完后再回到纽约赚钱。

尽管如此，还是有很多意大利人在纽约定居了下来，这些人的第一站通常是五点区及其周边。最终，大部分人都会搬到运河街以北。这些人组成的社区被称为"小意大利"。当我以认真的态度开始了解这片区域时，供职美联社（后来进入《纽约杂志》工作）的尼克·皮莱吉偶尔会做我的向导。从他以及其他几个人那里我了解到，我只是在看世界，却没有真正看见这个世界。比如伊丽莎白街，就是一条住满西西里人的街道。格林威治村附近住的是意大利北部来的人，比如托斯卡纳和热那亚。和犹太社区一样，1904年后，不断扩张的地铁系统让住在其他地区变成了可能。意大利人开始在东哈莱姆、布朗克斯和布鲁克林南部定居，犹太人则在布朗斯维尔和华盛顿高地一带找到了新住处。但小意大利仍然是主要的老街区。有些家庭在同一间公寓楼住了几十年。其他人无法抛弃费拉罗咖啡馆或罗马咖啡馆的咖啡与糕点，无法割舍心爱的十多家小店制作的奶酪、面包和甜点。

可连这些也都发生了改变。上世纪80年代，第三代意大利裔美国人开始离开这些地方。归根结底，他们是美国人，很多人接受了从高中到城市大学的教育，又进入医学院或法学院。他们搬到了斯塔腾岛、新泽西州或者长岛，在那里可以拥有真正的大房子和美国式的行车道，可以停放自己的美国汽车，在夏天周日的午后吃一顿美国式烧烤。他们不喜欢黑手党传说，更不喜欢依附于这些传说的愚蠢刻板印象。有些老的廉租公寓被卖掉了，但大部分经过修缮后，以老一代居民无法想象的价格租了出去。就像纽约的其他地方一样，有些人也开始陷入对过去的向往，也就是怀念曾经的租金。"看到那个地方没？我姨妈曾经住在那儿，一个月交62美元。现在一个月要1800美元！"到了上世纪90年代，下城开始迎来最新一批大型移民潮。

1965年移民法案的修订，终于允许中国女性来到美国与男性建立家庭，华人们纷纷走出了老唐人街。现在，华人也有了美籍子女，其中很多人在纽约的市立教育体系中不断努力超前。到1995年时，纽约市最好的公立高中——施托伊弗桑特高中里，60%的学生是亚裔。皇后区和布鲁克林现在也有唐人街，这些地方通过地铁与老唐人街连在一起，从19世纪80年代开始，老唐人街就一直位于运河街靠下城的一侧。纽约还是有很多穷困的华人，还是有太多的血汗工厂以及被黑帮控制的华人。但也有很多新来的华人有钱去投资生意及房地产。华人向北、向东流动，小意大利的范围开始逐渐缩小。2002年时，马尔贝里街的圣真纳罗节看上去就像主题游乐园，有人穿着电视剧《黑道家族》主题T恤，到处都是这部剧的海报和里面的菜谱。游客们购买印着"Fuhgeddaboutit"（别想了）的T恤，在餐馆里吃着意大利方饺。停车场里停着很多新泽西州牌照的汽车。在一个萎缩的小意大利里，游客比意大利人还要多。

这一点儿并不让人意外。在我写这本书时，在下东区，卡茨熟食店仍然开在休斯顿街上，约拿·施梅尔犹太馅饼烘焙坊也在那里，这家店从1919年开始就一直在同一个地方营业。靠近东河的格兰德街上有很多符合犹太教规的面包店。可最近的一个夜晚，当我走在赫斯特街——这条在纽约的犹太历史中具有传奇地位的街道上——发现每一家店都有中文标识。

所有村庄的路，终究都会通向那个村庄。如果像我们一样住在曼哈顿，你绝对不会说"我们一起去格林威治村"这种话。"那个村庄"指的就是格林威治村，那时候还没出现东村。如果沿着第九街向西行走，走过一个街区后在百老汇大道上左转，你会发现自己站在第八街，也就是格林威治村的主干道上。

夏日的夜晚，这里会演变成神奇的秀场。道路两边的人行道上挤满了人：有穿着沾满油漆斑点裤子和T恤的艺术家，有留着大胡子的诗人和打扮成波西米亚风格的人；有三两成群的同性恋男性，其中有些是异装癖；有惊讶地瞪着眼睛的游客；有醉得东倒西歪、穿着灯芯绒裤子和沙漠靴的男大学生；有黑人男性带着白人女性，也有白人男性带着黑人女性；如果真愿意倾听，类似《麦田里的守望者》主人公霍尔顿·考菲尔德一样的年轻人会告诉你一切（你当然不想听）。有军舰停在海军工厂，有水兵休假上岸；有逃离了第二大道、可以悠闲度过一晚的乌克兰女人；走在路上的人用法语、意大利语和希腊语聊天，还有来自西班牙的人用西班牙语交谈（他们总是咬着舌头发音）；警察的神情看起来很轻松；还有乞丐和骗子；有来自上城或东城的拉丁裔，他们吃着冰淇淋；有穿着皮外套的摩托车骑手；有手里拿着篮球、目标第六大道球场的孩子；有胳膊下夹着《村声》杂志的纽约大学教授；有来自西区码头的爱尔兰码头工人；有送外卖的男孩；有街头艺术家；有来自小意大利、满口嘲讽的孩子；有来自常春藤大学、想找到大学区和雪松街小酒馆的年轻女性，那个小酒馆是诗人和画家喝酒的地方；有行走在前往演出场地路上的音乐家，他们的乐器装在乐器盒里，大半夜还戴着墨镜；还有卖毒品或六种口味冰淇淋的小贩。

周末的夜晚，第八街会变成一个有着无限可能的感官狂欢之地。时间会进入60年代，可直到大约1964年，第八街还一直停留在那个时代的最初状态。饮酒是其存在的动力,很多走在街上的人,他们的目标就是散落在格林威治村各处的酒吧,比如谢里丹广场上的杰克·德兰尼酒吧,或者能看到包括詹姆斯·迪恩在内的众多演员和诗人的路易斯酒馆,当然还有雪松酒馆,或者向北几个街区的马镫酒吧,那里的点唱机里全是比莉·哈乐黛的歌。烟雾弥漫、酒精随处可见的目的地还包括鱼桶、圣雷莫、白马和齐姆利。第七大道和西城第四街上的里维埃拉也是个不错的选择,很多来自美国海员工会的共产党海员总是带着诗歌,酒吧里站在他们身边的总有警察。

将我们的村庄连接在一起的音乐,便是爵士乐,像巴罗街上的波西米亚咖啡馆,以及村门俱乐部、前卫村酒吧这样的地方经常上演爵士乐表演。我唯一一次看亚特·塔图姆的演出就是在前卫村酒吧,其中一些演出场地的经营者是黑帮成员。查理·帕克早已去世,可你在这些地方的男厕所墙上、地铁站里、停车场的墙上都能看到"Bird Lives"[1]("大鸟"永远活着)的字样。我曾经在其中某个地方看到约翰·柯川和迈尔斯·戴维斯一起演出,在其中很多地方看过查理·明格斯的演出。柯川当时正处于特别喜欢超长独奏的

---

[1] 查理·帕克的绰号是"Bird"(大鸟)。

时期,有一天晚上,这位传奇人物去了表演现场,迈尔斯终于用他那低沉的声音说:"约翰,快结束你那没完没了的独奏吧。"柯川解释道:"迈尔斯,我也不明白,迈尔斯,我陷入独奏太深了,老兄,我不知道怎么出来……"对此迈尔斯回答道:"约翰,把你的嘴从他妈的小号上移开。"

村门俱乐部的老板亚特·德鲁戈夫告诉我,明格斯有一晚演出时,坐在舞台边的一群中产黑人一直在他独奏时说话。明格斯拿起他的低音提琴,走下舞台,走进男卫生间,在那里一个人完成了演奏。这些都是非常严肃的音乐家。对他们来说,"汤姆叔叔"是个动词,他们不会对任何人像汤姆叔叔那样逆来顺受。

摇滚乐当时还未大规模流行,披头士和滚石乐队还在汉堡、利物浦或伦敦学习音乐。可当时也在发生着一些事,发生着很多事。有些属于政治事件和社会事件。约翰·F.肯尼斯1960年当选美国总统,民权运动风起云涌。这两者均与新生力量有关,都在展示年轻人的凝聚力。有些则是音乐事件。1961年,鲍勃·迪伦开始在格林威治村演出,当时他还是民谣歌手,刚刚开始在戈尔德民谣城崭露头角。他在华盛顿广场西北角上、韦弗利广场的厄尔酒店住过一段时间。这个酒店的一部分建于1902年,当时已经衰败为半廉价旅社,很多音乐人住在那里。可住在那里的也有其他人。我们报纸的记者或者编辑每次被显然知道他们做了丑事的妻子赶出家门时，至少都会在厄尔酒店住上一段时间。对迪伦来说，住在厄尔酒店就像参加亏损研讨会一样。

带我穿行于那个世界的向导，是我在《纽约邮报》的优秀同事阿尔·阿罗诺维茨。他写过很多与垮掉的一代有关的文章，也认识杰克·凯鲁亚克、艾伦·金斯伯格和格雷戈里·柯尔索。1964年，正是阿罗诺维茨带迪伦见到了金斯伯格。垮掉的一代中，尤其是柯尔索和劳伦斯·费林赫迪对迪伦的早期作品产生了重大影响，让他可以自由地使用语言和想象力，看到另一种美国的生活方式。差不多在同一时期，阿罗诺维茨把披头士介绍给了迪伦，这次会面反过来影响了整个摇滚乐界。可以说，《佩珀军士的孤独之心俱乐部乐队》[1]这张专辑，就是用自己的方式展示第八街的音乐。

不过，大部分文化巨浪涌来前都有先兆。1961年我和阿罗诺维茨一起，参加了勒罗伊·琼斯和他妻子海蒂在公寓里举办的盛大派对，以庆祝名叫《幽玄》的杂志出版发行。在我的记忆中，这场派对原本在顶楼举行，后来延伸到了走廊，人们都在喝酒、抽大麻。琼斯那天晚上非常友善，我们聊到了他写的一首关于《疯狂猫》的诗，它取自乔治·赫里

---

[1] 这也是披头士的第八张录音室专辑。

曼创作的一部特别有趣的漫画。迈尔斯摆弄着留声机，在不同蓝调歌手的歌曲间切换。琼斯转身与杰克·凯鲁亚克说话，他看起来有点害羞、有点忧郁。我听到琼斯说："开心点，雅各兄弟。"凯鲁亚克露出微笑，小口喝着百威啤酒。不久后，勒罗伊离开格林威治村，离开海蒂，回到了哈莱姆，他在那里改名为阿米里·巴拉卡，开始信奉黑人民族主义思想。1964年，我们都去樱桃路观看了他那部相当极端的戏剧《荷兰人》。他后来去了新泽西的纽瓦克，成为演说家，变身为"黑人之怒"的代言人，而"黑人之怒"中通常含有丑陋的反犹太主义思想。现实中，有些事确实在发生。

或者更准确地说，很多事都在发生。有些是文学事件。这里有一些书店，第六大道附近还有一个旧万宝路连锁店改成的小店。上世纪50年代的店员之一是贾斯珀·琼斯，他在后来成为60年代美国最伟大的画家之一。科内利亚街上有间凤凰书店，其中收藏着大量诗集和欧洲文学作品。可麦克道格街东南角上的"八街书店"才是属于格林威治村乃至曼哈顿的真正亮点之一。作家、诗人、读者，人人都从全城各处聚集在这里。诺曼·梅勒是这里的常客。我和他相识于1961年报道弗洛伊德·帕特森和索尼·利斯顿在芝加哥举行拳赛时。我们至今仍是朋友。一个冬天的晚上，我正靠着一排书一个人看歌德的《浮士德》，詹姆斯·鲍德温出现了，他的大眼睛一直斜着。我们在芝加哥一场拳赛上见过面，可打断他看书就像破除咒语让魔力消失一样，所以我换到了历史书籍区。还有一次，我看到奥登拎着一袋书离开了书店，看到金斯伯格和伊莱·威伦兹开着玩笑，后者和兄弟泰德都是书店的老板。在那间值得称道的书店里，我找到了了解其他垮掉的一代的方法，找到了似乎是垮掉的一代同盟的其他作家。格罗夫出版社和《常青评论》的巴尼·罗塞特是另一个常客，他在将出版业从旧有桎梏解放而出的过程中具有重大影响力，他用合法的方式斗争最终出版了 D. H. 劳伦斯创作的《查泰莱夫人的情人》以及亨利·米勒的主要作品。我们都看过米勒和他朋友劳伦斯·达雷尔的书，也读过威廉·巴勒斯、约翰·李奇和亚历山大·特罗基的文章。有些作品很优秀，但大部分是充满自恋倾向的破烂。不过，一切都是纽约那个时代的组成部分，是那个写作最终消退前，尚在世界上具有前所未有之重要影响力的时代的一部分。仅仅几年时间，嬉皮士便取代了垮掉的一代，开创了一种没有艺术的波西米亚主义，这其中，一切的神圣都包含于摇滚乐。致幻药物取代了红酒、伏特加和波本威士忌。这些成长于电视时代的孩子不怎么读书，而且过于看重他们读过的少数几本书。他们眼中的诗人就是鲍勃·迪伦，后者确实非常优秀，可那些把歌词牢记在心里的人并不知道英国诗人迪伦·托马斯是谁，而原名鲍比·齐默尔曼的迪伦改用的正是这位英国诗人的名字。1965年，八街书店从原址搬到了街对面的17号，一直开门营业到上世纪80年代。某一天，老板清空了整个书店，彻底锁住了大门。

垮掉的一代风头正劲时，外百老汇散发出的强大吸引力却在把我们重新拉回剧院。传统百老汇剧院在那个年代不愿意冒险，他们服务的对象，仅限于禁酒时代酒馆老板塔萨斯·吉南口中那些"花钱大手大脚的人"。百老汇是秀场，下城那些存在新的缺陷，有时甚至显得业余的场地，才是用来上演真正戏剧的地方。或者说，至少我们这样认为。上世纪50年代初，下城出现了新一批伟大的爱尔兰剧作家，其中不乏肖恩·奥凯西和约翰·米林顿·辛格这样的人物，另有克兰西兄弟也扮演着重要角色（周一晚上复兴了传统爱尔兰音乐演奏，以对抗叮砰巷搞出来的伪爱尔兰曲调）。突然间，在第十四街南边的那些小剧院里，在临街的店面里，在众多外百老汇剧场里，塞缪尔·贝克特、安托南·阿尔托和尤金·尤内斯库这些人的名气越来越大，哈罗德·品特的早期作品也开始上演。由诺曼·梅勒、埃德温·范彻和丹·伍尔夫创建的《村声》杂志1955年后曾经在格林威治大道的萨特面包房楼上出版过一段时间，对突然间出现在我们身边的新事物而言，这份杂志起到了关键作用。《村声》的戏剧评论家是杰里·托尔默,他是个才华横溢的作家,充满智慧与热情,他既能表达出自身的激情,写出来的话又没有公关营销的味道。和任何好记者一样,他看到了新生事物,对我们很多人而言,他实际上成了向导。我不在意托尔默推崇的一些作品,他的一些推荐甚至让我怀疑自己的智商。我不是唯一认为新鲜事物出现得不够多的人。但很多时候,我们总是回归那些最能打动自己的作品。我在广场中的圆环剧场看了3次小杰森·罗巴兹主演的《送冰的人来了》。当这个剧场在1972年被拆除、改建为又一栋丑陋的公寓楼时,我心痛不已。《三分钱歌剧》在克里斯托弗街上的德·莱斯剧院上演了7年,吸引我去了4次。在格林威治村,剧院属于超自然版图的一部分。

电影也是格林威治村的组成部分。第八街曾经有"艺术影院"(现在并入纽约大学)和"八街影院",两家电影院都很小,上映的都是在时报广场那些通俗电影院里看不到的电影。这些电影院实际上与时报广场北边的塔利亚电影院存在联系,是另一种形式的百老汇。如果错过了塔利亚上映的黑泽明电影,你会学会在八街影院或艺术影院等待这些电影上映。我们在那里看到了费里尼、伯格曼、黑泽明、特吕弗、戈达尔和雅克·塔蒂的电影,而这些人的作品都以某种方式融入了我们的阅读、在剧院里看到的表演以及听到的音乐中。空气自带一种"世界是崭新"的感觉,并不只是我们年轻所以才新。肯尼迪当选总统释放出一种政界少有的乐观可能性,人们真的感觉火炬传到了新一代人的手上。乔·麦卡锡这个右翼保守派被击败了,所以我们觉得,有必要符合某种标准化的定义,才能自称为美国人。民权运动正在积蓄力量,诉求也越来越明确,随着"自由乘车"出现在各个南方城市,我们开始越来越多地听到"马丁·路德·金"这个名字。就像加缪曾经说过的那样,你似乎真有可能爱自己的国家和司法了。

和在这座城市乃至整个国家一样,在格林威治村,那是一个追求卓越的时代。或者说,人们有野心追求卓越。那些日子,"hip"这个单词意味着"懂得",而非"时髦"。我们希望文字、音乐和艺术有内涵、有新意,能够带来震动,让我们获得全新的观看、感受和思考方式,但同时又不是只能拿出新奇的事物。有些天真的想法在1963年11月22日约翰·F.肯尼迪遇刺身亡后依旧保留了下来,而那一天才是20世纪60年代真正开始的日子。如今回头再看,那个年代的很多小说和诗歌都是站不住脚的。可音乐却一直流传,还有我们在八街影院和艺术影院的黑暗中看过的那些电影。就像老话所说,三样当中有两样好的也不坏。

可即便是音乐,也很少有圆满的结局。1968年的某一天,和唱片公司签下丰厚的合约后,来自西雅图的年轻人吉米·亨德里克斯第一次尝到了出名的滋味。那肯定和我在汤普金斯广场公园见到他时属于同一时期。他决定在八街影院的地下室创建自己的录音棚。那里原本是一个很吵闹的地方,名叫"村之谷仓",新泽西的年轻人经常在高中毕业舞会后带着女朋友去约会。建设工程延误了好几次。比如屋顶必须为3层,才能让电影院隔绝摇滚乐的巨大声响。亨德里克斯和建筑师同样发现,米内塔河在电影院旧地基的下方朝着华盛顿广场流去。1969年8月,亨德里克斯在盛大的伍德斯托克音乐节上表演,他对《星条旗》的解构性演奏引发了轰动。1970年8月27日,也就是"电子小姐录音室"正式开张后的第二天,亨德里克斯动身前往英国。他先在怀特岛音乐节一个另类舞台上演出,随后前往丹麦和德国,但衣冠不整的外表和让人昏昏欲睡的表演引得乐迷大喝倒彩。回到伦敦后,亨德里克斯在1970年9月18日离世,他服用了过量安眠药,因自己的呕吐物窒息而死。亨德里克斯死时只有二十七岁,直到那时也没能在自己创建的录音室里制作专辑。

我上次走到第八街时,电子小姐录音室还在原处。入口处的号码写着"52",旁边的窗户上有一张吉米·亨德里克斯人生最后一年拍下的巨大照片。他穿着一件类似猫王穿的那种白色闪光外套,看起来像一个五十多岁的人。

电影院当然已不复存在，原址上钉着木板，非常破旧，整个第八街差不多都是这种状态。这种衰败既快速，又是渐进式的。一家"格雷木瓜热狗餐厅"开在第六大道的拐角处，挤满了吃得很少、身处阴影的年轻人，整条街道慢慢沦为毒品交易的零售终端。每天晚上，毒贩们沿着惯常路线从华盛顿广场走来，兜售大麻、海洛因、迷幻药和可卡因。第八街影院对面的门廊上，吸毒吸得昏昏沉沉的年轻人半夜聚集在那里，手提音响大声播放着音乐，在那里住了很多年的人开始向外搬迁（1990年，我兄弟汤姆和他妻子宁也加入了撤退大军，他们自20世纪70年代初就住在和八街影院相隔两个门的地方）。警察似乎无力维持街头秩序。在很长一段时间里，电影院用放映《洛基恐怖秀》的方式吸引观众半夜到来，电影放映结束后，年轻观众总是吵吵闹闹地前往周围开在地下室的夜店。街区北边一侧开了不少鞋店，其中一家抢占了八街书店最后的家园。

上世纪60年代初之后的几十年里，我住过银行街、韦弗利广场街，也住过西城第四街和第六大道欧亨利牛排屋的楼上。我在潘奇公寓交过房租（E. E. 肯明思、约翰·里德和安娜依斯·宁的鬼魂经常游荡在那里的教堂墓地上），也住过霍拉肖街、钱伯斯街附近的教堂街，还两次在第二十三街的切尔西酒店住过比较长的时间。切尔西相当于格林威治村在上城区的前哨站,这里住满了画家、作家、爵士音乐人和摇滚音乐人。我经常走到华盛顿广场,看看曾经兼有斯坦福·怀特设计的漂亮花园的地方,或者看看母亲曾经工作过10年的大都会人寿保险大厦,要么看看了不起的熨斗大楼,那就像一艘巨大的蒸汽远洋班轮,只不过在原地一寸不动。

我工作的报纸或杂志,总部几乎都在曼哈顿。可大部分时候,我真正的目的地却是克里斯托弗街59号那个神奇的狮头酒吧。街角是《村声》最新的办公楼,而第七大道地铁线则带来了在上城区《纽约邮报》、下城《纽约时报》和《先驱论坛报》工作的记者。但狮头酒吧并不只是一家属于新闻人的酒吧,顾客中也有证券经纪商、下班了的警察和消防员,还有棒球运动员、老共产党员、民谣歌手、海员、神父和修女。音乐人来得比较晚,从格林威治村其他酒吧过来的酒保也比较晚。有些丈夫带着妻子一起出现,可那里也是那些妻子彻底离开自己的丈夫们寻求安慰的地方。人人都在喝酒,还有很多人唱歌,偶尔发生斗殴(通常是不常出现在酒吧的人),到处都是欢声笑语。我喜欢和乔尔·奥本海默聊天,聊棒球、政治和排版艺术(成为诗人前他曾经做过几年排版学徒)。我的朋友包括小说家大卫·马克森,克兰西兄弟中的每个人,新闻媒体人拉里·麦钱特、维克·齐格尔、丹尼斯·杜根和乔·弗莱厄蒂,曾在亚伯拉罕·林肯支队中服役的强悍老兵科利·门德,演员瓦尔·埃弗里,一个酷爱政治话题(也是个优秀作家)的人,名叫道格·爱尔兰,曾经在海军陆战队服过役的证券经纪商汤姆·奎恩,小说家、散文作家爱德华·霍格兰。在那个除了残忍外,一切罪恶都能被原谅的时代,狮头酒吧以特别的方式忠诚延续了格林威治村的传统气质。

慢慢地,狮头酒吧里的话题越来越多地集中于越南。但即便有时人们会愤怒地讨论,酒吧里的氛围也绝不会变得歇斯底里。一般来说,诗人们谈钱,证券经纪人聊艺术。可在全美各地,包括酒吧门外的格林威治村,在20世纪60年代也正变得越来越兵荒马乱。狮头酒吧中的我们都有点老了,不适合参与"权力归花儿"运动[1],也做不了"气象员"[2]。我们中没有人参加过伍德斯托克音乐节。只有几个人吸毒,而且除极少数例外,几乎没人是重度瘾君子。我们的"毒品"都是液体。简而言之,被我们称为"狮头"的狮头酒吧确实是60年代的组成部分,但却处于主流之外。狮头酒吧的根更多扎在波西米亚文化中,而非所谓的反主流文化。可连波西米亚都在改变。到了1968年,那是最糟糕的一年,是"春季攻

---

[1] 权力归花儿(Flower power):20世纪60年代和70年代初年轻人信奉爱与和平、反对战争的文化运动。

[2] 气象员(the Weathermen):20世纪60年代美国一个激进青年组织。

势"的一年，是马丁·路德·金和罗伯特·肯尼迪被暗杀的一年，也是芝加哥市长戴利主办民主党大会引发巨大动乱的一年。格林威治村的所有假设都在消亡，连最艺术化的叛逆都显得微不足道。当年轻人正在死去时，谁还关心艺术？整个美国最重要的诗人当然是鲍勃·迪伦，而且在很长一段时间里，狮头酒吧里没有放置点唱机。

格林威治的老一代居民中，有很多人存在奇特的保持中立的倾向。没错，他们都会投票反对战争。也没错，他们或许会捐出几美元支持反战活动。可很多人怀念那个消失于时代声浪和怒火中的格林威治村。他们想回到可以尽兴讨论诗人、画家或者荒诞派戏剧明星的时代。他们在不同方向的路线上看到了信号：《在路上》出版仅仅10年后，杰克·凯鲁亚克便沦为无关紧要的人物，而他的朋友艾伦·金斯伯格加入音乐人，在大型游行示威，包括芝加哥民主党大会上奋力呐喊。有谁选择了正确道路吗？我们在麦克道格街咖啡馆、八街书店或狮头酒吧里找不到真正的答案。人们各有观点，有尖锐的批评，但没有答案。而战争只是问题之一：与美国生活有关的一切前提都在面临挑战。或者说，至少看起来如此。种族、阶层、工作、教育、性别——一切都被公众对改变的强大呼声所撼动。1969年6月27日，距离狮头酒吧不远处发生了石墙暴动[1]，这场暴动持续了三天，狮头酒吧的常客旁观了整个事件，他们口头上鼓励示威者，但全未参与这场催生了同性恋解放运动的示威活动。我们中有太多记者，接受过中立原则的训练，也有太多人早已习惯了讽刺。哈佛大学的蒂莫西·利里敦促年轻人了解、关注但脱离一般社会。酒吧里有些老一代顾客换了一种方式，但做的是同样的事。很多人日后都会带着某种遗憾回想当初的选择。

最终，一切的一切都走到了终点，包括那些遗憾。我从1973年1月1日起不再喝酒，尽管我还会拜访狮头酒吧里的朋友，但生活已经不一样了。奥本海默不再喝酒，弗莱厄蒂也不喝了，我们三个人一周就能让狮头酒吧少赚1000美元。1974年8月，深陷"水门事件"丑闻的理查德·尼克松在总统任上辞职，而这，才是60年代真正的终点。1975年4月30日，战争也结束了，最后一名美国人乘坐直升机离开了西贡大使馆的屋顶。在很长时间里，狮头酒吧里的氛围都很沉闷，有时甚至显得阴暗，尤其当你本人意识非常清醒时。有些常客在某个午夜走出酒吧后，便再也没人见过他。弗莱厄

---

[1] 石墙暴动（Stonewall riots）：1969年6月发生在格林威治村石墙酒吧的一系列自发性暴力示威冲突。石墙暴动常被认定为美国历史上同性恋者首次反抗政府主导的迫害性别弱势群体的案例，也被认为是美国及全球同性恋权利运动萌发的关键事件。

蒂死了，奥本海默死了。远在皇后区，凯鲁亚克死了，金斯伯格死了。到了最后，狮头也死了。

每一次死亡之后，每一个早上过去后，生活都还在继续。我们不止参加葬礼，我们也参加婚礼、洗礼、犹太逾越节家宴，参加毕业典礼和生日派对。我们尽情享受美味，我们一起跳舞。我的朋友们都知道，我们在自己的城市中共同度过了漫长而艰难的时光，可这样的经历没有让我们变得更冷酷。非要说的话，糟糕的时光给了我们一种均衡。我们每个人都拒绝陷入历史那充满诱惑的迷雾中，在那里，结局永远是已知的。我们拥有过去，但我们活在当下，仍在设想未来。我母亲去世的那天，我的孙子出生了。

没错，我每天都工作。我抽时间和妻子一起参观美术馆和博物馆，和最年长的朋友一起享用早餐，也会独自一人走在我从小长大的城市街道上。我喜欢看肖氏超市的女孩们穿着最新版的夏季制服。尼克斯队和大都会队的比赛会让我激动兴奋。电话铃声响起，我听着最新的八卦消息，甚至认为其中10%的内容是真的。我去拜访兄弟，和他们一起放声嘲笑政客和其他无赖的荒谬举动。我读那些自以为年轻时读过的书，在真实地拥有人生后，这些书现在读起来更有意思了。

新闻让我目不暇接，甚至让我感到厌恶。可作为土生土长的纽约人，我也是怀旧之都的市民。在灰雨蒙蒙的日子里，我有一种冲动，想在夏日的夜晚穿过百老汇进入第八街，一头扎进狂欢的人群。我想吃柠檬冰，想盯着书店的橱窗，看那些我的人生中不能没有的书卷。我想从路过的汽车里听到提托·普恩特的歌声，想看到两个拉丁裔舞者跳出精妙的舞步，然后咯咯笑着向西走去。我想偶遇乔尔·奥本海默，看他点燃一根高卢牌香烟，和他一起走到谢里丹广场的狮头酒吧，里面坐满了人，帕蒂和汤姆·克兰西坐在后面，我们都唱起了《埃琳·阿隆》。墙上没有时钟。那里没有时间。我们都在笑，所有人都在笑，一切似乎都有可能。然后，我走到城市的另一边，走到第二大道和第九街的一间小公寓里，在那里进入了长长的无梦之眠。

第十章

世界的十字路口

十六岁那年夏天,我在时报广场找到了一份工作。我和一个名叫巴特勒的人一起工作。他是个胖子,说话总是怒气冲冲,长着一张地狱厨房区常见的酒鬼脸。他自称五十一岁,看起来却像七十岁。我们的工作是更换电影院里的广告牌。我们两个人一起橇掉钉子,拿下旧广告牌,这些广告牌差不多有5到6英尺高、4英尺宽,都是彩色广告。再见了,乔尔·麦克雷。拜拜,伊冯娜·德·卡洛……我会稳稳地举着新广告牌,由巴特勒负责把广告牌钉在预定的位置上。你好啊,丽塔·海华丝。享受挂在墙上的这段时间吧,格伦·福特。接着,巴特勒会慢慢抽完一根烟,好好歇上一会儿,之后,我们才会去下一个电影院继续工作。

我爱这份工作。我就在那里,就在世界的十字路口。时报大厦楼面上播报着突发新闻;邦德服饰壮观的陈列展示窗中,瀑布在两个巨大的裸体雕像之间流动;骆驼牌香烟的招牌上,完美的烟圈从一个男人的口中飘出。路边的人行道上到处都是水手、皮条客、警察、站街女、舞者、演员、音乐家和游客。百老汇与第七大道交汇处就像一场嘈杂的演出，巨大的黄色出租车不停按着喇叭，听起来就像格什温音乐的断奏一般，卡车和大巴在下城横冲直撞，喧嚣中传出巨大的纽约式噪音：你怎么不看看自己的方向，你个蠢货！这儿不是新泽西！

有一天早上，巴特勒和我站在维多利亚剧院的大帐篷下，他狠狠吸了一口好彩牌香烟。街上有一个盲人，他戴着墨镜，面前放着一个锡制杯子，但身边没有领路的狗。人们把硬币扔进他的杯子里，急匆匆地走开，顾不上听一句"谢谢"。巴特勒随后转过身来背对着大街，用他的脑袋点了点盲人的方向。

"你看到那家伙没？"巴特勒说，"你看到那杯子什么的了吗？"他的声音突然变得怒气冲冲。"我还真知道，他有只眼睛还有5%的视力。"

我心想：这辈子什么工作都不会轻松了。

即便只有十六岁，我对时报广场也不感到陌生。我怎么可能是陌生人？我可是纽约人，这儿可是城市的中心广场。1942年，只有七岁的我就来过这里了，周末跟我母亲和弟弟汤姆一起。十一岁生日那天，我被带去看了莫里斯·埃文斯主演的《哈姆雷特》，这是我人生中的第一场戏剧表演。我理解不了华丽的莎翁戏剧语言，可艺术的力量却让我心里充满了困惑、激荡。表演结束后，走在吵闹的街道上，我们能看到拥有巨大车门的豪华轿车，骑在马背上的警察，刷着黄色棋盘格漆样的出租车；看到几千名男男女女在喇叭声四起的车流中走进酒吧和餐馆；看到街头音乐家拉着小提琴，或者用汤匙敲鼓；还能看到面容恐怖的男人和衣衫不整的女人。穿行其中，那些感觉在我心头依旧挥之不去。就在街角，路牌上写着一个词：百老汇。

那年晚些时候，我开始在没有成年人的陪伴下从布鲁克林前往时报广场，我和汤姆通常两人一起，像船长一样站在地铁的首节车厢，共同扎进黑暗神秘的隧道，在街道和东河下方飞速行进，接着在地铁站刺眼的灯光下，换乘IRT（跨区地铁快运公司）列车，最终来到喧嚣的时报广场。我们是坏人完美的捕食对象，不仅天真，年纪还小，但我从未感觉到一丝危险的气息。惊叹是我最主要的感受。我们盯着百老汇和第七大道十字路口上10层楼高、长达一个街区的广告牌，仿佛那是从古埃及或罗马的7座山丘上进口来的建筑。它们被称为"奇观"，那就是事实。我们立刻看到，人称"不夜街"的百老汇更像是霓虹彩虹，奇观总不停歇，总是在用魔法般的速度眨眼、移动、改变颜色和形状。我们会看着素描艺术家画出水手的样子，听大声招揽顾客的人向人群喊话。

"朋友们，就在里面，都是你们从没见过的，二十五分钟只要一块钱，快来试试……"我们看着玻璃橱柜里张贴着8英寸×10英寸的漂亮女孩照片，她们都在楼上的舞厅工作，虽然面容不及电影明星那么完美，但这让穿着露肩裙的她们更加危险。罪恶成为我们欲望的隐蔽目标，至少是我的隐蔽目标。有一次我们看到了维利·派普，他是伟大的羽量级拳王，我看到他和一个比自己高一头的金发女郎走在一起。派普是我父亲最喜欢的职业拳手，我们从派拉蒙大厦开始跟着他，一直走到上城区，直到他消失在塔夫特酒店，金发女郎瘦瘦的手臂充满母爱地搭在他的肩膀上。那时作为正直的天主教孩子，我们都对维利在罪恶之都即将做出屈服于撒旦的决定很失望，而且也都担心他打不过桑迪·萨德勒。很多年后，我采访了已过巅峰的派普，对他讲了这个故事，还问他是否也感到失落。他像一个面对大陪审团的证人一样笑了起来，说自己不记得了。

整个青春期，时报广场一直在召唤我。十几岁时的夏日夜晚，爵士乐引诱着我前往西城第五十二街。这里不能算时报广场，但肯定是时报广场人流的主要源头之一，这里向广场输送人潮的同时，也在用耀眼的灯光吸引着人们。爵士乐俱乐部几乎都是黑帮据点，俱乐部老板都很抠门，不愿开空调，这就意味着，在七八月湿热的夜晚，当俱乐部敞开大门，希望能吹进些夏日凉风时，我只需站在外面的人行道上就能听音乐。我就是用这样的方式第一次听到迪兹·吉莱斯皮、本·韦伯斯特、卡门·麦克雷和伦尼·特里斯塔诺的音乐。那些都是现场演奏的音乐。一个下着蒙蒙暖雨的晚上，在一家俱乐部门外，一个门卫穿着装饰着金穗的宝蓝色外套，他看起来就像来自奥匈帝国宫廷的人。他操着一口凶狠的纽约口音对我说："小子，别靠在车上。"直到今天，每当我看到门卫时，我都会想到那个穿着华丽制服的人。我这辈子再也没倚靠过停在路边的汽车。

后来，我从海军退役回家，对爵士乐同样的渴望将我带到了鸟园酒吧。迈尔斯经常在那里演出，迪兹和马克斯·罗奇也经常出现在那里。名叫皮威·马凯特的小个子男人是主持。如果音乐家给的小费不够，他就会缩短介绍，不提音乐家的名字。"女士们，先生们，鸟园骄傲地请来了那谁谁谁谁谁……"这家俱乐部自然也是以查理·帕克命名的，这是他在1949年12月开的店，每个爵士乐爱好者都知道帕克的绰号是"大鸟"。起初（或者说故事的开头），俱乐部里养着几只关在笼子里的长尾鹦鹉，可这些鹦鹉仅活了几个月就因为吸入太多香烟烟雾死掉了。迪兹·吉莱斯皮曾经对我说，他以为那些鹦鹉是因为没有给皮威·马凯特足够小费才死的。"大鸟"最后一次在鸟园酒吧演出是在1955年3月4日，8天后，他就去世了。这间俱乐部一直存续到1965年，但它已经在纽约大熔炉的故事中演完了自己的角色。

鸟园酒吧所在街区的另一边是帕拉狄昂，最伟大的拉丁乐队都在这里演出：比如马奇托和非裔古巴人提托·普恩特、提托·罗德里格兹。曼波（Mambo）、帕恰戈（Pachanga）、伦巴、恰朗加（Charanga）和恰恰，这些音乐把加勒比的激情注入了纽约的夜晚。地铁载着来自西班牙哈莱姆区、南布朗克斯波多黎各人聚居地和布鲁克林滨水区的人们来到这里。很多人在走向帕拉狄昂的路上，第一次震惊地看到了时报广场的模样。

进入这家老舞厅需要走上一段楼梯，某天晚上我碰巧撞见歌手阿兰·戴尔在楼梯上摔了个倒栽葱。我注意到他穿的鞋是当时的所谓"电梯底"。他自己站了起来，像一个摸到了救生艇边缘的溺水者一样扶着栏杆，用一张纸巾擦着满是血迹的鼻子，然后一瘸一拐地走进了夜幕。我再也没有见过他。我无从知道阿兰·戴尔究竟犯了什么罪，可他消失时居高临下看着他的保安，脸上却带着一种"我们已经履行了使命"的表情。他们接着走进帕拉狄昂，我跟在他们后面上了楼梯。

帕拉狄昂及其乐队吸引到了全城最好的舞者，以我的品味，他们比百老汇大道任何剧院里的专业舞蹈演员都要厉害，远强于火箭女郎舞蹈团（人们认为那只是针对中西部游客的表演）。在我的记忆中，帕拉狄昂的所有女性都有着金色的皮肤、白色的牙齿、曼妙的翘臀、纤细的腰身，胸部被包裹在有着极细吊带的黑色丝裙里。她们穿着8厘米到10厘米的高跟鞋，用这样的鞋跟敲击着硬木地板，从未错过任何节奏。她们的肌肤闪烁着汗珠，身上散发着栀子花的香味。我确信，这些印象都是自己年轻时的意识缺陷造成的。荷尔蒙过量会扭曲任何人的理智。事实上，我确实不记得帕拉狄昂里有不漂亮的女人。至于男人，我对他们没有任何记忆。

我确实记得迪兹·吉莱斯皮有一天晚上走进帕拉狄昂，他拿着小号，留着山羊胡的脸上挂着微笑。那天他在鸟园酒吧有演出，当时显然是在休息。他朝很多漂亮女人点头致意，一脸坏笑，一路走向乐队演奏台，马奇托正在那里等着他，一副喜气洋洋的样子。几分钟后，迪兹开始演奏，小号的喇叭口对准天花板和屋顶，也对准纽约的天空。拉丁音乐家的演奏极其精准，完全接纳了来自同一个街区里另一个世界的伟大音乐家。在那悠长的几分钟时间里，他们共同将孤独与痛苦从夜晚中赶走。他们联手创造出了新东西，将纽约、哈瓦那、圣胡安和庞塞连在一起，将下城区和上城区、将美国与散落在世界各地的非洲小村落连接在了一起。如今再听迪兹后来和马奇托一起录制的专辑时，我的思绪总会回到那个让人兴奋的夜晚,我想知道那些穿着高跟鞋的女人怎么样了,她们现在都当祖母了,想必还是很漂亮。

1995年末,我在第四十七街、第五大道和第六大道之间一家小广告公司的艺术部门工作。那条街是钻石交易在中城区的重要中心。我慢慢认识了一些商人,他们徒劳地试图向人们解释正统犹太教徒和哈西德派教徒的区别。对于我这个充满好奇心的非犹太人,他们非常耐心,尽管我一直没钱买他们出售的任何东西。整个白天,不管是下雨还是下雪,商人们都会一小群一小群地聚集在街上,用放大镜仔细检查珍贵的石头,不相信商店里的人工灯光。几乎每个月都会发生小小的宝石从顾客手中滑落、从地铁通风口栅栏之间的缝隙掉进地下10英尺处泥地上的恐慌瞬间,让人心跳骤停。然后不知道从哪个秘密角落就会走出一个拿着长杆和特制手电的人,人们一起透过缝隙在黑暗中寻找,直到拿杆子的人找到宝石——他的杆子顶端不知道涂了什么神秘物质,很有黏性。人们会长出一口气,我至少见过一次人群欢呼庆贺的样子。

有些人已经从运河街和包厘街搬到了上城区,有些老人还记得在交易广场做买卖的场景,那时还没出现一栋栋导致路面光线太暗而无法检查宝石的摩天大楼。他们中也有一些人九死一生、从欧洲的死亡集中营逃出来，夏日的午后，你能看到纹在他们身上的浅蓝色编号。我尝试用缄默的方式和他们对话，了解他们身上发生过什么。没有一个人愿意吐露半个字。他们会耸耸肩，叹口气，然后转移话题，努力做一个纽约人，做好一座视自怜自艾为重罪的城市的居民。

第四十七街中间有一家不同寻常的好书店，名叫"哥谭图书市场"。这家书店在1920年由一位名叫弗朗西斯·斯泰洛夫的女性创立。当我开始逛这家书店时她还在那里，个头小小的，满头银发，眼镜后面是一双坚定有力的眼睛。斯泰洛夫对纽约的意义，就像两次世界大战之间西尔维娅·比奇之于巴黎。西尔维亚热爱文学，竭尽全力帮助人们阅读不知名作家和上世纪最优秀艺术家的作品。斯泰洛夫的书店外有一个小约翰·赫尔德设计的招牌，赫尔德就是禁酒令时代为《生活》和《法官》杂志制作出新潮女郎和菲茨杰拉德高中生形象的人。招牌上的文字写着："智者在此垂钓"。秉承这一精神，我经常去那里"钓鱼"。我买不起店里的珍本，但那里有打折杂志和便宜的艺术品或不知名作家的专著（我觉得不知名，但弗朗西斯·斯泰洛夫却不这么认为）。在哥谭图书市场，我买下了人生第一份《巴黎评论》，还买了几本垮掉的一代诗人出的小册子，比如雷·布雷姆泽和杰克·米什莱恩这些我没在第八街见过的诗人的诗集。在哥谭图书市场的书架上，我还能找到已经绝版的威廉·萨洛扬和詹姆斯·T. 法雷尔的书，也能找到达蒙·鲁尼恩的书。在昏暗的冬日夜晚，离开广告公司或者书店时，在钻石商人纷纷关门休息时，我会向西望去，看向时报广场上那壮观又花哨的灯光。它们似乎不只简单地被地理位置联系在一起。

在接下来的近一年时间里，我开始了一种新的日常生活安排。我会离开第四十七街上广告公司的艺术部门，从第五大道匆匆走向第四十九街，在工作日结束后的漫漫人潮中穿梭，最后走进NBC电视台所在的洛克菲勒中心。为了攒钱去墨西哥进修一年，我现在要干两份工作。广告公司的工作干到下午5点后我要去NBC听差，也就是名字好听点的门童（"您右手边的下一个走廊，女士，下一个走廊在您右手边……"）。我没能通过本该由迈克·华莱士主持的答题节目的选拔；我参加过马特·丹尼斯主演的15分钟音乐节目；而我漫长一天的最高潮，就是在晚上参加史蒂夫·艾伦主持的《今夜秀》。

和那个年代的很多人一样，史蒂夫·艾伦投资了电视行业。他是个还不错的钢琴演奏者，但算不上特别好。他是个还过得去的作词家，但也算不上特别好。可他有一种放松而新潮的风格，完美适合电视这种新兴媒介。他就是潮人们以及后来的马歇尔·麦克卢汉所说的"酷"。他帮助斯凯奇·亨德森打造了一支优秀的乐队，成员都是优秀的录音室音乐人，这些人很高兴能获得稳定的收入，因为不需要去小酒馆演出而心存感激。艾伦雇佣了日后成为大明星的歌手，比如史蒂夫·劳伦斯、劳伦斯未来的妻子艾迪·戈梅以及安迪·威廉姆斯。艾伦的秀时长1小时45分钟，还是现场直播。

《今夜秀》每天晚上在西城第四十四街第六大道和第七大道之间靠上城区的老哈德逊剧院进行录制。这间剧院的历史可以追溯到1902年，艾伦看起来很高兴在那里做节目，他要么自己弹钢琴，要么在舞台侧面看其他有才华的人演出。有时，在纽约闷热的夏日夜晚，他会打开舞台后门，将摄像机对准第四十五街。纽约人不可避免地路过，他们看向光亮的同时，艾伦对着电视观众说着俏皮话。在这样的夜晚，你能看到老年女人卖花、傻孩子做鬼脸，看到穿着紧身T恤的漂亮年轻女人，还有目光警惕的游客。我敢肯定警察也在看这些画面，他们在寻找被4个州通缉的犯罪分子。一天晚上，一个穿着无袖汗衫、毛发浓密的男子走到后门，停了下来。他的胸口、手臂和后背都是毛，耳朵和鼻子里也露出了毛。他看着刺眼的灯光，看不清另一边是什么。他露出牙齿，对着镜头展示了自己全是鼻毛的鼻孔，挠了挠长满毛的后背。艾伦叫他"金刚"，说他刚从帝国大厦楼顶下来。观众爆发出大笑，音乐人在大笑，我们这些听差也在大笑。每个人都在大笑，除了那个毛发浓密的人。他一直没有走开。先是向左移动2英寸然后停住，又向右移动3英寸然后停住。节目最后还是结束了，现场奏响音乐，屏幕上打出了演职人员表。控制室里有人临场发挥打出了一段字幕，上面写着"金刚的T恤由内衣公司恒适赞助"。

我再也没在时报广场见过那个毛发浓密的男人，而且没过多久我就去墨西哥读艺术学校了，史蒂夫·艾伦则在有线电视网拥有了自己的每周节目，和埃德·沙利文展开竞争。那档出色的节目造就了诸如汤姆·波斯顿、唐·诺茨、路易斯·奈等明星，他们做过不同版本的街头采访。多年之后，我在致敬艾伦的节目中见到了他们。有那么一段时间，《今夜秀》曾经做过改版，由伟大的爵士乐DJ"爵士人"阿尔·柯林斯代替艾伦，但他惨遭失败。这档节目的主持后来换成杰克·帕尔，他大获成功，随后是约翰尼·卡森，他在主持的位置上坐了超过30年，最后则是杰·雷诺。每次看到雷诺，我都会对着屏幕说："打开后门，把摄像机对准街道。"可他们在加州录制雷诺秀的地方没有街道，史蒂夫·艾伦也不在了。哈德逊剧院还在原地，经过修整重新焕然一新，耐心地等待低调的天才走进前门，走上舞台。

1961年，已经在《纽约邮报》工作的我得到了"都市掠影"（on the town）这个日常报道的任务。每天晚上8点我会前往第五十街上的林迪餐馆，和《纽约邮报》摄影师亚蒂·波梅兰茨会面。我们会坐在亚蒂的车里听警察广播，或者坐在餐馆里喝咖啡。如果有事发生，我们就会立刻行动。有时是中城区发生火灾，有时是警察突袭赌场把十几个衣着光鲜的黑手党成员抓进第五十一街的警察局。也有可能，在某个良夜，如果运气够好，我们会在"好地址"碰上谋杀案。其他晚上，我们报道百老汇戏剧的开演或闭幕，或者追踪把林迪餐馆当作根据地，为众多八卦专栏输送消息的宣发人员提供的新闻线索。那时的纽约共有7份日报，除了《纽约邮报》，其他所有报纸都有八卦专栏。那些宣发人员也是百老汇古老传奇的承载者，其中大多数人想必已经意识到，自己身处一名专栏作家口中的"梦想之街"，但属于自己的时光已至尾声。他们还在努力工作，每天都在打电话，挖掘被埋藏的秘密，或者"发明"与客户有关的故事，再在小纸片上打出这些内容，每一份的写作风格都能满足他们所服务的专栏作家的需求。比如《每日新闻》上有关埃德·沙利文的内容没有任何动词，例如"朱迪·加兰德预计……"或者"托尼·贝内特在科帕卡巴纳引起轰动……"这种。夜晚，他们把信封留在林迪餐馆，再由专栏作家的秘书取走，内容直接复制到最终的文章里。

八卦专栏作家中的王者无疑是沃尔特·温切尔。1962年,他有好几个月时间不在纽约。"三点式"的现代八卦专栏就是温切尔的发明,以他的八卦专栏为源头发展出了后来的大部分小道八卦媒体,包括后来的"超市小报"(Supermarket tabloids)、《人物》杂志和"德拉吉报道"(Drudge Report)。他完善了极尽夸张的专栏风格,发明出了肆意妄为的语言风格(举个例子,在内华达州离婚就是"被翻新")。这种简短的纽约式急迫风格可以完美地转换到电台广播,温切尔的周日晚间节目拥有超多听众,就像后来他说的那样,"北美洲、南美洲的女士们先生们,海上的人们,晚上好。我是杰根斯日报的沃尔特·温切尔。让我们先看看新闻……"他没有把自己局限在演艺行业。在很多年里,每周六天,他总是愉快地充当罗斯福总统的传声筒。第二次世界大战结束后,他又与J. 埃德加·胡佛联手,两人经常一起坐在斯托克俱乐部,但这正是他漫长而缓慢衰退过程的开端。麦卡锡主义盛行时,温切尔的专栏都是扣赤色分子帽子的内容,他的文笔变得让人疲惫、厌烦。

到了1962年,温切尔的老式百老汇八卦已经彻底变味,他的右翼政治观点取代了不需要动脑的演艺行业八卦,他也经常出现在佛罗里达州、亚利桑那州或者洛杉矶。他的专栏失去了立足之地和大部分即时性。大部分时候,专栏蕴含的老派百老汇能量只剩一声低吼。

负责"都市掠影"这个栏目期间,我在林迪餐馆外第一次见到了温切尔。他身材矮小、表情严肃,像演员詹姆斯·卡格尼一样戴着时髦的灰色浅顶软呢帽,被一群仿佛近卫队的宣发人员围在中间。突然,曾经做过轻歌舞剧演员的温切尔开始跟着被雷·博尔格唱出名的歌曲《曾与艾米相爱》跳起迷人的踢踏舞。严肃紧张消失了,在那几分钟时间里,沃尔特·温切尔看起来很快乐。宣发人员纷纷鼓掌,温切尔和其他大部分人一起走回林迪餐馆。我不禁想起了伯特·兰卡斯特在电影《成功滋味》中扮演的J.J.亨塞克尔。这部冷厉又极富智慧的电影中描绘的,正是温切尔曾经为王的那个世界。街道看起来是黑白色,温切尔也是黑白色。一个留在外面的宣发人员小声对我说:"这太悲哀了。他不知道自己已经完了。"

人们很难在那天晚上想象鼎盛时期的温切尔,从第四十街到中央公园的百老汇区仿佛美国的冒牌凡尔赛宫,温切尔就像是"太阳王"路易十四。总统和新闻发言人想得到他的掌声,他们害怕他的仇恨。他的王冠摆在东城第五十一街斯托克俱乐部里的50号桌上,而这张桌子所在的小熊屋只有少数人才有权利进入。和J.埃德加·胡佛一起来俱乐部时,温切尔有时会接受曾经做过私酒贩子的那些人奉承。如今的斯托克俱乐部已经处于半荒废状态，陷入了无休止的工会纠纷，有时服务员的人数比顾客还要多。赫斯特的八卦小报《每日镜报》，也就是温切尔从1929年起的东家，同样陷入了巨大麻烦。过去，当温切尔例行在周一休息时，报纸的发行量会减少20万份。如今，有没有温切尔的文章都不再重要了，《每日镜报》距离掉入报纸坟场只剩一年时间。

那天晚上的晚些时候，温切尔询问能不能和我及亚蒂·波梅兰兹一起跑新闻。"上车吧。"波梅兰兹说。

温切尔曾在几次激动的演讲中讲述过那天晚上（以及其他几个场合）不同版本的经历——"比利·拉西夫的酒馆就在那儿。有天晚上……"——然后陷入郁郁寡欢的沉默。他那时六十五岁，可给人的感觉要老得多。当然，他那已经失落的城市的灵魂，依然随处可见。在哈莱姆区的一次火灾中，一名年轻的警察要求他出示记者证，他看起来极其震惊。这警察难道不认识沃尔特·温切尔？波梅兰兹开始在一旁解释，这时一名白发的警察中尉走了过来，笑着说："你是沃尔特·温切尔，对不对？"

"他们是这么对我说的。"这个美国曾经最有权力的记者说道。他忙着记录永远登不上报纸的内容。在我们开车回下城前，温切尔指向一排出租屋。"你知道吗，我曾经在这个街区住过。"他轻声说道。

由于《纽约邮报》当年属于下午上市的报纸，所以我有时间做完采访后返回位于南街的办公室，在早上8点的截稿期前写完文章。可即便当我不工作时，当我的脑子里满是垮掉一代、海明威和贝克特的文章以及纽约城的历史时，我还是会被百老汇吸引。但那已不再是我孩童时期第一次看到的百老汇了。从第三十八街到第五十五街的百老汇已经变得非常脏乱，到处都是木瓜摊、披萨店、站街女和毒品。发出难闻气味的小照相馆里出售着伪造的身份证，对象主要是未到饮酒年龄的青少年。几家书店贩卖《窃笑》《滑稽》等各种刊登着裸体照片的杂志。到了晚上，当剧院显露出自己那部分百老汇气质时，特别是在舒伯特巷一带，空气中总给人一种涌动着魅力的感觉。可这种感觉变化的速度飞快，且不断流动，魅力匆匆到来，也更快地离去。有些人演出结束后留在附近的弗兰克与约翰尼餐馆或唐尼餐馆吃饭。整个地区的夜店都关门了。再见了，科帕卡巴纳俱乐部。永别了，拉丁广场。大明星成了纽约的稀有游客。弗兰克·辛纳屈、托尼·贝内特和纳特·科尔在拉斯维加斯演出，他们在那里赚到的钱是纽约的10倍，而很多纽约的大牌赌徒终于在拉斯维加斯过上了体面生活，在那里合法地进行着在纽约曾被视为犯罪的活动。大多数老流氓也是纽约人，他们把从小便融入自身生活的建筑风格带到了拉斯维加斯：巨大的招牌，只是更闪闪发光。时报广场风格如今在拉斯维加斯的赌城大道得到了延续。

随着夜店消亡，曾经的冲动与激情也渐渐褪去，明星们纷纷前往别处。爵士乐赚不到大钱，摇滚乐也尚未进入披头士引发的狂热时期。时报广场本身就是一个粗糙、肮脏、低俗的地方，可第四十二街的脏乱和略有危险的感觉，10年后再去回想，却给人一种近乎天真无辜的感受。在《纽约邮报》工作的我想理解看到的一切，所以我去读了剪报，在图书馆中寻找各种历史记录。这究竟是什么地方？

剪报告诉了我显而易见的事实：地铁对时报广场具有至关重要的意义。时报广场真正的奠基时间是1904年，那年延误已久的地铁第一次将东区从市政厅延伸到中央车站，又向西延伸到第四十二街，停在了那一年变成时报广场的地方，然后向北沿着西区一直延伸到第一百四十五街。第一条地铁线成了纽约速度的主要象征。

1904年前，百老汇与第七大道在第四十四街形成的十字路口开放空间一直被称为"长亩广场"。这个区域到处都是马厩和马车厢，旁边有些街上还零零星星建有几栋褐砂石房子。位于长亩广场西边的新阿斯特酒店即将竣工，名叫奥斯卡·哈默施泰因的德国移民从1895年的奥林匹亚剧院开始，已经建好了几座剧院。可地铁与《纽约时报》，才是日后剧烈变化的联合推动剂。

1896年，当一个名叫阿道夫·S.奥克斯的人在纽约开启职业生涯时，几乎没人能预测到未来会发生那么剧烈的改变。奥克斯当时三十八岁，他是德裔犹太移民的儿子，他的父亲参加过美墨战争和美国内战，随后在肯塔基州的路易斯维尔定居。阿道夫在十四岁那年辍学，随后书写了属于他的美国梦故事：他先是在《诺克斯维尔记事报》打杂，接着去印刷厂做学徒，一步一步飞快地在二十岁那年做到了《查塔诺加时报》出版人的位置。他把那份脆弱的4页报纸打造成为美国南方最好的报纸之一。在纽约旅行时，一个机会出现在他面前，奥克斯抓住了。1896年，他用借来的7.5万美元买下了实际上已经破产的《纽约时报》，着手将其改造为声名远扬的报纸。奥克斯买下《纽约时报》时，这份报纸的每日发行量只有9000份。不到一年，这个数字就攀升到了70000份。

美国与西班牙不断积累战争情绪前，奥克斯拒绝加入侵略主义浪潮，正是用这种方式，他确立了自己的名声。即便与赫斯特和普利策的报纸相比，《纽约时报》的文章显得有点沉闷，但《纽约时报》的报道直截了当，没有浮夸的反问。这个决定并非完全出于理想主义考量。奥克斯的预算很少，所以他不可能派记者去古巴，让报纸上登满战争的消息。可这反而让他显得审慎、明智、克制和成熟。当他证明冷静的新闻报道也能赢得读者，当他拒绝庸医和江湖骗子做广告的邀请时，奥克斯的报纸开始赚钱。

到了世纪之交，奥克斯坚信，他必须把报纸搬离公园大道。布鲁克林大桥的交通流量越来越大，再加上市政厅公园那土气的邮局，导致报纸从报社送到读者手上的难度越来越大。奥克斯开始在上城寻觅地方。

奥克斯并非第一个将目光聚焦在上城并且看到未来的报人。1893年，年轻的詹姆斯·戈登·贝内特把他的《纽约先驱报》搬到了第三十五街的新地址上，正好面对百老汇。建筑设计师由斯坦福·怀特担任，可他的设计却受到脾气古怪的客户提出的奇怪要求所限。其他建筑都在向天空发展，可贝内特却坚持选择只有2层高的低层建筑，还配有落地窗，以便向普通人展示印刷室的样子。从一开始这就是个失败的设计：这栋建筑既拥挤又不实用，印刷机一开整栋楼都在震动。但贝内特还是想办法让那个地点被命名为"先驱广场"，这个名字沿用至今。

奥克斯有着相似的野心，不过智慧却在他设想未来时起到了重要作用。他先是四处考察，否定了其他地点后，把《纽约时报》的办公地址选在了长亩广场。

做出这个选择，奥克斯靠的是一种纯粹的信念，很多人，包括竞争对手都认为他只是愚蠢。他们说，这个地点不仅离公园大道和下百老汇太远，而且很危险。奥克斯明白个中风险。他知道长亩广场距离第五大道和第七大道、第二十四街到第四十街之间邪恶的"油水区"只有几分钟路程。油水区用自己的方式，衬托得老五点区就像伦敦上流社区梅菲尔一样。从19世纪80年代中期开始（五点区那时开始改革，逐渐失去传统特点），油水区成了曼哈顿最臭名昭著的社区，到处都是小酒馆、妓院、赌场和舞厅，坦慕尼协会的保护和警察的腐败共同造就了这个地区的堕落。"油水区"这个名字源自绰号"夜总会"的警长亚历山大·威廉姆斯。据说他成为当地警察分局的主管时，曾说过这么一句话："我吃了很长时间肩肉牛排了，现在我准备来点儿里脊油水。"

9年后，发了一笔小财的"夜总会"离开了当地。没有他的油水区还在继续运转。大多数有"女服务员"随时待命的小酒馆和"音乐沙龙"都位于第六大道高架线的阴影下，烟尘污浊让周围环境变得更加肮脏破败。这里的顾客既有凶恶的坦慕尼政客，也有在贫民区生活的大人物，还有国内外的生意人以及真正的坏人。城市娱乐行业的专业人士们迎合了他们的需求，男人们在包厘街或第十四街学会了强硬手段，为他们工作的通常都是陷入绝望境地的女人。宗教改革人士称这里为"撒旦的马戏团"，和在纽约其他地方一样，他们只拯救了少数灵魂。

油水区不是奥克斯需要顾忌的唯一地区。长亩广场的西边还有地狱厨房，范围从第八大道延伸至哈德逊河，在第三十街到第五十九街之间。这片区域的外观很难看，其中遍布屠宰场和火车调车场，北河的码头上停靠着豪华客轮，还有仓库和廉租房。生活在那里的很多是体面人，大部分是爱尔兰人，也有苏格兰人、意大利人和非洲人，他们要么在码头要么在工厂工作。可那里也有犯罪团伙，比如地鼠帮、店堂帮和猩猩帮，他们大规模地从铁路、码头上偷东西，或者经营最廉价的酒馆和妓院。那是城市中最野蛮的区域。过了一两代人后，感伤主义者开始推崇"时报广场失落的黄金时代"这种概念。但他们总是忘记时报广场的周边，也就是油水区和地狱厨房。

奥克斯当然不是感伤主义者。想必他也感受到了周边社区的潜在危险。从理论上说，正直的警察可以管控这个区域，好学校和诚实地工作也能让人们不再暴戾。但奥克斯肯定了解了其他因素：这会是曼哈顿岛上最后一块大型广场。

几个世纪以来，商业化的百老汇不断向北延伸，从鲍灵格林扩展到联合广场及麦迪逊广场，最近又扩展到了先驱广场。每个广场在各自的鼎盛时期，均由各种商业建筑、剧院、酒店或餐馆将时间变为金钱。或者说，时间被舞台上的笑声和泪水涂抹过。每个广场都曾出现过停滞，主干道也都出现过扩张。在各自的时代，每个广场上都出现过大量集会、示威、游行和纪念仪式，都曾经历过吵吵闹闹的周六夜晚和精疲力尽的周日清晨。每个广场都曾站着灯笼裤佬和名人，站着爱尔兰科克郡、意大利帕勒莫和白俄罗斯明斯克的孩子；还有杂耍艺人、吹笛子的人、鼓手和小提琴手，会跳舞的狗和会行走的蛇；有大声拉客的人、警察、无政府主义者和被免去圣职的牧师；有加入工会的男男女女；有寻找人类所有疾病治疗方法的人，找寻着治疗饥饿、发烧、水痘、孤独之痛的良方；小贩们移动他们的"店面"手推车，里面装满了牡蛎、蛤蜊和龙虾，还有烤玉米和炸土豆，最后变成了热狗、汉堡、冰沙和冰淇淋。那些广场都是城市中重要的人类"锻造厂"，吸引各种各样的市民来到共同空间，吸引他们来到锻造"人类大合金"的地方。这些广场几乎都是世俗的，它们不欢迎托克马达、萨弗纳罗拉这样的宗教狂热分子，而是把赞美留给棒球运动员、军人和世界重量级拳王。

奥克斯还明白另一个重要道理：时报广场之后再无地方可去，第五十二街以北正在发展的地区，再无开辟公共广场的空间。原因很简单：占地843英亩的中央公园起点位于第五十九街，而且1853年的设立条款坚持公园永远不得进行商业开发。当中央公园1859年向公众开放时立刻受到全体市民的真爱，吸引了大量人流，但周围却没有形成商业圈。几乎可以肯定的是，当时还被称为"长亩广场"的地方将会是曼哈顿岛上最后一块大型广场。

奥克斯认定，这些风险值得他赌上一把。不管怎么说，他已经在长亩广场一带看到了未来的信号：那里有一些早期形态的剧院，有几家酒店，还有很多餐馆。新开的餐馆，比如雷克特、山利和丘吉尔，都是面向剧院观众的"龙虾宫"。电力在19世纪30年代已经把百老汇变成了不夜街。第四十二街到中央公园之间的大部分区域仍处于未开发状态，但奥克斯并不是唯一意识到未来趋势的人。帮助他做出这个决定的，除了他了解到的新地铁线路外，还有来自坦慕尼协会中市议员朋友的鼓励。

对奥克斯的决定至关重要的因素就是地铁，地铁的终点设置在第四十二街与第七大道（最初计划中这只是纽约本地的车站）。经过1898年曼哈顿岛和外部行政区合并后，大纽约地区的人口达到了400万。每年大约有80万移民抵达纽约，他们不可能都住在曼哈顿。曼哈顿大桥和威廉姆斯堡大桥正在建设，计划与布鲁克林大桥一起，为数百万纽约人打开通往布鲁克林的通道，可如果移民住的地方离他们在曼哈顿的工作地太远，他们就需要快速地铁弥补通勤损失的时间。不管过去还是现在，地铁的优点都直接又明确：如果来到交通堵塞的地面下方，你就能更快到达目的地。计划中地铁的移动速度比路面上的任何交通工具都要快，速度也是高架火车的3倍。对生意人奥克斯而言，如果没有地铁，长亩广场便是一个根本不适合报纸办公的地方，他在讨论时还坚称，新系统一定可以让他把地铁车厢用作货运车厢。他也想给办公所在地改名，就像贝内特重新命名先驱广场那样。1904年4月，奥克斯得到了他想要的结果。纽约市长宣布，长亩广场改名为"时报广场"。

最初的地铁线路计划同样被修改，计划中的车站变成了快车站，与10月完工的时报大厦连通在一起。时报大厦以佛罗伦萨著名的乔托钟楼为原型，地面以上共有22层（高375英尺），地基深度为55英尺。时报大厦的印刷室位于地铁站下方，这让奥克斯可以将大量报纸直接搬进地铁车厢。1904年年底前，奥克斯将11台新的默根特勒的莱诺排铸机放进地下印刷室，又从公园大道451号的老房子里搬来了27台机器。

1904年春天，在上述工作完成前，奥克斯启程前往欧洲和家人一起度假。德意志号沿北河而下，奥克斯走到围栏边，看着曼哈顿岛。后来，他在给母亲的信中这样写道：

> 当我们的船逐渐远去，纽约中部那栋新建筑隐隐呈现出了美丽而巨大的轮廓，想到建设这栋楼的相关故事，

我不禁激动起来。在世界大都市众多的优秀建筑中，它就那样显眼地矗立在那里——我真的开始感伤了。这就是美，尽管这栋建筑花费的250万美元确实让我颇为焦虑，可它就在那里，它将会是一个男人挚爱的丰碑。

奥克斯选择在跨年那天正式开放时报大厦。很多年后，当他的报纸举行百年纪念日庆祝时，伟大的《纽约时报》记者迈耶·伯杰写下了一篇回忆第一次在世界大都会上夜班的文章：

> 1904年除夕，时报广场上挤满了成千上万吹着喇叭、摇着铃铛参加聚会的人，有些专程来看时报大厦顶层漂亮的烟花表演。中城的上空回荡着震耳欲聋的爆炸声。在首届时报广场的新年表演中，烟花围绕着时报大厦，直冲中城的天空。这样的集会形成了传统，《纽约时报》的电工们控制着代表即将过去的一年和新一年的倒计时白炽灯。一个巨大的发光圆球从时报大厦的柱子上滑落，象征旧的一年过去，震耳欲聋的响声让远在人行道上的人们也能开始狂欢。最后一簇烟火将"1905"的字样打上天空，人群发出尖叫，一直喊到声音嘶哑。那是那个时代最伟大的宣传活动之一。这是奥克斯的创意，

他知道这种广告活动有多大价值。

时报广场的第一次集会人数就超过20万，新年传统就此出现，并且一直不断发展，最终形成现在的形态。人们不是非要等到新年才会把时报广场变成他们的公共集会场所。第二次世界大战尾声，1945年8月14日的对日战争胜利日，超过200万人在即将到来的喜悦与解脱的气氛中涌向时报广场。7∶03，时报大厦外的电子滚动屏上出现了所有人都在等待的文字：**杜鲁门正式宣布日本投降**。人们彻底疯狂了。几英里外的地方都能听到人们的喊声。

时报大厦外墙上的电子滚动屏设置于1928年，上面24小时不间断播报新闻。从"二战"结束后到电视普及前的年月里，我是无数站在街对面看滚动屏信息的纽约人之一，那给人一种文字版广播的感觉。如今，每次看到阿尔弗雷德·艾森斯塔特那天在时报广场上拍下的水兵亲吻女孩的著名照片，我都希望自己身在现场。然后我想起自己在布鲁克林的街道上感受到的纯粹喜悦，从那里走出去的那么多年轻人，他们是助美国赢得战争的90万纽约大军的一员。在战争中阵亡的6万人中也有不少布鲁克林人。我的街道上，人们也在拥抱，在亲吻，有些人还哭了。

1945年时，《纽约时报》早已搬离时报大厦，事实证明那栋建筑太小，不适合出版发行美国最优秀的报纸之一（大厦1965年被出售）。《纽约时报》将更大的总部设置在西城第四十三街，到我写下这本书时，他们仍然留在那里。可当我还是个孩子、开始去往那个地方时，早年间那个闪闪发光、迷人的时报广场，早就消失不见了。

1904年后的10年里，时报广场内外都曾出现过奢华迷人的光景。富有的年轻男性每天晚上在剧院看完演出后，都会带着《芙罗拉杜拉女子秀》中的演员，以及后来弗洛伦兹·齐格菲尔德的《富丽秀》中的明星现身豪华餐厅。龙虾餐厅都设置在地下室，所以人们可以招摇过市般走下擦得锃亮的楼梯。有钱人泰然自若地与风流女子混在一起，他们的行为被来到现场的记者记录下来，而这都意味着主宰了虚伪的镀金时代、进口自外国的维多利亚主义开始松动。龙虾餐厅里、新剧院屋顶花园的舞池中，到处都是钻石、大把大把的钞票以及禁忌，但这番场景没能持续下去。

第一次世界大战爆发，以及1915年格里菲斯未删节的电影《一个国家的诞生》上映，给社会带来了第一波冲击。世界似乎按下了暂停键，一边是《芙罗拉杜拉女子秀》带来的无脑狂欢，另一边是几百万人在欧洲被屠杀，人们仿佛不知道该如何选择。可以肯定的是，新剧院不断开门营业，制作人排演了更多演出，可观众似乎不太买账。这桩生意并不好做。

然后，其他事发生了。最重要的是，当停战协议终于让一战各方放下手中的武器后，美国颁布了禁酒令，这让龙虾餐厅和屋顶花园失去了酒精饮料收入。这些地方很快关门大吉。黑帮在小路上开设了地下酒吧。私酒贩子成了盖茨比式的浪漫形象。第四十二街上的很多剧院转为轻歌舞剧院，或者开始放映电影这个新事物。电影院的规模越来越大，抢走了剧院的观众（1927年建成的洛克希电影院总共拥有6000个座位，耗资1200万美元）。20世纪40年代就像今天一样，现场戏剧仍然坚守在百老汇西区，但垃圾摇滚乐已经开始吞没时报广场。爵士乐时代那种自诩的优雅风格基本消失，一战前含蓄精妙的诱惑让路于更直白的年轻叛逆。很少有精英人士再去时报广场了，那里更像是民粹主义者的集会场所。

再然后，大萧条时代到来了，第四十二街开始了似乎终局式的衰败。轻歌舞剧被更原始的滑稽歌舞杂剧（通常含有脱衣舞）取代。城市其他区域的流浪者开始出现在这里，这些人就是早期的"午夜牛郎"。拉瓜迪亚市长禁止滑稽歌舞杂剧上演，但第四十二街用三流电影取而代之。整片区域发展出来的状态，在我第一次看到这条街道时仍然存在。这是属于弹珠游戏厅、拉夫电影院、赫伯特博物馆和跳蚤马戏团的时代，是舞厅和木瓜水果摊的时代。第二次世界大战期间，这条街道上到处都是离开停在北河的军舰上休假的水兵，他们不怎么去看尤金·奥尼尔的戏剧。

到了上世纪60年代中期，海洛因泛滥于第四十二街，合法剧院的老板们活在恐惧中，害怕污秽四处传播。经过最初的震惊，那些经历过美好时光的人们开始想念过去。可现在，连怀旧都无法让人感到慰藉了。对大多数人来说，厌恶已成为他们仅剩的情绪。

1990年，大部分理智的人已经放弃了绰号变成"大本营"的第四十二街。这里已经演变为人类最可怕的发明：隐喻。他们说，这一条街就代表了纽约的未来，甚至代表了所有美国城市的未来。街道上下，到处都是丑恶。刺眼的灯光下，随处可见色情商店、色情演出和功夫电影。站在阴影中的是海洛因和可卡因毒贩，强奸离家出走者的罪犯，看起来像打了激素的戴安娜·罗斯和卡罗尔·钱宁，头发里藏着剃须刀的异装癖。1985年后，艾滋病也成为这条街道的一部分，像所有瘟疫一样静悄悄地秘密传播。精神错乱同样属于街道风景。在20世纪70年代，许多疯狂的人从纽约的机构中获释，这一决定将国家节省财政的需要与理想主义的信念结合在一起,即如果精神错乱者与其他人一起生活就会感到"正常"。他们要做的就是吃药。可他们没有吃药。很多人加入流浪汉大军。其中一些不可避免地流浪到"大本营",你会看到一个人,他瞪着眼睛、神情紧张,说自己是罗纳德·里根流落在民间的兄弟;另一个人举起树枝,上蹿下跳,咆哮着自己发明的语言;第三个人则只是冲着月亮嚎叫。这些男人(很少有女人)非常危险,但他们并不邪恶。

邪恶的人游荡在第四十二街和第八大道的地铁站。他们带着绝对反叛的态度抽着大麻。或者十多个人走在街上,推搡老年人,偷钱包或抢手包。不论光天化日还是午夜时分,你都能看到他们成群结队走在人行道上,比如来自"野蛮头骨帮"的成员,渴望可卡因的无业者让他们的地位水涨船高。他们把中年人逼得走投无路。那些前往港务局汽车站、准备乘公交前往新泽西郊区的人,经常害怕得瑟瑟发抖。年轻人在大笑。他们中的大多数都是从未有过童年的年轻人。

这一切都只是城市宏大叙事的一部分。上世纪60年代末,心狠手辣的地主开始故意烧毁自己在布朗克斯南部和布鲁克林的老旧公寓,他们花钱找来未成年纵火犯,从保险公司拿到赔偿金后去佛罗里达过上了退休生活。在曼哈顿,人称SRO(单间房)的破旧老房子被房主一步步改造为高档公寓,成千上万的男人(和一些女人)被赶到了街上。社会上还出现了另一种现象：女人和孩子被大规模抛弃。这些女性通常没有受过良好教育，在毒品和酒精中苦苦挣扎。孩子的脸上总是露出困惑的表情，很少说话，他们就像19世纪50年代五点区的孩子一样被生活击倒。那些孩子的父亲不在他们身边。他们在监狱，或者和其他人一起生活，要么像女人说的那样，"在风中"。

到了20世纪70年代，在财政危机爆发前，危险就已经变得极为普遍。先驱广场附近有几家福利旅店，十岁、十一岁的孩子组成团伙，仿佛食人鱼一样攻击前往梅西百货和金博尔百货购物的人。报纸给他们起了"野蛮年轻人"的名字。很多人不再前往先驱广场。有小群团伙"购物"（他们自己的说法）的地铁上，女性不再拿着宣传商店名称的购物袋。孩子们经常洗劫果蔬店，我有一次在第八大道看到过一个韩国人拿着砍刀追赶几个孩子。夏天，很少有人在室外摆出桌子了。有人在中央公园举办夜间音乐会，但很多纽约人害怕，不敢参加。在一些音乐会上，很多人会遭到野蛮年轻人团伙的攻击。

快到70年代末时，每一个纽约人，不管是男是女，或者白人、黑人、拉丁裔，都学会了与恐惧共同生活。地铁乘客数量减少。每一间公寓门上似乎都有三道锁，挤在一层小小空间里的酒吧也是如此。每过几个月，都会曝出一家人被活活烧死在租住公寓里的新闻，因为窗户也被装上了栏杆，而且没人有钥匙。市面上出现了电影录像，泡在电视机前的人群诞生了：这些人呆在家里，一边吃着外卖食物一边看电影。下午的第四十二街，人行道上到处都是披萨饼边、橘子皮、烟头、碎报纸，还有各种经过漫漫长夜已经认不出样子的垃圾。"大本营"地区的墙上贴着电影海报，宣传的都是毫无感情的性爱、单纯的恐惧，或者两者的结合。时间慢慢过去，访客在这条街上听到了另一种声音：打开可卡因小瓶的咯吱声。

金博尔百货彻底关门歇业。达蒙·鲁尼恩在上世纪30年代写下的故事，现在读起来就像童话，满是怀旧之感。福利救济人员名册上的姓名超过100万，城市中生活着成千上万的儿童，他们生来就不认识有工作的人。"大本营"里也开设了几家福利旅店。瘾君子父母斜靠在脏兮兮的走廊上，孩子在他们身边斜靠向其他方向。有些孩子独自走上街头，等在那里的则是性侵犯。恋童癖的胆子越来越大，市场也越来越大，邪恶之徒在车站等待离家出走的孩子，开车回到位于郊区的家之前，客户会先消失在秘密小屋。在90年代初警察的一次搜查打击中，他们从这个邪恶又可怕的地下世界里解救出了将近10000人。

大多数受害者是黑人或拉丁裔。在他们从小长大的世界中，每天晚上走到第四十街都能看到皮条客在殴打手下的妓女。他们生长在一个满是瘟疫的世界，到处都是毒品、枪支、文盲、随机的暴力和艾滋病，结合在一起创造出了连但丁都想象不出的虚无地狱。当然，也有充满无私怜悯心的人们想伸出援手。地球上最富有的城市发生这样的事，这让他们出离愤怒。有些人就像当年走进五点区帮助穷人一样，是乌托邦式的理想主义者。其他人则更现实，他们相信只要解救一个孩子，就相当于启动了解救所有孩子、改变系统性问题乃至改变整个世界的艰难过程。有些孩子得救了，有些家长得救了。但数量永远不够。

很多无依无靠的孩子成长为心狠手辣的青少年，这绝非偶然。他们接受了冷酷暴力的新城市文化。他们坚持无爱的性交，要求他人的尊重，尽管他们从未挣得这些尊重。他们都想拥有枪，而且发现买枪像买毒品一样简单。他们也在时报广场的店铺里买刀。他们的脸上仿佛带着面具，意欲激发他人的恐惧：死亡般的凝视，空洞的表情，紧闭的双唇。他们的穿衣风格，着重强调城市贫困地区的出身，比如不系鞋带的靴子、松垮的超大号牛仔裤、反着戴的棒球帽，有些学者将其称为后现代主义的贫民窟风格。他们永远不会坐在办公室工作。他们爱听的是嘻哈音乐。少年感化院和监狱是他们的预备校。在那里，他们学到了更多制造恐惧的方法。

而制造恐惧是他们唯一的成功。"大本营"成为他们的剧院。他们吓走了非洲裔美国人、外国游客和曾经在时报广场寻求快乐与消遣的纽约人。连神父和警察到了这里都小心翼翼。对于在险恶环境中长大的孩子,从失落的童年到监狱,"大本营"是在这之间最能让他们过上充实生活的地方。预言社会毁灭的人们看着"大本营"和其中的野蛮年轻人,他们坚信做什么都无济于事。这不是万劫不复之路,这本身就是万劫不复。

当然,从上世纪60年代开始,在自由派民主党约翰·V.林赛担任市长期间的很长一段时间里,公众都在号召改革。人们召开会议、组建委员会、展开调研,也制订计划。报纸上发表了各种各样的社论,既有人充满希望,也有人满怀怒火。可在1975年,纽约市遭遇了另一场灾难:财政危机。突然间,纽约不得不面对残酷的现实。自由派社会项目经过几十年永远扩张、从不收缩的发展后,纽约再也拿不出钱还债了。显然,城市也没有公共资金可以重修时报广场的第四十二街。归根结底,这里只是一块巨大城市中的碎片罢了。实际上,财政危机导致一些绝对必要的社会服务项目预算被缩减。举个例子,几千名警察失业,这自然让犯罪老手心花怒放,也是在鼓励新手进行犯罪活动。城市的犯罪数量大幅增加,每年的凶杀案数量从50年代的平均350起飙升到超过2000起。所有人都认同,第四十二街已经到了前所未有的糟糕状态。我记得自己曾经问"大本营"里的一名警察,面对这么糟糕的街道,他会做些什么。

他的回答是:"用砖头围起来。"

几乎没有纽约人觉得堕落的第四十二街会有一个美好的结局,可事实上,我们却得到了一个相对美好的结果。有时,奇迹确实会发生。上世纪90年代,经过计划、努力,加上富有智慧的政治家和纯粹的好运气,"大本营"终于得到了改造。第一个改变发生在街道边缘。纽约市清理了第六大道东边的布莱恩特公园,将其打造成环境优美的绿地,供普通市民,而非毒贩和瘾君子使用。人们在这里举办音乐会和时装秀,也可以在午后时分安静地坐在长椅上。第九大道和第十大道之间从1977年开始开发的一大片名叫曼哈顿广场的住宅区,尽管没能成为豪华住宅区,但成了作家、艺术家、音乐家、演员以及老年市民的优惠住宅。这有助于稳定大本营糟糕的西边一带。曼哈顿广场的路对面,7家剧院很快联合组成了剧院街,将"外外百老汇"的概念引入了距离传统剧院只有几个街区距离的安全之地。百老汇剧院多年来只不过挤满了外地游客、疲惫的销售人员以及他们的客户,真正的戏剧早就换到其他地区上演了(这种概述当然存在例外)。突然间,舒伯特巷的百老汇近在咫尺,从外外百老汇步行就可抵达。最开始人们只是在试探，但他们越来越有信心，围绕中心剧院和曼哈顿广场开始出现另一种生活方式：餐馆、杂货店和干洗店。

与此同时，时报广场的面貌也在发生改变：走在那里的人变成了体面的市民、房地产员工、基金会成员、认真履职的政府官僚、区域规划法案的起草者和建筑师。公众并不熟悉这些人，但政治家提出的主要目标却让他们倍感振奋——拯救时报广场，而且从第四十二街开始。他们超过20年的努力终于付诸行动，而且还配上了纽约式加速度。他们觉得不需要用砖墙围起来，不需要将其变为新一代毫无个性的洛克菲勒中心，他们也能拯救这个区域。他们坚持认为，时报广场的个性可以在历史进程中留存下来。

最开始，改变是微小而渐进式的。港务局汽车站得到扩建，接着得到执勤的警察清理，他们强迫流浪汉离开那片区域。便衣特勤寻找离家出走者，从坏人手中解救他们，温柔地说服他们回家。时报广场成为一种象征，展示整座城市正在发生的变化。

市长戴维·丁金斯在任期的最后一年为警察局补充了5000名新警察。他的继任者鲁道夫·朱利安尼和警察局长威廉·布拉顿充分展示了如何使用这些警力。他们采用了名为"COMSTAT"的计算机系统，坚持让警察局指挥官负起责任。数不清的报刊杂志文章已经详细记录了他们的故事，尽管蛮横的个人行事风格给朱利安尼引来了一些不必要的麻烦，但新系统还是起到了作用。犯罪率出现暴跌。

朱利安尼的运气也很好。华尔街的行情和股市飞速向好，这让市政府有钱做财政紧张时期不能做的事。可卡因热潮慢慢消散，贫民窟的孩子开始远离毒品。他们看到毒品对自己的父母、兄长造成了怎样的伤害。在贫穷社区里，很多人开始提倡全新的个人责任，1995年10月华盛顿的百万人游行活动是其中最知名的事件。一个又一个发言者表示，黑人必须照看自己的孩子，指引他们拥有完整的未来。游行结束后，人们乘坐公交、火车，挤进拥挤小汽车回到家中。改变的过程确实在缓慢而稳定地发生。同时，当地开始强制推行国家性福利改革，朱利安尼执政期间，纽约领取福利救济的人数减少了超过50万。另一方面，20世纪最大的移民潮出现了，超过100万来自中国、多米尼加共和国、俄罗斯、韩国和墨西哥的新移民抵达纽约，也带来了新的职业精神。传统的纽约大融合获得了重生。

紧接着，奇怪的事发生了，大本营地区最明显。低价电影院一次一两间地逐渐关门。福利旅店和色情商品也关门了。"野蛮年轻人"式的团伙越来越少。迪士尼公司公布了一份宏大的翻修计划，对象是1903年建成，曾经上演过齐格菲尔德《富丽秀》,但在当时已极其破败的新阿姆斯特丹剧院。1994年,他们使用市政资金开始翻修这个剧院(翻修工作非常谨慎)。迪士尼的名字吸引了其他投资者。没过多久,报纸上就出现了大量报道。人们也在另一个层面见证了改变的发生。多少年来,我第一次在地铁上看到女性拿着梅西百货的手提袋。还有人甚至在地铁上做了20年来不敢做的事:小睡一觉。

朱利安尼担任纽约市长第二年的一个夏日夜晚,我走进了第二十二街和百老汇交界处的一栋建筑,我妻子在那里拥有一间小办公室。我们准备一起吃晚饭,我告诉她我会在楼下、在外面等她。楼前的花园被一堵低矮漂亮的砖墙围着。我坐在墙上,像年轻时站在东城第九街的门廊下一样,看着来来往往的人们。一个白发男子和他敦实的妻子走了过去,在下城温暖的空气中亲密地窃窃私语。街对面的餐馆在人行道上摆出了4张桌子,玻璃罩里的烛光点亮了周围,每张椅子都坐着人。一个年轻女人从我身边跑过,跳入一个年轻男人怀中,两人拥抱在一起。3个年轻黑人在另一个侧慢慢行走,身上穿的是帮派分子式的夏季服装。他们聊到了下一个月,聊到他们将要进入城市大学。一个六十多岁的男人走了出来,坐在离我10英尺远、靠近花园灯的砖墙上,他朝我点了点头,然后开始看报纸。手里拿着收音机的拉丁裔男子走了过去,他在听大都会队比赛的直播。我心想:结束了。

我的妻子走了出来,在这座属于我、属于她的城市里,我在这个小空间里拥抱了她。而她只想知道,为什么我的眼里含有泪水。

跋

陈词滥调是真的——没有什么能永远存在。我在前面写过，当年的荷兰小镇几乎没有留下物质遗存。英国长达117年的殖民统治，除了语言、地名和某些街道名，也没有留下其他东西。可荷兰人和英国人还是能认出这个地方，而两者注定结合在一起的后代——灯笼裤佬，也能认出这个地方。他们可能需要几周时间，才能在震惊中适应建筑物的高度和先进的科技。可最初的荷兰人，以及接受并完善了他们冷静智慧的英国人，还是能认出流传至今的某些模板。最初的定居者知道，人类共同生活在这里的唯一方法，就是学会宽容。有时是勉强的宽容，有时则是结合了虚伪的眨眼与耸肩的宽容。但归根结底，这是建立在一个基础性事实之上的宽容：有人和我们不一样，为了生活，我们必须接受他们。

想必最初的纽约人也知道，正是撤退与前进、衰败与复兴、腐败与改革，才能造就活着的城市。这是可以追溯到古希腊和古罗马的欧洲历史留给人们的教训之一。具体细节总是各不相同，但不管细节如何，相似的循环总是在建构纽约的历史。在我写这本书时,我们正生活在城市生命周期中的美好阶段,而这可能正是漫长历史中最惨烈灾难带来的结果。周期性历史的第一个自然结果,就是城市及其人民总是充满矛盾。我们因为时报广场和第四十二街的衰败而哀叹,当它们重获新生时,又有很多人抱怨他们被"迪士尼化"。我们假装很坚强,可看到孩子在事故中遇害的新闻也会掉眼泪。有时我们对陌生人很粗鲁,可我们也会竭尽全力帮助那些陌生人。我们喜欢吹嘘自己慷慨,可我们会强烈抗议任何可能帮助弱势群体的新税种。不出意外,尽管心怀不满,我们还是会交税,这正是纽约成为美国税负最重城市的原因。毕竟,正是这座城市,让沃尔特·惠特曼颂扬每一个人潮汹涌的嘈杂日子,让他大声唱出民主之歌。可这也是惠特曼逃离的城市,人生最后18年,他一直生活在新泽西。在诗歌中,惠特曼找到了自身矛盾的优点。我们的人生,很多人的人生,皆是如此。纽约人经常抱怨,说在这样一个地方不可能过上体面的生活。有些人甚至选择离开,但其中大多数还是回到了这里。我总是觉得,没有矛盾,他们便无法生活。

和很多纽约人一样,我也在尽量充实地度过自己的人生。可我就是没有足够的时间,去了解自己想了解的一切。在我心中的曼哈顿,哈莱姆就是例子之一。我住在下城,而哈莱姆定义了上城区，我明知道那只是恍惚之间的感觉，但还是觉得自己拥有这个地方。年轻时，我去那里听音乐人的演奏，有些晚上会坐在第一百三十五街与第七大道上的小天堂俱乐部，有时则身在热闹的阿波罗剧院。从海军退役后回家的那个夏天，我在弗兰克餐馆外面看到艾灵顿公爵和他的朋友站在一起。他是我见过的唯一真正的美国贵族，但我还是太胆怯，不敢上前打招呼。

1960年秋天，我被报纸的城市版编辑派到第一百二十五街上的特蕾莎酒店，报道围绕菲德尔·卡斯特罗的种种纷争。他来到纽约参加联合国大会，先是和随行人员一起住进了默里山地区的酒店，但他很不喜欢那里，于是换到了哈莱姆。在那里，他分别与苏联的尼基塔·赫鲁晓夫及埃及总统纳赛尔会面。但国家大事只是故事的一部分。人们聚集在特蕾莎酒店外，就为看一眼年轻的卡斯特罗。有些人在卡斯特罗抵达、离开时发出欢呼。但街上也有反卡斯特罗的古巴流亡者，还有认同美国众议院亚当·克莱顿·鲍威尔观点的美国黑人，他们觉得卡斯特罗只是为自身目的利用了哈莱姆。

反卡斯特罗的古巴人中，有一个人长得和菲德尔诡异地相似。他个子很高，留着菲德尔式的胡子，戴着菲德尔当时偏爱的角质镜框眼镜，手拿一根巨大（未点燃）的雪茄，看起来很疲惫。摄影师们爱死他了，UPI（合众国际社）有一个名叫安迪·洛佩兹的摄影师,他拍摄过菲德尔在古巴的胜利进程,他也在追拍这个人。尽管存在安全隐患,但摄影师们还是在特蕾莎酒店的中层租下了一个房间。他们把房子让给了菲德尔的模仿者。当特蕾莎酒店前的人群中出现菲德尔的追随者时,摄影师就会悄悄对他们说,他们有机会私下见到心目中的英雄。听完这话,这些人就会走进酒店。直到今天,肯定还有女人坚信自己年轻时曾和马埃斯特腊山区的英雄春宵一度。

这些年来,我开始用其他方式了解哈莱姆。我拜访过第一百二十五街上的肖姆伯格黑人文化研究中心、阿比西尼亚浸信教会,还有年轻作家举办研讨会的弗雷德里克·道格拉斯中心。我见过马尔科姆·X面对2000人发表演讲,他的语言生动鲜活,几乎每一个字都能听出他那如火山一样的愤怒。我报道过太多没有登上过报纸的谋杀案,就是因为这些谋杀案发生在"错误的地址"。我报道过几次火灾,也报道过一次恐怖程度不及沃茨、底特律和纽瓦克的骚乱。我在街头听过黑人民族主义者的宣讲,习惯了被人叫成"蓝眼睛魔鬼"。我与黑人美军士兵的家人交流,他们的亲人出发去了越南,装在运尸袋中回到家乡,永远年轻。

很多哈莱姆的居民欢迎我,向我说起他们的恐惧。他们和所有纽约人害怕同样的东西:毒品、枪支和野蛮的年轻人。他们通常对警察非常愤怒，因为那些警察用警棍和枪做过的事，也因为那些警察没有做过的事（抓捕毒贩）。和所有纽约人一样，哈莱姆的居民经常自我矛盾。但我仰慕他们的智慧、勇气和犀利的怀疑主义态度。没错，如果你是有色人种，你还会遭遇大量的社会不公。可他们是纽约人。他们的怀疑精神很少沦为空洞的愤世嫉俗。他们相信哈莱姆的生活会变得更好，因为纽约的生活会变得更好。"这是我的城市，兄弟，"在毒品最为泛滥的年代里，一个哈莱姆的居民这样对我说，"我哪儿也不去。我们会战胜那些王八蛋。"

他们也确实是这么做的。到朱利安尼执政时期，改变已经在进行了。很多黑人讨厌朱利安尼，有些人甚至痛恨他，可他和警察局长正在拯救黑人。黑人对黑人的犯罪数量出现下降，纽约最暴力的犯罪行为都是黑人针对黑人实施的。越来越多的非洲裔美国人从大学毕业，与他们之前接受过教育的世代不同，这些人留在了纽约。在哈莱姆，他们改造了很多破败的褐砂石建筑，让这些建筑重获新生。其他纽约人注意到了他们。80年来，白人第一次开始与黑人争夺哈莱姆的房子，有些街区还出现了不同种族混住的情况。一些思想没有改变的60年代黑人民族主义者反对白人进入哈莱姆，可他们的反对声要么充满种族歧视色彩，要么都是过时的论调。在爆发式发展的年代，大多数哈莱姆居民没有时间参加任何反对渐进式改变的运动。很多非洲裔美国人已经死在了追求种族融合的年代。现在他们怎么会抗拒融合呢?

与迪士尼等投资者复兴第四十二街差不多同一时期,第一百二十五街也发生了类似的改变。前篮球明星"魔术师"约翰逊开设了一家拥有13块大屏幕的多功能电影院,那里上映的都是新电影。街上出现了录像店、唱片店,一家本与杰瑞冰淇淋店,还有各种服装店和餐馆。这些当然都是中产的生活,但哈莱姆居民根本不眷恋所谓贫穷的浪漫。他们太明白贫穷是什么滋味了。接近20世纪末的哈莱姆,就像纽约其他很多地区一样,似乎迎来了瘟疫年代的结束。

但我始终没能像了解曼哈顿岛其他部分那样了解哈莱姆。主要原因还是很简单:我没在那里交过房租。我以游客的身份拜访哈莱姆,再返回位于别处的家。我读过哈莱姆的历史[1],也看过很多优秀的小说,可这些读物无法像日日生活在一个地方那样带来那么多知识。只有生活在一个地方,你才

---

[1] 想了解哈莱姆丰富的历史,詹姆斯·威尔登·约翰逊(James Weldon Johnson)的《黑色曼哈顿》(*Black Manhattan*)和吉尔伯特·奥索夫斯基(Gilbert Osofsky)的《贫民窟:黑人纽约,1890—1930》(*Harlem: the Making of a Ghetto; Negro New York, 1890–1930*)等经典著作不容错过。以埃里克·霍姆博格(Eric Homberger)的《纽约城》(*New York City*)中的哈莱姆章节为开端也是个不错的选择。拉尔夫·艾利森(Ralph Ellison)和阿尔伯特·穆雷(Albert Murray)的小说也是必不可少的阅读选择。——原注

能吸收它真正的韵律，才能读到不为外人所知的文字，才能认识很多、而非三四个当地人。我了解哈莱姆的方式，和我了解巴黎或者纽约上东区的方式一样。可我的人生已经没有足够多的时间，让我去寻找另一个更深层次的哈莱姆。某些夜晚，在我和妻子同住的下城阁楼上，我会向自己道歉。

作为纽约人，我会因为某些地方、时间和人而心痛。可反复出现的疼痛，却是它们仍然活着、我自己仍然活着的证据。它们存在于世界，我在那里看到了它们。我是最幸运的人之一。人生大部分时候，我都坐在前排观看精彩的历史。可做记者不是我所受教育的唯一因素。我看到自己的城市在1945年后充满生机的样子，我是生活在一切似乎都有可能的环境中的孩子，那里的我永远不孤单。我也是这个庞然大物，这座城市，这个由爱尔兰人、犹太人、意大利人和非洲人组成的大融合，这个纽约中的一员。

这个世界充满奇迹！奇迹之一，就是我看到罗伊·康帕内拉走上本垒板，手上拿着棒球棒。我看到杰克·罗斯福·罗宾逊经过三垒，向本垒跑去。我见过威利·梅斯。我见过他们周围陪伴着几千个大声吼叫的人，那是快乐的时间身在快乐地点的快乐人们，他们都是我的部落，是纽约部落的成员。谁要对我说，这样的瞬间微不足道，说那只是无意义的娱乐消遣，说那都是统治我们的当局施与的小恩小惠，我都不同意。只有身处自己统治自己的人们中间，才有可能出现那样的瞬间。

而原始的民主又给了我们怎样的馈赠呢。有些确实微不足道，但失去却会凸显它们的重要性。现实中有三十多岁的纽约人从未看过W. C. 海因茨在《纽约太阳报》上写的文章，不知道《先驱论坛报》的里德·史密斯和吉米·布莱斯林和《美国人日报》的弗兰克·格拉汉姆。他们从没吃过"梅洛卷"这种蛋筒冰淇淋，也没吃过那些名为霍顿、基茨、天空棒或BB板的糖果。他们从未玩过棍球，从未在没有汽车、只有时间的周六早上玩过斯伯丁弹力球。他们不知道波罗球场上进行过怎样的比赛。他们从没见过埃尔摩洛克、科帕卡巴纳或拉丁广场，没见过马德里酒庄，当然也没见过比利·罗斯的钻石马蹄铁夜店：黑帮成员总是坐在后桌，他们的小指上都戴着戒指，华尔街大佬们坐在前排，舞台上是身材高挑、穿着羽毛和褶边裙的女性，她们拥有全世界最高的颧骨和最光滑的肌肤。

现在的年轻人当然也有他们珍视的瞬间，他们的记忆中也有特别的夜晚和年老时总会想起的明星。但我不会花费太多精力去理解"小甜甜"布兰妮。原谅我，可我毕竟见过比莉·哈乐黛。上世纪50年代最后一次登上卡内基音乐厅的舞台时，她的声音已经毁了，唱着由犹太人和爱尔兰人写的歌，"黛女士"把这些歌唱成了人生传记。那是她的，也是我的人生传记。我可以连续几个小时听她的唱片，那些我们共同分享的午夜城市音乐，那些蓝调音乐进入我的身体，终我一生永远留在那里。她曾是我们的城市赋予我的馈赠，是我的部落一员。

馈赠是无穷无尽的。你还能在哪里找到这么多让你创造自己人生的免费学校和图书馆？这些地方之所以免费，因为贫穷的爱尔兰人和犹太人的孩子，永远不会忘记大门紧紧关闭的时候。纽约的穷人让富人变得更好。他们投票选出的政客尽管存在各种缺点，却还是让城市变得更强大、更繁荣、更公正。政客中有很多是腐败分子，但穷人终归还是得到了水，得到了医院、公共卫生设施，也得到了学校和图书馆。19世纪的穷人用双手建成了所有人如今居住的城市。他们挖出了地铁空间，埋下了轨道。他们铺设了路面，建起了桥梁和摩天大楼。太多人在做这些工作的过程中死去，那正是他们看不起因为哗众取宠而被报纸大篇幅报道的人的原因。不管怎么说，可怜阿斯特女士，虽说她举办过那么多盛装舞会，可她从没砌过砖、建过墙。等她去世，除了名字和那么多大房子，她什么也没留下。

几乎从一开始，那些劳动阶层中就有一种感觉：只要守规矩，你在纽约就能活下去。我出身的地方，规矩相对简单。这些规矩是：工作；让饭桌上有食物；永远记得还债；绝不能跨过警戒线；不要自找麻烦，因为在纽约你永远能找到麻烦；但也不要在任何人面前退缩；保证老人和弱者没有危险；选举时支持统一政党的全部候选人。

在很长一段时间里，这些是适用于整座城市的规矩。上世纪60年代，当其中一些规矩被弃用时，我们遇到了最大的麻烦。我属于那一代纽约人，我们看到自己的城市闪闪发光，看到灯光慢慢黯淡，又看到它长久地坠入炼狱。如果在1990年死去，我们在闭眼前只会看到一个被毒品、枪支和绝望污染的城市。不知怎的，我们的运气很好。我们活了足够长的时间，看到这座城市汇集起意志与活力，又一次站了起来。这座城市的居民找回了旧规矩。每一天，我们都能看到让人激动的结果，有时也能看到细微的变化。我生活在纽约的这些年里，我看到带着购物的女性出现，她们生锈的超市手推车上装满了塑料袋包裹的物品。她们睡在街上，在角落里胡言乱语，数量越来越多而且无处不在。可突然之间，她们全都消失了。原因很简单：那些女人是弱者，她们被人抛弃，孤苦伶仃，但纽约部落的成员拯救了她们。

我再也没有看见过站街女，就连第十四街以南她们曾经大批聚集的生肉市场都看不到她们的踪影了。每天傍晚时分，她们戴着巨大的耳环和项链，向开车闲逛的郊区居民出卖自己的身体。妓女几乎都是瘾君子，但当她们坐在车里时就会嘲笑车牌是蓝色的新泽西男人，称他们"蓝傻子"。可在进行毫无愉悦可言的交易时，她们的街角上几乎听不到笑声。当城市频发更野蛮、更严重的犯罪行为时，大多数警察和法官在很多年里根本不在意她们。站街女似乎会永远与我们共存，她们从19世纪初便成为纽约的一部分。可当20世纪变成21世纪时，站街女们不见了。

我不知道她们去了哪里。有些肯定埋进了墓地。可我希望活着的那些能够找到一个秘密的地方，远离毒品、皮条客和疾病。在我写下这段文字时，如今在曼哈顿称得上站街客的人则都是烟鬼，因为法律禁止他们在餐馆、酒吧和舞厅里吸烟，所以在温度降至零度以下的夜晚，他们只能颤抖着聚集在室外一起吸烟。他们的声音在周围的建筑物之间回荡，吵醒了疲劳一天正在昏睡的家庭。他们是新一代吵闹的自恋狂，生活在城市执政者坚称"酒鬼也必须健康"的时代。有一件事是肯定的：似乎没有掌权者记得禁酒令时代的教训。

曼哈顿岛在这个时期倒是充满活力。从这个角度看，时报广场又一次成为最完美的符号：吵闹、人潮汹涌、谣言、粗俗、快速变化又略带危险。我们也拥有其他符号。比如自由女神像，比如帝国大厦和克莱斯勒大厦。可这些都是静止的，远离真实的人群，如今有太多时候在保安的看守下对游客封闭。可就像纽约这座城市一样，时报广场向所有人开放。

开放性就是生活在这里的关键要素。一切都是选择的结果。你可以选择在弗里克美术馆看维米尔的作品，也可以选择在唐人街散步。如果住在下城，那么上城也是你的，只需要乘地铁就可抵达。这本书里提到的所有地方，还有更多的地方，皆是如此。曼哈顿的漫步者身上一定带有某种天真，因为只有天真的眼睛才最能看清纽约。年轻年老并不重要。阅读丰富的历史能让体验更加富有层次，但阅读不能替代街头行走。不管是老人还是新来者，为了塑造属于自己的怀旧之情，了解、吸收现在的城市精神至关重要。

这就是我总是敦促新来者全身心投入这座城市感受其魔力的原因。忘记焦躁与偶尔的粗鲁吧，很多纽约人也在为此烦恼。相反，走到北河边，坐在炮台公园西侧的长椅上。看潮起潮落，看冬天时海水结成的冰块。这座岛上还没有人类踪影时，这样的景色就已经存在。看着那些船。目光越过水面，看向自由女神像或埃利斯岛，也就是无数纽约人为了真正过上生活而去过的地方。了解我们这个部落的故事，因为无论你出生在哪里，这也是你的部落。听它的音乐，听传奇的故事。看它的废墟和纪念碑。走在它的人行道上，用手指触摸我们直角街道上的石头、砖块与钢铁。呼吸河上轻风吹来的空气。

抬头看：天空中又出现了隼，有害的滴滴涕[1]终于离它们远去，度过漫长的艰难时光之后，它们终于重新拥有了完整的生活。人们看到它们在下城高楼的顶层之间飞翔，在魔法之城的尖顶之间穿梭，它们也在那里筑巢、养育幼崽。它们飞过的地方，荷兰人曾经住过，戴着假发的英国人曾经玩耍过，而非洲人在这些没有人身自由的街道上争取过属于人类的权利。在上城探索时，人们能看到隼在尖顶、大桥和数不清的屋顶之间，向北、向西、向东飞行。最开始，它们的飞行看起来漫无目的。但你要保持耐心。在一天快要结束时，当太阳朝着新泽西方向移动，天空突然变成红紫色时，你会看到隼在盘旋、转弯，它们向着下城、向着家飞去。

---

[1] 英语DDT的音译。化学名为双对氯苯基三氯乙烷，是有机氯类杀虫剂，状态为白色晶体，不溶于水，溶于煤油，可制成乳剂，是有效的杀虫剂。

# 推荐阅读

这是一本在记忆、新闻报道和阅读基础上形成的书。其中很多阅读，是在几十年时间里完成的。我自己的藏书中包含超过500本与纽约城历史有关的书，另有传记、小说以及纽约的新闻报道合集。我拥有很多纽约图册，还有大量报纸、杂志剪报。这些年里我还看过很多书，其中很多如今已经找不到了。它们都对写作本书起到了作用，但我不可能将它们全部列出来。

当然，每一个想了解纽约的人必须阅读几本最重要的书：爱德华·罗伯·埃利斯的《纽约史诗》、埃德温·G. 布罗斯和迈克·华莱士的《哥谭》、肯尼斯·T. 杰克逊编纂的《纽约百科全书》、詹姆斯·特拉格的《纽约年表》。I. N. 菲尔普斯·斯托克斯的《曼哈顿岛肖像》。以上书籍，还有乔治·坦普顿·斯特朗和菲利普·霍恩的日记，都是必不可少的阅读材料。这些都可以在书店或图书馆里找到。

但与纽约城有关的其他书，名单非常长，许多对我写作本书有很大帮助。其中每一本都为我理解这座城市及其居民增加了新的或原创的信息。每一本书均能激发任何作家都渴望的两种回应："我不知道那个""我从没那样想过"。无论他们在世与否，我感谢所有作者。他们帮助我们看到了故乡。

以下就是部分书单。

Adler, Jacob. *A Life on the Stage.* Translated by Lulla Rosenfeld. New York: Applause, 2001.

Alpert, Hollis and Museum of the City of New York. *Broadway! 125 Years of Musical Theater.* New York: Arcade Books, 1991.

Amory, Cleveland. *Who Killed Society?* New York: Harper, 1960.

Anbinder, Tyler. *Five Points: The 19th-Century New York city Neighborhood That Invented Tap Dance, Stole Elections, and Became the World's Most Notorious Slum.* New York: Free Press. 2001.

Asbury, Herbert. *The Gangs of New York.* New York and London: A. A. Knopf. 1928.

Auchincloss, Louis. *Edith Wharton: A Woman in Her Time.* New York: Viking,

1971. In addition to his many superb novels, short stories and essays set in New York City. Augustyn, Robert T., and Cohen, Paul E. *Manhattan in Maps, 1527-1995.* New York: Rizzoli International Publications, 1997.

Bascomb, Neal. *Higher: A Historic Race to the Sky and the Making of a City.* New York: Doubleday, 2003.

Bender, Thomas. *The Unfinished City: New York and the Metropolitan Idea.* New York: New Press, 2002.

Berger, Meyer. *The Story of the New York Times: 1851-1951.* New York: Simon & Schuster, 1951.

Bianco, Anthony. *Ghosts of 42nd Street: A History of America's Most Infamous Block.* New York: William Morrow, 2004.

Birmingham, Stephen. *Our Crowd.* New York: Harper & Row, 1967.

———. *The Grandees: America's Sephardic Elite.* Harper & Row. 1971.

Bliven, Bruce. *Under the Guns: New York, 1775-1776.* New York: Harper & Row, 1972.

Breines, Paul. *Tough Jews: Political Fantasies and the Moral Dilemma of America Jewry.* New York: Basic Brooks. 1990.

Cahan, Abraham. *The Rise of David Levinsky.* New York: Harper & Brothers, 1917; Penguin, 1993.

Carlson, Oliver. *The Man Who Made News: James Gordon Bennett.* New York: Duell, Sloan and Pearce, 1942.

Chapman, John. *Tell It To Sweeney: The Informal History of the New York Daily News*. Westport, CT: Greenwood Press, 1977, 1961.

Churchill, Allen. *Park Row*. New York: Rinehart, 1958.

Cohen, Patricia Cline. *The Murder of Helen Jewett: The Life and Death of a Prostitute in Nineteenth-Century New York*. New York: Knopf, 1998.

Diner, Hasia R. *Lower East Side Memories: A Jewish Place in America*. Princeton, NJ: Princeton University Press, 2000.

Diner, Hasia R., Jeffrey Shandler, Beth S. Wenger, eds. *Remembering the Lower East Side*. Bloomington: Indiana University Press, 2000.

Dunlap, David W. *On Broadway: A Journey Uptown Over Time*. New York: Rizzoli, 1990.

Ellis, Edward Robb. *The Epic of New York City: A Narrative History*. New York: Kodansha, 1997.

Finson, Jon W. *The Voices That Are Gone: Themes in Nineteenth-Century American Popular Song*. New York: Oxford University Press, 1994.

Fitzgerald, F. Scott. *The Crack-up*. Edited by Edmund Wilson. New York: New Directions, 1993.

Folpe, Emily Kies. *It Happened on Washington Square*. Baltimore: Johns Hopkins University Press, 2002.

Fox, Dixon Ryan. *The Decline of Aristocracy in the Politics of New York: 1801–1840*. New York: Columbia, 1919; Harper and Row, 1965.

Fried, Albert. *The Rise and Fall of the Jewish Gangster in America.* Revised edition. New York: Columbia University Press, 1993.

Gilbert, Rodman. *The Battery.* Boston: Houghon Mufflflin, 1936.

Gilfoyle, Timothy J. *City of Eros: New York City, Prostitution and the Commercialization of Sex, 1790–1920.* New York: W. W. Norton, 1992.

Goldberger, Paul. *The Skyscraper.* New York: A. A. Knopf, 1982.

Gordon, Michael A. *The Orange Riots: Irish Political Violence in New York City, 1870-1871.* Ithaca, NY: Cornell University Press, 1993.

Grace, Nancy. *New York: Songs of the City.* New York: Billboard Books, 2002.

Gray, Christopher. *New York Streetscapes: Tales of Manhattan's Signifificant Buildings and Landmarks.* New York: Harry N. Abrams, 2003.

Hale, William Harlan. *Horace Greeley: Voice of the People.* New York: Harper, 1950.

Harlow, Alvin F. *Old Bowery Days: The Chronicles of a Famous Street.* New York: Appleton, 1991.

Harris, Luther S. *Around Washington Square: An Illustrated History of Greenwich Village.* Baltimore: Johns Hopkins University Press, 2003.

Head, Joel Tyler. *The Great Riots of New York: 1712-1873.* Indianapolis: Bobbs-Merrill, 1970.

Henderson, Mary C. *The City & the Theatre: New York Playhouses from*

*Bowling Green to Times Square.* Clifton, NJ: James T. White, 1973.

Homberger, Eric. *Mrs. Astor's New York: Money and Social Power in the Gilded Age.* New Haven: Yale University Press, 2002.

———. *New York City: A Cultural and Literary Companion.* Northampton, MA: Interlink Books, 2002.

Howe, Irving. *World of Our Fathers: The Journey of the East European Jews to America and the Life They Found and Made.* New York: Harcourt, Brace Jovanovich, 1976, 1989.

James, Henry. *New York Revisited.* New York: Franklin Square, 1994. Also the novel *Washington Square* (New York: Vintage Books, the Library of America, 1990) and other essays and fifictions available from Library of America.

Johnson, James Weldon. *Black Manhattan.* New York: Holiday House, 1968.

Koeppel, Gerard T. *Water for Gotham: A History.* Princeton, NJ: Princeton University Press, 2000.

Landau, Sarah Bradford, and Condit, Carl W. *Rise of the New York Skyscraper: 1865–1913.* New Haven: Yale University Press, 1996.

Lockwood, Charles. *Manhattan Moves Uptown: An Illustrated History.* Boston: Houghton Mifflflin, 1976.

Lopate, Phillip. *Waterfront: A Journey Around Manhattan.* New York: Crown, 2004.

Moody, Richard. *The Astor Place Riot.* Bloomington: Indiana University Press, 1958.

Morris, James McGrath. *The Rose Man of Sing Sing: A True Tale of Life, Murder, and Redemption in the Age of Yellow Journalism.* New York: Fordham University Press, 2003.

Morris, Jan. *Manhattan '45.* Baltimore: Johns Hopkins University Press, 1998.

Motley, Willard. *Knock on Any Door.* New York: Prentice Hall, 1947.

Myers, Andrew B., ed. *The Knickerbocker Tradition: Washington Irving's New York.* Tarrytown, NY: Sleepy Hollow Restorations, 1974.

O'Connor, Richard. *Hell's Kitchen: The Roaring Days of New York's Wild West Side.*. Philadelphia: Old Town, 1958, 1993.

Osofsky, Gilbert. *Harlem: The Making of a Ghetto; Negro New York, 1890–1930.* Harper & Row, 1966.

Patterson, Jerry E. *Fifth Avenue: The Best Address.* Rizzoli International Publications, 1998.

Pritchett, V.S. *New York Proclaimed.* New York: Harcourt, Brace and World, 1965.

Reed, Henry Hope. Photographs by Edmund V. Gillon Jr. *Beaux-Arts Architecture in New York: A Photographic Guide.* New York: Dover, 1988.

Revell, Keith D. *Building Gotham: Civic Culture and Public Policy in New York City, 1898-1938.* Baltimore, Johns Hopkins University Press, 2002.

Rosenberg, Charles E. *The Cholera Years: The United States in 1832, 1849, 1866.* Chicago: University of Chicago Press, 1962.

Sanders, Ronald. *The Downtown Jews: Portraits of an Immigrant Generation.* New York: Harper & Row, 1969.

Sante, Luc. *Low Life: Lures and Snares of Old New York.* New York: Farrar, Straus & Giroux, 1991.

Schoener, Allon. *Portal to America: The Lower East Side 1870-1925.* New York: Holt, Rinehart & Winston, 1967.

Shaw, Irwin. *Short Stories: Five Decades.* Chicago: University of Chicago Press, 2000.

Silver, Nathan. *Lost New York.* Expanded and updated edition. Boston: Houghton Mifflflin, 1967, 2000.

Spann, Edward K. *The New Metropolis: New York City, 1840–1857.* New York: Columbia University Press, 1981.

Taylor, William R., ed. *Inventing Times Square: Commerce and Culture at the Crossroads of the World.* New York: Russell Sage Foundation, 1991; Baltimore: Johns Hopkins University Press, 1991.

Traub, James. *The Devil's Playground: A Century of Pleasure and Profifit in Times Square.* New York: Random House, 2004 .

Turner, Hy. B. *When Giants Ruled: The Story of Park Row, New York's Great Newspaper Street.* New York: Fordham University Press, 1999.

Wald, Lillian D. *The House on Henry Street.* New York: Holt, Rinehart & Winston, 1915; New York: Dover Publications, 1971.

Wertenbaker, Thomas Jefferson. *Father Knickerbocker Rebels: New York City During the Revolution.* New York: Cooper Square Publishers, 1969.

Wharton, Edith. *A Backward Glance: An Autobiography.* Touchstone. 1998. In addition to her many works of fifiction, including Old New York, all available in Library of America editions.

White, Samuel G., and Elizabeth White. *McKim, Mead & White: The Masterworks.* New York: Rizzoli International Publications, 2003.

Wilentz, Sean. *Chants Democratic: New York City & the Rise of the American Working Class 1788-1850.* Oxford. 1984.

Wolfe, Gerald R. *New York, a Guide to the Metropolis: Walking Tours of Architecture and History.* New York: McGraw Hill, 1988.

# 地名及专有名词对照表

阿迪朗达克山脉　Adirondacks
阿尔萨斯－洛林　Alsace-Lorraine
阿姆斯特丹堡　Fort Amsterdam
阿诺德·康斯特博百货大楼　Arnold Constable
阿斯特酒店　Astor Hotel
阿西纳姆俱乐部　Atheneum Club
埃贝茨球场　Ebbets Field
埃尔德里奇街　Eldridge Street
埃里克森街　Ericcson Street
艾普索普大楼　Apthorp
安布罗斯号　Ambrose
安街　Ann Street

安索尼亚酒店　Ansonia Hotel
奥尔巴尼　Albany
奥兰治街　Orange Street

八街书店　Eighth Street Bookshop
巴豆水库　Croton Reservoir
巴诺书店　Barnes & Noble
百老街　Broad Street
半月号　Halve Maen
邦德街　Bond Street
包厘·兰恩剧院　Bouwerie Lane Theater
包厘街　Bowery Street

| | |
|---|---|
| 包厘诗社　Bowery Poetry Club | 大白舰队　Great White Fleet |
| 鲍里储蓄银行　Bowery Savings Bank | 大都会歌剧院　Metropolitan Opera |
| 鲍灵格林　Bowling Green | 大都会俱乐部　Metropolitan Club |
| 北河　North River | 大都会人寿保险公司　Metropolitan |
| 北河汽船　North River Steamboat | 　　Life Insurance Company |
| 贝尔法斯特　Belfast | 大都会艺术博物馆　Metropolitan |
| 贝尔蒙特锦标赛　Belmont Stakes | 　　Museum of Art |
| 宾夕法尼亚车站　Penn Station | 大军团广场　Grand Army Plaza |
| 布莱恩特公园　Bryant Park | 德·莱斯剧院　Theater de Lys |
| 布朗克斯区　Bronx | 德尔莫尼科（餐厅）Delmonico's |
| 布雷沃特酒店　Brevoort Hotel | 德马雷斯特运输公司大楼　Demarest |
| 布里克街 Bleecker Street | 　　Carriage Company Building |
| 布隆街　Broome Street | 地狱厨房　Hell's Kitchen |
| 布卢明代尔路　Bloomingdale Road | 第三大道高架线　Third Avenue El |
| 布鲁克林博物馆　Brooklyn Museum | 第四区　Fourth Ward |
| 布鲁克林道奇队　Brooklyn Dodgers | 第一页（酒吧）Page One |
| 布鲁克斯兄弟服装店　Brooks Brothers | 电子小姐录音室　Electric Lady Studios |
| | 叮砰巷　Tin Pan Alley |
| 查尔顿街　Charlton | 东岸纪念碑　East Coast Memorial |
| 城堡花园　Castle Garden | 东城　East Side |
| 查塔姆广场　Chatham Square | 东村　East Village |
| 长岛铁路　Long Island Railroad | 东费尔俱乐部　Fillmore East |
| 长亩广场　Longacre Square | 东河　East River |
| 翠贝卡区　Tribeca | 杜安里德药妆店　Duane Reade store |
| | 杜雷小屋　Maison Dorée |
| 达科塔公寓　Dakota Apartments | 多雷穆斯广告公司　Doremus & Co. |

| | | | |
|---|---|---|---|
| E. V. 豪沃特大厦 | E. V. Haughwout Building | 格雷木瓜热狗餐厅 | Gray's Papaya hot dog restaurant |
| 厄尔酒店 | Hotel Earle | 格林威治村 | Greenwich Village |
| | | 格罗夫出版社 | Grove Press |
| | | 葛莱美西公园 | Gramercy Park |
| 恩典教堂 | Grace Church | 公园大道 | Park Row |
| | | 公正大厦 | Equitable Building |
| 法兰克福街 | Frankfort street | 冠达邮轮 | Cunard Line |
| 飞翔的荷兰人号 | Flying Dutchman | 国王街 | King Street |
| 非洲锡安卫理公会教堂 | African Zion Methodist Church | 哈德逊河 | Hudson River |
| 菲尼克斯剧院 | Phoenix Theater | 哈德逊剧院 | Hudson Theater |
| 弗雷德里克·道格拉斯中心 | Frederick Douglass Center | 哈莱姆区 | Harlem |
| | | 汉诺威广场 | Hanover Square |
| 弗里克美术馆 | Frick Collection | 荷兰隧道 | Holland Tunnel |
| 福赛斯街 | Forsyth Street | 赫恩兄弟商场 | Hearn Brothers |
| 富尔顿街 | Fulton Street | 赫斯特街 | Hester Street |
| | | 红钩区 | Red Hook |
| 盖普 | Gap | 华尔街 | Wall Street |
| 高礼帽帮 | Plug Ugly | 华盛顿广场 | Washington Square |
| 戈尔德民谣城 | Gerde's Folk City | 华盛顿军事阅兵场 | Washington Military Parade Ground |
| 哥伦比亚大学 | Columbia University | | |
| 哥伦布广场 | Columbus Circle | 皇冠街 | Crown Street |
| 哥谭图书市场 | Gotham Book Mart | 皇后区 | Queens |
| 格兰德河 | Rio Grande | 霍拉肖街 | Horatio Street |
| 格兰德街 | Grand Street | | |

| | |
|---|---|
| 基尔肯尼　Kilkenny | 莱纳佩人　Lenape |
| 基里基夫　Kilykiv | 莱特街　Laight Street |
| 家庭保险大楼　Home Insurance Building | 老B. 阿尔特曼商店　Old B. Altman's Store |
| 交易广场　Exchange Place | 雷格泰姆音乐　Ragtime |
| 金考（快印店）　Kinko's | 雷克特街　Rector Street |
| 金斯布里奇　Kingsbridge | 里德街　Reade streets |
| | 里亚托区　Rialto |
| 卡布里尼医疗中心　Cabrini Medical Center | 联邦大厅　Federal Hall |
| | 联合广场　Union Square |
| 卡茨熟食店　Katz's Deli | 里士满希尔　Richmond Hill |
| 卡纳西人　Canarsee | 卢波维茨　Lupowitz |
| 卡内基熟食店　Carnegie Deli | 路玛超市　Pathmark |
| 卡内基音乐厅　Carnegie Hall | 罗德泰勒百货公司　Lord and Taylor |
| 康斯托克矿区　Comstock Lode | 洛克菲勒中心　Rockefeller Center |
| 科兰特街　Cortlandt Street | 洛氏图书馆　Low Library |
| 科内利亚街　Cornelia Street | 吕肖（餐厅）Luchow's |
| 克莱蒙特汽船　Clermont | |
| 克莱斯勒大厦　Chrysler Building | 马埃斯特腊山区　Sierra Maestra |
| 克里尔岬　Corlears Hook | 马尔贝里街　Mulberry Street |
| 克里斯托弗街　Christopher Street | 马希坎人　Mahican |
| 克丽斯蒂德斯超市　Gristede's | 玛丽海洋之星　Mary Star of the Sea |
| 库珀广场　Cooper Square | 玛丽皇后号　Queen Mary Seaport |
| | 麦迪逊广场花园　Madison Square Garden |
| 拉斐德街　Lafayette Street | |
| 拉珀波特（餐厅）Rappoprt's | 麦金、米德与怀特设计事务所 |

McKim, Mead & White
麦克道格街　MacDougal Street
麦克索利老酒吧　McSorley's Old Ale House
曼阿哈塔岛　Manna-hata
曼哈顿广场　Manhattan Plaza
每日新闻大楼　Daily News Building
美国博物馆　American Museum
美国航运公司　United States Lines
美国环境卫生委员会　United States Sanitary Commission
美国商船海员纪念碑　American Merchant Mariners Memorial
美国印第安人国家博物馆乔治·古斯塔夫·海伊中心　George Gustave Heye Center of the National Museum of the American Indian
米内塔河　Minetta Brook
莫斯科维茨　Moskowitz
默里山　Murray Hill

纳苏街　Nassau Street
南街　South Street
尼布罗花园　Niblo's Garden
鸟园酒吧　Birdland

纽波特　Newport
纽约公共图书馆　New York Public Library
纽约巨人队　New York Giants
纽约历史协会博物馆　New-York Historical Society
纽约湾海峡　Narrows
纽约晚间邮报大楼　New York Evening Post Building
纽约证券交易所　New York Stock Exchange
农场圣马可教堂　St. Mark's Church in-the-Bowery

欧菲姆剧院　Orpheum Theatre

帕克大道　Park Avenue
帕克剧院　Park Theater
帕拉狄昂　Palladium
帕利塞兹　Palisades
潘奇公寓　Patchin Place
派拉蒙大厦　Paramount Building
P. J. 克拉克（酒吧）　P. J. Clarke's
炮台公园　Battery Park
佩斯大学　Pace University
皮尔庞特·摩根图书馆　Pierpont

| | |
|---|---|
| Morgan Library | 升天教堂　Church of the Ascension |
| 普法夫（酒吧）　Pfaff's | 圣保罗教堂　St. Paul's Chapel |
| 普拉特学院　Pratt Institute | 圣马可坊　St. Mark's Place |
| 普利策喷泉　Pulitzer Fountain | 圣帕特里克节　St. Patrick's Day |
| | 圣约翰公园　St. John's Park |
| 奇克林大厅　Chickering Hall | 狮头酒吧　Lion's Head |
| 汽船路　Steamboat Row | 施坦威音乐厅　Steinway Hall |
| 钱伯斯街　Chambers Street | 时报广场　Times Square |
| 乔伊·雷蒙之地　Joey Ramone Place | 史蒂文森综合诊所　Stuyvesant Polyclinic |
| 乔治·杜威海军上将人行步道　Admiral George Dewey Promenade | 世纪协会　Century Association |
| | 市政厅公园　City Hall Park |
| 切尔西区　Chelsea | 侍女巷　Maiden Lane |
| 琼·考克图剧场　Jean Cocteau Repertory Theater | 舒伯特巷　Shubert Alley |
| | 斯普林街　Spring Street |
| 琼斯大街　Great Jones Street | 斯塔滕岛　Staten Island |
| | 斯托克俱乐部　Stork Club |
| 萨拉托加　Saratoga | 死兔子帮　Dead Rabbit |
| 萨米的包厘街傻瓜（酒吧）　Sammy's Bowery Follies | 松树街　Pine Street |
| 萨特克里克　Sutter Creek | 塔夫特酒店　Hotel Taft |
| 三一教堂　Trinity Church | 塔利亚电影院　Thalia |
| 桑德斯剧场　Sanders Theatre | 塔潘齐大桥　Tappan Zee Bridge |
| 桑迪胡克湾　Sandy Hook | 太阳报大楼　The Sun Building |
| 莎玛冠帝美术俱乐部　Salmagundi Club | 汤普金斯广场公园　Tompkins Square Park |
| 上西区　Upper West Side | |
| 舍甫琴科广场　Shevchenko Place | 糖厂　Sugar House |

| | | | |
|---|---|---|---|
| 特拉华河 | Delaware | 小胜家大楼 | Little Singer Building |
| 特蕾莎酒店 | Hotel Theresa | 谢里丹广场 | Sheridan Square |
| 特洛伊 | Troy | 休斯顿街 | Houston Street |
| | | 雪松街 | Cedar Street |
| 瓦拉克剧院 | Wallack | 亚历山大·汉密尔顿美国海关大楼 Alexander Hamilton U. S. Custom House | |
| 瓦里克街 | Varick | | |
| 王妃号 | La Dauphine | | |
| 威霍肯 | Weehawken | | |
| 韦伯斯特音乐厅 | Webster Hall | 扬克斯 | Yonkers |
| 韦弗利广场 | Waverly Place | 耶德逊纪念教堂 | Judson Memorial Church |
| 韦克奎斯基人 | Weckquaesgeck | | |
| 韦拉扎诺海峡大桥 Verrazano Narrows Bridge | | 伊丽莎白街 | Elizabeth Street |
| | | 伊利运河 | Erie Canal |
| 韦斯切斯特 | Westchester | 以色列余民会堂 Congregation Shearith Israel | |
| 维赛尔卡 | Veselka | | |
| 维西街 | Vesey Street | 艺术学生联盟 | Art Students League |
| 沃夫 | Lviv | 艺术与八街电影院 Art and Eighth Street theaters | |
| 乌克兰民族之家 Ukrainian National Home | | | |
| | | 音乐学院 | Academy of Music |
| 五点区 | Five Points | 樱桃路 | Cherry Lane |
| 伍尔沃斯大厦 | Woolworth Building | 邮政总局 | General Post Office |
| | | 犹太联合募捐协会 United Jewish Appeal | |
| 西班牙哈莱姆区 Spanish Harlem | | | |
| 西格拉姆大厦 | Seagram Building | 约克维尔 | Yorkville |
| 西街 | West Street | 约拿·施梅尔犹太馅饼烘焙坊 Yonah Shimmel Knish Bakery | |
| 先驱广场 | Herald Square | | |

| | |
|---|---|
| 云杉街　Spruce Street | 中心街　Centre Street |
| 熨斗大厦　Flatiron Building | 中央公园　Central Park |
| | 自由街　Liberty Street |
| 展望公园　Prospect Park | 自由之子社　Sons of Liberty |
| 展望花园　The Hope Garden | 字母城　Alphabet City |
| 珍珠街　Pearl Street | |

# 人名对照表

阿道夫·S. 奥克斯  Adolph S. Ochs
阿尔·阿罗诺维茨  Al Aronowitz
阿尔·柯林斯  Al Collins
阿尔·乔尔森  Al Jolson
阿尔贝·加缪  Albert Camus
阿尔弗雷德·艾森斯塔特  Alfred Eisenstaedt
阿尔图罗·迪莫迪卡  Arturo Di Modica
阿兰·戴尔  Alan Dale
阿伦·伯尔  Aaron Burr
阿伦·内文斯  Allan Nevins
阿米里·巴拉卡  Amiri Baraka
阿奇博尔德·肯尼迪  Archibald Kennedy
阿图尔·施尼茨勒  Arthur Schnitzler
埃德·沙利文  Ed Sullivan
埃德蒙·威尔逊  Edmund Wilson
埃德蒙德·K. 斯潘  Edmund K. Spann
埃德娜·圣·文森特·米莱  Edna St. Vincent Millay
埃德温·G. 布罗斯  Edwin G. Burrows
埃德温·范彻  Edwin Fancher
埃德温·弗雷斯特  Edwin Forrest
埃迪·坎特  Eddie Cantor
埃斯特万·戈麦斯  Esteban Gomez
艾伯特·弗里德  Albert Fried

| | |
|---|---|
| 艾伯特·加勒廷 Albert Gallatin | 奥斯卡·哈默施泰因 Oscar Hammerstein |
| 艾德·科斯纳 Ed Kosner | 奥斯卡·王尔德 Oscar Wilde |
| 艾迪·戈梅 Eydie Gorme | 奥斯瓦尔德·奥滕多夫 Oswald Ottendorfer |
| 艾迪·康特 Eddie Cantor | A. J. 利布林 A. J. Liebling |
| 艾灵顿公爵 Duke Ellington | 巴格斯·西格尔 Bugsy Siegel |
| 艾伦·金斯伯格 Allen Ginsberg | 巴枯宁 Bakunin |
| 艾玛·拉扎勒斯 Emma Lazarus | 巴尼·莱格特 Barney Leggett |
| 爱德华·布威-利顿 Edward Bulwer-Lytton | 巴尼·罗塞特 Barney Rosset |
| 爱德华·霍格兰 Edward Hoagland | 保罗·奥德维尔 Paul O'Dwyer |
| 爱德华·罗伯·埃利斯 Edward Robb Ellis | 保罗·班扬 Paul Bunyan |
| 爱德华七世 Edward VII | 保罗·桑 Paul Sann |
| 爱森斯坦 Eisenstein | 鲍比·齐默尔曼 Bobby Zimmerman |
| 安·科里奥 Ann Corio | 鲍勃·迪伦 Bob Dylan |
| 安布罗斯·金斯兰 Ambrose Kingsland | 鲍勃·弗西 Bob Fosse |
| 安德鲁·杰克逊 Andrew Jackson | 鲍里斯·托马舍夫斯基 Boris Thomashefsky |
| 安迪·洛佩兹 Andy Lopez | 贝比·鲁斯 Babe Ruth |
| 安迪·威廉姆斯 Andy Williams | 本·韦伯斯特 Ben Webster |
| 安东尼奥·帕斯托雷 Antonio Pastore | 本杰明·委斯特 Benjamin West |
| 安娜依斯·宁 Anaïs Nin | 比尔·格雷厄姆 Bill Graham |
| 安妮女王 Queen Anne | 比利·拉西夫 Billy LaHiff |
| 安托南·阿尔托 Atonin Artaud | 比莉·哈乐黛 Billie Holiday |
| 奥古斯特·贝尔蒙特 August Belmont | 彼得·米努伊特 Peter Minuit |
| 奥奎斯塔·阿拉贡 Orguesta Aragon | |

| | |
|---|---|
| 彼得·施托伊弗桑特 Peter Stuyvesant | 大卫·马克森 David Markson |
| 伯特·兰卡斯特 Burt Lancaster | 大卫·沙诺夫 David Sarnoff |
| 博加德丝 Bogadus | 戴安娜·罗斯 Diana Ross |
| 博姜戈·罗宾逊 Bojangles Robinson | 戴恩·布西科 Dion Boucicault |
| 布格罗 Bouguereau | 戴维·丁金斯 David Dinkins |
| 布拉德福·李·吉尔伯特 Bradford Lee Gilber | 丹·伍尔夫 Dan Wolf |
| 布雷沃特家族 Brevoorts | 丹尼尔·切斯特·弗伦奇 Daniel Chester French |
| | 丹尼尔·汤普金斯 Daniel Tompkins |
| 查尔斯·狄更斯 Charles Dickens | 丹尼斯·杜根 Dennis Duggan |
| 查尔斯·B.劳勒 Charles B. Lawlor | 道格·爱尔兰 Doug Ireland |
| 查尔斯·H.尼豪斯 Charles H. Niehaus | 德·威特·克林顿 De Witt Clinton |
| 查尔斯·M.巴拉斯 Charles M. Barras | 德莱顿 Dryden |
| 查尔斯·蔡平 Charles Chapin | 迪伦·托马斯 Dylan Thomas |
| 查尔斯·达讷·吉布森 Charles Dana Gibson | 迪兹·吉莱斯皮 Dizzy Gillespie |
| | 蒂莫西·利里 Timothy Leary |
| 查尔斯·霍伊特 Charles Hoyt | 多萝西·希夫 Dorothy Schiff |
| 查尔斯·兰霍夫 Charles Ranhofer | 多梅尼科·拉涅里 Domenico Ranieri |
| 查尔斯·普拉特 Charles Pratt | D. H. 劳伦斯 D. H. Lawrence |
| 查理·明格斯 Charlie Mingus | D. W. 格里菲斯 D. W. Griffith |
| 查理·帕克 Charlie Parker | |
| 传声头像乐队 Talking Heads | E. E. 卡明斯 E. E. Cummings |
| | |
| 达蒙·鲁尼恩 Damon Runyon | 范·考特兰家族 Van Courtlands |
| 大门乐队 The Doors | 范·伦斯勒家族 Van Rensselaers |
| 大莫斯 Big Mose | 菲奥雷洛·拉瓜迪亚 Fiorello La |

Guardia

菲德尔·卡斯特罗　Fidel Castro

菲利普·霍恩　Philip Hone

菲利普·斯凯勒　Phillip Schuyler

费什　Fish

冯·韦伯　von Weber

弗兰克·格拉汉姆　Frank Graham

弗兰克·科斯特洛　Frank Costello

弗兰克·辛纳屈　Frank Sinatra

弗兰斯·哈尔斯　Franz Hals

弗朗索瓦一世　Francis I

弗朗西斯·科波拉　Francis Coppola

弗朗西斯·刘易斯　Francis Lewis

弗朗西斯·斯泰洛夫　Frances Steloff

弗雷德·阿斯泰尔　Fred Astaire

弗雷德·麦克莫罗　Fred McMorrow

弗雷德里克·奥古斯特·巴托尔迪　Frédéric-Auguste Bartholdi

弗雷德里克·麦克蒙尼斯　Frederick MacMonnies

弗里茨·柯尼希　Fritz Koenig

弗洛伦兹·齐格菲尔德　Florenz Ziegfeld

弗洛伊德·帕特森　Floyd Patterson

富兰克林·D.罗斯福　Franklin D. Roosevelt

F.斯科特·菲茨杰拉德　F. Scott Fitzgerald

I. N.菲尔普斯·斯托克斯　I. N. Phelps Stokes

盖伊·塔利斯　Gay Talese

感恩之死乐队　The Grateful Dead

格雷戈里·柯尔索　Gregory Corso

格里高利·海因斯　Gregory Hines

格伦·福特　Glenn Ford

古弗尼尔·莫里斯　Gouverneur Morri

滚石乐队　The Rolling Stones

哈罗德·罗森堡　Harold Rosenberg

哈罗德·品特　Harold Pinter

哈伊姆·格罗斯　Chaim Gross

海伦·朱伊特　Helen Jewett

何塞·托雷斯　Jose Torres

赫尔曼·梅尔维尔　Herman Melville

亨利·德·图卢兹·罗特列克　Henri de Toulouse-Lautrec

亨利·哈德逊　Henry Hudson

亨利·霍普·里德　Henry Hope Reed

亨利·雷蒙德　Henry Raymond

亨利·米勒　Henry Miller

亨利·尚弗罗　Henry Chanfrau
亨利·施泰因韦格　Henry Steinweg
亨利·詹姆斯　Henry James
华盛顿·欧文　Washington Irving
火箭女郎舞蹈团　Rockettes
霍华德·霍克斯　Howard Hawks
霍华德·派尔　Howard Pyle
霍里斯·阿尔珀特　Hollis Alpert
霍里斯·格里利　Horace Greeley
H. L. 门肯　H. L. Mencken

基德船长　Captain Kidd
基思·D. 雷维尔　Keith D. Revell
吉贝尔蒂　Ghiberti
吉恩·凯利　Gene Kelly
吉米·布莱斯林　Jimmy Breslin
吉米·亨德里克斯　Jimi Hendrix
吉姆·克劳　Jim Crow
贾斯珀·琼斯　Jasper Johns
简·莫里斯　Jan Morris
杰·古尔德　Jay Gould
杰·雷诺　Jay Leno
杰斐逊飞机乐队　Jefferson Airplane
杰基·罗宾逊　Jackie Robinson
杰克·凯鲁亚克　Jack Kerouac
杰克·罗斯福·罗宾逊　Jack

　　　　　Roosevelt Robinson
杰克·米什莱恩　Jack Micheline
杰克·帕尔　Jack Paar
杰拉德·R. 伍尔夫　Gerard R. Wolfe
杰里·托尔默　Jerry Tallmer
杰罗姆·罗宾斯　Jerome Robbins
杰瑞·加西亚　Jerry Garcia
J. J. 亨塞克尔　J. J. Hunsecker
J. 埃德加·胡佛　J. Edgar Hoover
金发女郎乐队　Blondie
警察乐队　Police

卡尔·比特　Karl Bitter
卡尔·林奈　Carolus Linnaeus
卡尔·威廉·冯·洪堡　Karl
　　　　　Wilhelm von Humboldt
卡鲁索　Caruso
卡罗尔·钱宁　Carol Channing
卡洛琳·斯莱德尔·佩里　Caroline
　　　　　Slidell Perry
卡门·麦克雷　Carmen MacRae
卡斯·吉尔伯特　Cass Gilbert
凯奇·亨德森　Skitch Henderson
康伯里勋爵　Lord Cornbury
康拉德·詹尼斯　Conrad Janis

科尔·波特 Cole Porter
科利·门德 Curly Mende
科尼利厄斯·范德比尔特 Commodore Cornelius Vanderbilt
克莱门特·克拉克·摩尔 Clement Clarke Moore
克兰西兄弟 Clancy Brothers
克鲁泡特金 Kropotkin
肯尼斯·T.杰克逊 Kenneth T. Jackson
库斯·达马托 Cus D'Amato

莱昂纳德·伯恩斯坦 Leonard Bernstein
拉·法齐 La Farge
拉里·哈特 Larry Hart
拉里·麦钱特 Larry Merchant
拉特里尔·斯普雷维尔 Latrell Sprewell
莱弗·艾瑞克森 Leif Eriksson
劳埃德·古德里奇 Lloyd Goodrich
劳伦斯·达雷尔 Lawrence Durrell
劳伦斯·费林赫迪 Lawrence Ferlinghetti
勒罗伊·琼斯 LeRoi Jones
雷·布拉德伯里 Ray Bradbury
雷·博尔格 Ray Bolger
雷·布雷姆泽 Ray Bremser
雷·查尔斯 Ray Charles

雷·马丁 Ray Martin
雷金纳德·马什 Reginald Marsh
雷蒙德·胡德 Raymond Hood
雷蒙斯乐队 Ramones
里德·史密斯 Red Smith
理查·莫里斯·亨特 Richard Morris Hunt
理查德·F.奥特考特 Richard F. Outcault
理查德·P.罗宾逊 Richard P. Robinson
理查德·厄普约翰 Richard Upjohn
理查德·哈丁·戴维斯 Richard Harding Davis
理查德·休伊特 Richard Hewitt

丽塔·海华丝 Rita Hayworth
莉莲·沃德 Lillian Wald
莉莲·拉塞尔 Lillian Russell
林登·约翰逊 Lyndon Johnson
卢西安诺 Luciano
鲁迪·瓦利 Rudy Vallee
路德维格·萨茨 Ludwig Satz
路易丝·奈维尔逊 Louise Nevelson
路易斯·奈 Louis Nye

| | |
|---|---|
| 路易斯·沙利文 Louis Sullivan | McLuhan |
| 伦尼·特里斯塔诺 Lennie Tristano | 马修·阿诺德 Matthew Arnold |
| 罗伯特·富尔顿 Robert Fulton | 马修·佩里 Matthew Perry |
| 罗伯特·肯尼迪 Robert Kennedy | 玛丽索·埃斯科巴尔 Marisol |
| 罗德曼·吉尔伯特 Rodman Gilbert | Escobar |
| 罗兰·赫西·梅西 Rowland Hussey Macy | 迈尔斯·戴维斯 Miles Davis |
| | 迈克·华莱士 Mike Wallace |
| 罗莎·博纳尔 Rosa Bonheur | 迈克尔·贝内特 Michael Bennett |
| 罗斯柴尔德家族 Rothschilds | 迈克尔·麦克拉夫蒂 Michael |
| 罗伊·康帕内拉 Roy Campanella | McLaverty |
| 萝丝·巴特勒 Rose Butler | 迈耶·兰斯基 Meyer Lansky |
| 洛基·格拉齐亚诺 Rocky Graziano | 迈耶·伯杰 Meyer Berger |
| 洛伦佐 Lorenzo | 梅索尼埃 Meissonier |

| | |
|---|---|
| 马查多·德·阿西斯 Machado de Assis | 米纳沙·斯考尼克 Menasha Skulnik |
| 马丁·斯科塞斯 Martin Scorsese | 摩西·汉弗莱 Moses Humphrey |
| 马可·奥勒留 Marcus Aurelius | 摩西·索耶 Moses Soyer |
| 马克斯·罗奇 Max Roach | 莫里斯·埃文斯 Maurice Evans |
| 马里奥·科莫 Mario Cuomo | 莫里斯·施瓦茨 Maurice Schwartz |
| 马里奥·普佐 Mario Puzo | 莫莉·皮肯 Molly Picon |
| 马奇托 Machito | 默里·肯普顿 Murray Kempton |
| 马赛尔·普鲁斯特 Marcel Proust | |
| 马特·丹尼斯 Matt Dennis | 纳赛尔 Nasser |
| J.马西·兰德 J. Massey Rhind | 纳特·科尔 Nat Cole |
| 马歇尔·杜尚 Marcel Duchamp | 内德·邦特莱茵 Ned Buntline |
| 马歇尔·麦克卢汉 Marshall | 内森·西尔弗 Nathan Silver |

| | |
|---|---|
| 尼古拉斯兄弟 Nicolas Brothers | 乔治·赫里曼 George Herriman |
| 尼克·奥奇兰 Nick Ochlan | 乔治·M. 科恩 George M. Cohan |
| 尼克·皮莱吉 Nick Pileggi | 乔治·贝洛斯 George Bellows |
| 诺曼·梅勒 Norman Mailer | 乔治·杜·莫里耶 George du Maurier |
| N. C. 韦思 N. C. Wyeth | 乔治·格什温 George Gershwin |
| 欧文·肖 Irwin Shaw | 乔治·坦普顿·斯特朗 George Templeton Strong |
| 帕德列夫斯基 Paderewki | 让·热内 Jean Genet |
| 帕特里克·尤因 Patrick Ewing | |
| 皮埃特罗·迪·多纳托 Pietro di Donato | 塞巴斯蒂安·卡伯特 Sebastian Cabot |
| 皮威·马凯特 Pee Wee Marquette | 塞勒斯·W. 菲尔德 Cyrus W. Field |
| 珀西·冈特 Percy Gaunt | 塞隆尼斯·蒙克 Thelonious Monk |
| P. T. 巴纳姆 P. T. Barnum | 塞缪尔·L. 克列门斯 Samuel L. Clemens |
| 奇普·库恩 Zip Coon | 塞缪尔·贝克特 Samuel Beckett |
| 企鹅乐队 Penguins | 桑迪·萨德勒 Sandy Saddler |
| 乔·迪马吉奥 Joe DiMaggio | 莎莎·嘉宝 Zsa Zsa Gabor |
| 乔·弗莱厄蒂 Joe Flaherty | 谁人乐队 The Who |
| 乔·麦卡锡 Joe McCarthy | 史蒂夫·艾伦 Steve Allen |
| 乔恩·W. 芬森 Jon W. Finson | 史蒂夫·劳伦斯 Steve Lawrence |
| 乔尔·奥本海默 Joel Oppenheimer | 斯蒂芬·克莱恩 Stephen Crane |
| 乔尔·麦克雷 Joel McCrea | 斯蒂芬·马布里 Stephon Marbury |
| 乔瓦尼·达·韦拉扎诺 Giovanni da Verrazzano | 斯蒂平·菲特切特 Stepin Fetchit |

斯拉·温特　Ezra Winter
斯坦福·怀特　Stanford White
索尔·斯坦伯格　Saul Steinberg
索尼·利斯顿　Sonny Liston

塔萨斯·吉南　Texas Guinan
汤姆·波斯顿　Tom Poston
汤姆·奎恩　Tom Quinn
唐·诺茨　Don Knotts
提托·罗德里格兹　Tito Rodriguez
提托·普恩特　Tito Puente
托马斯·杰弗逊·沃滕贝克　Thomas Jefferson Wertenbaker
托马斯·P. 韦斯腾多夫　Thomas P. Westendorf
托马斯·阿迪斯·艾美特　Thomas Addis Emmet
托尼·贝内特　Tony Bennett
托尼·帕斯特　Tony Pastor

瓦尔·埃弗里　Val Avery
V. S. 普利切特　V. S. Pritchett
威拉德·莫特利　Willard Motley
威利·梅斯　Willie Mays
威廉·亨利·兰恩　William Henry Lane
威廉·M. 特威德　William M. Tweed

威廉·巴勒斯　William Burroughs
威廉·布拉顿　William Bratton
威廉·布朗　William Brown
威廉·布雷德福　William Bradford
威廉·德·库宁　Willem de Kooning
威廉·弗赫斯特　Willem Verhulst
威廉·福克纳　William Faulkner
威廉·哈维　William Harvey
威廉·华尔道夫·阿斯特　William Waldorf Astor
威廉·卡伦·布莱恩特　William Cullen Bryant
威廉·勒巴隆·詹尼　William Le Baron Jenne
威廉·伦道夫·赫斯特　William Randolph Hearst
威廉·麦金莱　William McKinley
威廉·麦克雷迪　William Macready
威廉·梅里特·切斯　William Merritt Chase
威廉·尼布洛　William Niblo
威廉·萨洛扬　William Saroyan
威廉·希克尔　William Schickel
薇拉·凯瑟　Willa Cather
韦伯&菲尔兹　Weber & Fields
维克·齐格尔　Vic Ziegel

| | |
|---|---|
| 维克多·赫伯特 Victor Herbert | 亚历山大·T. 斯图尔特 Alexander |
| 维利·派普 Willie Pep | T. Stewart |
| 沃尔特·司各特 Walter Scott | 亚历山大·格雷厄姆·贝尔 |
| 沃尔特·惠特曼 Walt Whitman | Alexander Graham Bell |
| 沃尔特·温切尔 Walter Winchell | 亚历山大·蒲柏 Alexander Pope |
| W. C. 海因茨 W. C. Heinz | 亚历山大·斯特林·考尔德 |
| | Alexander Stirling Calder |
| 西奥多·德莱塞 Theodore Dreiser | 亚历山大·特罗基 Alexander |
| 西尔维娅·比奇 Sylvia Beach | Trocchi |
| 西米恩·德维特 Simeon DeWitt | 亚历山大·威廉姆斯 Alexander |
| 希德·卡特利特 Sid Catlett | Williams |
| 小杰森·罗巴兹 Jason Robards Jr. | 亚瑟·布里斯班 Arthur Brisbane |
| 小约翰·赫尔德 John Held Jr. | 亚特·德鲁戈夫 Art D'lugoff |
| 小约翰·兰德尔 John Randel Jr. | 亚特·塔图姆 Art Tatum |
| 小约翰·麦库姆 John McComb Jr. | 伊迪斯·华顿 Edith Wharton |
| 肖恩·奥凯西 Sean O'Casey | 伊冯娜·德·卡洛 Yvonne De Carlo |
| | 伊莱·威伦兹 Eli Wilentz |
| 雅各布·爱波斯坦 Jacob Epstein | 伊莱沙·格雷夫斯·奥的斯 Elisha |
| 雅克布·阿德勒 Jacob Adler | Graves Otis |
| 亚伯·李博沃尔 Abe Lebewohl | 伊莎多拉·邓肯 Isadora Duncan |
| 亚伯拉罕·卡汉 Abraham Cahan | 尤金·V. 德布斯 Eugene V. Debs |
| 亚伯拉罕·莫蒂尔（Abraham | 尤金·奥尼尔 Eugene O'Neill |
|   Mortier） | 尤金·尤内斯库 Eugène Ionesco |
| 亚当·克莱顿·鲍威尔 Adam | 尤利西斯·S. 格兰特 Ulysses S. Grant |
|   Clayton Powell | 约翰·里德 John Reed |
| 亚蒂·波梅兰兹 Artie Pomerantz | 约翰·F. 肯尼迪 John F. Kennedy |

| | |
|---|---|
| 约翰·L.斯蒂恩斯 John L. Stearns | 约瑟夫·米狄尔·帕特森 Joseph Medill Patterson |
| 约翰·V.林赛 John V. Linsay | |
| 约翰·巴博斯 John Bubbles | 约瑟夫·米切尔 Joseph Mitchell |
| 约翰·戴蒙德 John Diamond | 约瑟夫·帕普 Joseph Papp |
| 约翰·多斯·帕索斯 John Dos Passos | 约瑟夫·普利策 Joseph Pulitzer |
| 约翰·柯川 John Coltrane | |
| 约翰·昆西·亚当斯·沃德 John Quincy Adams Ward | 詹姆斯·卡格尼 James Cagney |
| | 詹姆斯·戈登·贝内特 James Gordon Bennett |
| 约翰·李奇 John Rechy | |
| 约翰·鲁斯福德 John Ruthford | 詹姆斯·T.法雷尔 James T. Farrell |
| 约翰·米林顿·辛格 John Millington Synge | 詹姆斯·W.布雷克 James W. Blake |
| | 詹姆斯·鲍德温 James Baldwin |
| 约翰·斯隆 John Sloan | 詹姆斯·迪恩 James Dean |
| 约翰·休斯顿 John Huston | 詹姆斯·麦迪逊 James Madison |
| 约翰·雅各布·阿斯特三世 John Jacob Astor III | 詹姆斯·特拉格 James Trager |
| | 詹妮斯·乔普林 Janis Joplin |
| 约翰·亚当斯 John Adams | 珍妮·林德 Jenny Lind |
| 约翰尼·卡森 Johnny Carson | 朱迪·加兰德 Judy Garland |
| 约瑟夫·曼金 Joseph Mangin | 朱利安尼 Giuliani |

# 出版物及作品名对照表

《埃琳·阿隆》 Eileen Aroon

《巴黎评论》 Paris Review
《巴黎先驱报》 Paris Herald
《白鲸》 Moby Dick
《百老汇的丹尼·罗斯》 Broadway Danny Rose
《百万宝贝》 Million Dollar Baby

《曾与艾米相爱》 Once in Love with Amy
《查塔诺加时报》 Chattanooga Times
《查泰莱夫人的情人》 Lady Chatterley's Lover

《理查三世》 Richard III
《常青评论》 Evergreen Review
《成功滋味》 Sweet Smell of Success
《穿夏装的女孩们》 The Girls in Their Summer Dresses
《春色满德州》 The Best Little Whorehouse in Texas
《慈母颂》 Mother Machree
《从第九大道看世界》 View of the world from 9th Avenue
《村声》 Village Voice

《法官》 Judge

《疯狂猫》 Krazy Kat
《芙罗拉杜拉女子秀》 Floradora Girls
《富丽秀》 Follies

《哥谭》 Gotham
《公民凯恩》 Citizen Kane
《荷兰人》 Dutchman
《黑道家族》 Sopranos
《黑钩子》 The Black Crook
《黑人奥菲尔》 Black Orpheus
《红磨坊》 Moulin Rouge
《华尔街日报》 Wall Street Journal
《华盛顿广场》 Washington Square
《滑稽》 Laff
《混泥土中的基督》 Christ in Concrete
《火星编年史》 The Martian Chronicles
《霍根小巷》 Hogan's Valley

《教父》 The Godfather
《今夜秀》 The Tonight Show
《金刚》 King Kong
《金银岛》 Treasure Island
《警察公报》 Police Gazette
《旧金山观察家报》 San Francisco Examiner

《卡萨布兰卡》 Casablanca
《凯瑟琳，我会再次带你回家》 I'll Take You Home Again, Kathleen

《联邦党人文集》 The Federalist Papers
《洛基恐怖秀》 The Rocky Horror Picture Show
《绿野仙踪》 The Wizard of Oz

《马特与杰夫》 Mutt and Jeff
《麦克索利的猫》 McSorley's Cats
《麦克索利的周六夜晚》 McSorley's Saturday Night
《麦克索利后屋》 McSorley's Back Room
《麦克索利酒吧》 McSorley's Bar
《麦克索利之家》 McSorley's at Home
《麦田里的守望者》 The Catcher in the Rye
《曼哈顿45》 Manhattan'45
《曼哈顿岛肖像》 The Iconography of Manhattan Island
《每日镜报》 Daily Mirror
《魔弹射手》 Der Freischutz
《美国人日报》 Journal-American

《纽约百科全书》 The Encyclopedia of New York City
《纽约公报》 New York Gazette
《纽约镜报》 New York Mirror
《纽约论坛报》 New York Tribune
《纽约每日邮报》 New York Daily News
《纽约年表》 The New York Chronology
《纽约人行道》 The Sidewalks of New York
《纽约时报》 New York Times
《纽约史诗》 The Epic of New York City
《纽约太阳报》 New York Sun
《纽约先驱报》 New York Herald
《纽约邮报》 New York Post
《纽约杂志》 New York
《诺克斯维尔记事报》 Knoxville Chronicle
《哦！加尔各答！》 Oh! Calcutta!
《炮台》 The Battery
《佩珀军士的孤独之心俱乐部乐队》 Sgt. Pepper's Lonely Hearts Club Band
《匹克威克外传》 The Pickwick Papers
《破铜烂铁》 Stomp

《敲响任何一扇门》 Knock on Any Door
《窃笑》 Titter
《人物》 People
《软帽子》 Trilby
《三分钱歌剧》 The Threepenny Opera
《上帝保佑女王》 God Save the Queen
《生活》 Life
《圣路易斯邮报》 St. Louis Post-Dispatch
《圣尼古拉斯的来访》 A Visit From St. Nicholas
《失去纽约》 Lost New York
《世界报》 World
《睡谷传奇》 The legend of the Sleepy Hollow
《送冰的人来了》 The Iceman Cometh
《汤米》 Tommy
《万岁，哥伦比亚》 Hail, Columbia
《威尼斯商人》 The Merchant of Venice
《我失落的城市》 My Lost City

《小玛丽阳光》 Little Mary Sunshine
《新大都会：1840—1857》 The New Metropolis: 1840-1857
《新闻晨报》 Morning Journal
《阳台》 The Balcony
《洋基之歌》 Yankee Doodle
《一段纽约历史：从世界的开始到荷兰王朝的终结》 A History of New York From the Beginning of the World to the End of the Dutch Dynasty
《一个国家的诞生》 The Birth of a Nation
《幽玄》 Yugen
《犹太前进日报》 Jewish Daily Forward
《油脂》 Grease
《游美札记》 American Notes
《圆圈之家》 The Circle Home
《在路上》 On the Road
《这就是滑稽》 This Was Burlesque

守望思想　逐光启航

**纽约下城**
[美] 皮特·哈米尔 著
傅婧瑛 译

光启
LUMINAIRE

策划编辑　苏　本
责任编辑　余梦娇
营销编辑　池　淼　赵宇迪
封面设计　裴雷思
内文设计　李俊红

出版：上海光启书局有限公司
地址：上海市闵行区号景路 159 弄 C 座 2 楼 201 室　201101
发行：上海人民出版社发行中心
印刷：上海盛通时代印刷有限公司

开本：850mm x 1168mm　1/32
印张：11.875　字数：150,000　插页：2
2023 年 1 月第 1 版　2023 年 1 月第 1 次印刷
定价：73.00 元
ISBN：978-7-5452-1957-9/I·3

### 图书在版编目 (CIP) 数据

纽约下城 /（美）皮特·哈米尔著；傅婧瑛译. —上海：光启书局，2022.6
书名原文：Downtown：My Manhattan
ISBN 978-7-5452-1957-9

Ⅰ.①纽… Ⅱ.①皮…②傅… Ⅲ.①纪实文学—美国 – 现代 Ⅳ.① I712.55
中国版本图书馆 CIP 数据核字 (2022) 第 098921 号

本书如有印装错误，请致电本社更换 021-53202430

***DOWNTOWN My Manhattan***

by Pete Hamill

Copyright © 2004 by Deidre Enterprises.Inc.

Published by arrangement with Fukiko Hamill and Deider Enterprises.Inc.

Through Bardon-Chinese Media Agency

Chinese simplified translation copyright © 2023 by Shanghai People's

Publishing House,

A division of Shanghai Century Publishing Co.,Ltd.

ALL RIGHTS RESERVED